Knaur

Über den Autor:

Massimo Carlotto, 1956 in Padua geboren, lebt in Cagliari. Mit dem Alligator hat er einen Serienhelden geschaffen, der sich an seine eigene Biographie anlehnt: Er selbst hat aufgrund eines Justizirrtums sechs Jahre im Gefängnis gesessen, was in Italien einen großen Skandal mit Straßendemonstrationen etc. auslöste. Mittlerweile hat Carlotto drei Alligator-Romane geschrieben

Massimo Carlotto

Die Wahrheit des Alligators

Roman

Aus dem Italienischen
von Barbara Kleiner

Knaur

Die italienische Originalausgabe erschien unter dem Titel *»La verità dell'alligatore«* bei Edizioni e/o, Roma

Besuchen Sie uns im Internet:
www.droemer-knaur.de

Vollständige Taschenbuchausgabe April 2000
Droemersche Verlagsanstalt Th. Knaur Nachf., München

Umschlaggestaltung: Agentur Zero, München
Umschlagabbildung: Photonica, Hamburg/ Jed Share
Satz: Ventura Publisher im Verlag
Druck und Bindung: Ebner Ulm
Printed in Germany
ISBN 3-426-61461-8

2 4 5 3 1

Für Grazia Cherchi, die großzügige Freundin und Lehrmeisterin.

Als ich sie eintreten sah, im teuren Kostüm und mit steifem Aktenköfferchen, war mir sofort klar, daß ich einen Teil des Konzerts von Cooper Terry, das eben anfing, verpassen würde.

Das Lokal, in dem ich mich befand – das *Noisebar Banale* –, war nur schwach vom bunten Neonlicht der verschiedenen Bierreklamen beleuchtet. Es war ein Keller, der sich zum bestbesuchten Club Paduas gemausert hatte, beim Portello gelegen, in jenem Stadtteil, der früher mal ein munteres Halbweltviertel gewesen war, heute dagegen Zuflucht und Schlafstätte für pendelnde Profs und ewige Studenten: jede vierte Haustür ein Pizzasnack, jede zehnte ein Waschsalon, und überall haufenweise verrostete Fahrräder an die Pfosten der Straßenschilder gekettet.

Ich hasse es, gestört zu werden, wenn ich guten Blues höre, aber damals kam das ziemlich häufig vor. Alle wußten, daß es nur einen Weg gab, mich zu finden: eine Runde durch die Lokale zu drehen. Mein Name war im Telefonbuch nicht zu finden, und niemand kannte meine Adresse.

Viele Jahre früher – ich studierte noch – stand meine Wohnung in der Altstadt jedem offen, der sich an der Tür blicken ließ und erklärte, er bräuchte eine Unterkunft. Eines Abends war da ein Typ mit römischem Akzent aufgekreuzt, mit Sporttasche und einem Gesicht, das ich schon mal gesehen hatte. Im Morgengrauen wurden wir festgenommen. Er sitzt noch immer, ich habe ihm sieben lange Jahre Gesellschaft geleistet. Um mit erheblich weniger davonzukommen, hätte ich bestimmte Protokolle unterschreiben und bestimmte Gesichter wiedererkennen müssen. Ich zog es vor zu schweigen. Ich ging nicht einmal zum Prozeß und überließ alles dem Pflichtverteidiger, einem schmächtigen Typen mit lebhaften, dunklen Augen und einem auffälligen Schnurrbart. Beide wußten wir, daß für mich nicht viel zu machen war. Richter und Journalisten nannten mich einen Unverbesserlichen. Ich dagegen stand weder auf der einen noch auf der anderen Seite. Ich hatte ganz einfach nichts zu sagen.

Im Gefängnis sah und hörte ich weiterhin nichts. Dadurch wurde ich eine Art Guru, eine Respektsperson. Wenn es also ein Problem gab, kamen sie zu mir, und ich mußte den Vermittler spielen. Ihre Knackistreitereien waren mir völlig egal, aber die internen Bandenkriege, in die sie unweigerlich ausarteten, machten einem das Leben schwer. Mir auch.

Als ich draußen war, genoß ich weiterhin diesen guten Ruf. Eines Tages kam ein Rechtsanwalt zu mir, er wußte nicht, wie er beweisen sollte, daß sein Mandant, der angeklagt war, eine Bank überfallen zu haben, vollkommen unschuldig war. Da habe ich saubere Arbeit geleistet. Die wirklichen Täter entschlossen sich, die Beweise für die Unschuld des Angeklagten zu liefern, als sie mein Wort hatten, daß nie jemand ihre Identität aufdecken würde.

Seitdem führe ich kleine Ermittlungen für Anwälte durch, die Verbindungen zur Unterwelt brauchen. Nur gegen Bezahlung natürlich.

Alles gute Gründe, nicht überall bekannt zu machen, wo ich wohne. Nicht einmal bei Freunden.

Aber mich zu finden, war nicht schwer, denn in der Szene wußte jeder, daß ich bei Blues-Konzerten nie fehlte.

Bevor ich im Gefängnis landete, war ich Sänger in der Gruppe *Old Red Alligators* gewesen, und daher nannte man mich Alligator. Wir traten in den Clubs im Norden auf, und wir waren nicht schlecht. Ich begleitete meinen Blues auf dem Rubboard, einem Instrument, das man aus einem Stück Wellblech herstellt – auf den ersten Blick sieht es aus wie ein Waschbrett – und das in der Zydeco-Musik der schwarzen Cajuns-Gruppen, der Nachfahren der Afroamerikaner aus Louisiana, immer dabei ist. Ich spielte es wie Cliveland Chenier mit einem Plektron, was meist bloß der Reißöffner einer Bierdose war, die man neben sich stehen hat, um sich die Kehle zu befeuchten, wenn man durstig ist. Unser bestes Stück war nach einem Gedicht von Assata Shakur:

I must confess that waltzes
do not move me.
I have no sympathy
for symphonies.
I guess I hummed the Blues
too early, and spent too many midnights
out wailing to the rain.

Ich kam aus dem Gefängnis und hatte keine Lust mehr zu singen oder zu spielen. Ich mag nur noch zuhören. Und weiterhin trinken. Jetzt ausschließlich Calvados. Das ist alles, was mir von einer Frau geblieben ist, die ich in Frankreich verloren habe. Früher trank ich alles, was in meine Reichweite kam, denn »man kann den Blues vom Alkohol abziehen, aber nicht den Alkohol vom Blues«. Aber während dieser sieben langen Jahre habe ich keinen Tropfen angerührt. Im Knast wurde unter der Hand ein Gift gebrannt, das die Alten den »Brandy Hotel Tausendstab« nannten. Aber heimlich zu trinken, war zu traurig.

Die Tussi mit dem geschäftigen Gehabe mußte gut informiert sein, wie man mich finden konnte, und sie machte auch den Eindruck von einer, die nicht so schnell lockerläßt. Sie hatte sich an den Barmann gewandt, um ihn zu fragen, wo ich saß, und während er ihr antwortete, hatte sie sich immer wieder auf die Zehenspitzen gestellt und den Hals gereckt, bis sie mich ausgemacht hatte.

»Marco Buratti?« fragte sie und streckte mir die Hand hin.
»Mögen Sie Blues«, fragte ich zurück, ohne die Rechte vom Glas zu nehmen.
»Nein, und im übrigen bin ich aus beruflichen Gründen hier. Ich habe ein Problem, und ein Kollege, Rechtsanwalt Secchi, hat mir gesagt, Sie könnten mir helfen.«
»Einen Rechtsanwalt, der gute Musik zu schätzen weiß, muß ich erst noch finden. Ja, ich bin Marco Buratti«, und da sie ihre Hand nicht zurückgezogen hatte, stand ich auf und erwiderte den Händedruck.
»Und ich bin Barbara Foscarini.«
Ich wies auf einen Tisch, der vom weißen und roten Neonlicht der Budweiser-Reklame erhellt war. Während sie sich setzte, nutzte ich die Gelegenheit, sie mir genauer anzusehen. Violette Schuhe mit Pfennigabsätzen, gelbes Kostüm, das ihre für die Jahreszeit – es war erst Ende Juni – überraschende Bräune hervorhob; ihr Verhalten war scheinbar ohne jene Arroganz, wie sie sonst für aufstrebende junge Anwälte typisch ist. Um die fünfundvierzig, rundlich, klein, gut gebaut und – ich hätte geschworen – geschieden.
»Ein Mandant von mir, Alberto Magagnin, der eine Haftstrafe von achtzehn Jahren verbüßt, aber derzeit Freigänger ist, ist seit gestern abend verschwunden. Morgens ist er regulär zur Arbeit angetreten, in der Kooperative Sole, die er zur gewohnten Zeit verlassen hat. Das Gesetz sieht vor, daß er bis spätestens zweiundzwanzig Uhr wieder im Gefängnis ist ...«
»Sparen Sie sich diese Einzelheiten«, unterbrach ich sie, »ich war selbst Freigänger.«
»Entschuldigen Sie, Rechtsanwalt Secchi hatte es mir bereits gesagt. Genau deswegen habe ich beschlossen, mich an Sie zu wenden: Sie kennen das Milieu und könnten mir helfen, Alberto Magagnin wiederzufinden.«
»Warum?«
»Wie bitte?«
»Warum wollen Sie ihn wiederfinden? Wenn er beschlossen hat

abzuhauen, ist das seine Sache. Außerdem sucht die Polizei ihn doch schon, oder?«

»Ich möchte ihn vor der Polizei finden, um ihn davon zu überzeugen, daß er sich stellt. Tut er das in den nächsten Tagen, bestehen gute Chancen, daß das Gericht sich als milde erweist und ihm gestattet, seine Haftstrafe als Freigänger zu beenden«, sie sah mich mit besorgter Miene an, »er hat nur noch ein knappes Jahr vor sich.«

»Und dann?« provozierte ich sie. »Ich kenne das Milieu, ein Anwalt hebt seinen Hintern nicht für so wenig. Erzählen Sie mir die ganze Story.«

»Ich werde versuchen, mich besser verständlich zu machen«, die Stimme der Frau wirkte jetzt leicht gereizt. »Ich kenne Alberto seit Jahren, genauer, seitdem er wegen Mordes an Evelina Mocellin Bianchini verhaftet wurde. Ich weiß nicht, ob Sie sich an den Fall erinnern, Januar 1976. Nach all den Jahren bin ich noch immer überzeugt, daß er zu Unrecht verurteilt wurde. Er hat Schreckliches durchgemacht. Ich möchte ihm ganz einfach helfen.«

Aber sicher, ich erinnerte mich gut an die Sache und an den Wirbel, den die Zeitungen darum gemacht hatten. Magagnin, ein Drogensüchtiger von der Piazza Signori, war zwecks Raub in eine Villa im Arcella-Viertel eingedrungen und hatte die Hausherrin, die ihn überrascht hatte, mit zahlreichen Messerstichen umgebracht. Die Nachricht hatte Aufsehen erregt, weil die Frau einer der Familien angehörte, die in Padua das Sagen haben. Die Carabinieri hatten ihn noch am selben Abend verhaftet, während er, die Kleider blutverschmiert, ziellos umherirrte. Er hatte erzählt, er hätte sie schon tot aufgefunden und sei geflohen, nachdem er sie angefaßt hatte, weil er ihr zu Hilfe kommen wollte. Natürlich hatte man ihm nicht einen Moment lang geglaubt, und vor dem Schwurgericht hatten ihn ein paar Gutachten endgültig festgenagelt.

Auch ich hatte immer vermutet, daß er schuldig war, und seine Flucht war mir wirklich ziemlich gleichgültig. Aber das

Verhalten der Foscarini hatte mir Eindruck gemacht. Eher merkwürdig für einen Anwalt. Diese starke Anteilnahme bedeutete, daß ich es mit einer recht ungewöhnlichen Situation zu tun hatte.

»Das ist nicht mein Metier, ich mache keine Flüchtigen ausfindig. Anwalt Secchi hat Sie schlecht beraten.«

»Das glaube ich nicht. Er wußte, daß Sie ablehnen würden und hat mir geraten, Ihnen diesen Zettel zu übergeben.«

Ich öffnete den Umschlag unter dem Tisch. Ich las: »Du schuldest mir einen Gefallen.«

»Ich nehme an, Rechtsanwalt Secchi hat Ihnen auch von meinen Tarifen erzählt«, knurrte ich ziemlich gereizt, als ich sie wieder ansah.

»Natürlich, das ist kein Problem. Nehmen Sie den Auftrag an?«

»Ja, das scheint mir selbstverständlich. Ich brauche aber ein Foto.« Ich zündete mir eine Zigarette an. »Möglichst jüngeren Datums.«

Sie zog eine blaue Mappe aus ihrer Tasche. »Ich kann Ihnen nur Zeitungsausschnitte mit den Prozeßberichten geben. Hier, da sind auch einige Fotos dabei, aber sie sind vor fünfzehn Jahren gemacht worden.«

»Geben Sie her, sie können mir auf jeden Fall nützlich sein. Eine letzte Frage: Haben Sie die leiseste Idee, wo er sein könnte?«

»Nein, ich fürchte aber, daß er wieder angefangen hat, Drogen zu nehmen, und ich schließe nicht aus, daß das der Grund für seine Flucht ist. Also dürfte er nicht sehr weit weg sein.«

»Sobald ich etwas weiß, rufe ich Sie an.«

Sie gab mir ihre Visitenkarte. »Da ist auch die Nummer vom Handy drauf, Sie können mich jederzeit anrufen. In der Mappe«, sie wies mit dem Kinn darauf, »finden Sie ein Kuvert mit der Anzahlung. In bar natürlich.«

Sie stand auf und drückte mir die Hand. Ich folgte ihr mit den Augen, während sie hinausging. Erleichtert dachte ich, daß ich alles in allem schnell davongekommen war. Ich konnte noch einen großen Teil des Konzerts genießen. Copper hatte eben mit *Everything gonna be alright* von Muddy Waters angefangen. Schade nur, daß nicht Mojo Buford die Harmonika spielte.

Am nächsten Tag stand ich kurz vor sechs auf. Mir blieb knapp eine Stunde, um an die Gefängnistore zu gelangen, bevor die Freigänger herauskamen. Einen alten Bekannten aus Knastzeiten anzusprechen, war der schnellste Weg, um an Informationen über das Verschwinden Magagnins zu kommen. Sonst hätte ich auf jemand aus meinem derzeitigen Kreis zurückgreifen müssen; in dem Fall hätte ich aber bis zur ersten Kontaktaufnahme zu lange warten müssen.

Ich parkte an einer Stelle, von der aus man einen guten Überblick hatte und die gleichzeitig nicht zu exponiert war, damit die Wachposten nicht auf mich aufmerksam wurden. Ich ertappte mich bei dem Gedanken, daß ich seit drei Jahren bei diesem Ritual fehlte. Es war vielleicht besser, sich eine Zigarette anzuzünden. Ich pfefferte das Feuerzeug ziemlich geräuschvoll auf die Ablagefläche des Armaturenbretts.

Sie kamen wie immer im Gänsemarsch heraus, mit raschen und nervösen Schritten, wie Menschen, die sich so schnell wie möglich davonmachen wollen. Ein paar, die in meinem Trakt gewesen waren, erkannte ich wieder; als sie näherkamen, stieg ich aus.

»He, Buratti«, rief der erste, »Heimweh nach dem Knast?«

»Ciao, Morabito, ich bin gekommen, um mit dir und Mazinga zu reden.«

Dem Ritual entsprechend, mußte ich sie zunächst umarmen und dann küssen. Morabito war ein Kalabrier, der wegen Entführung saß, und Mazinga ein Dealer aus Bozen mit unaussprechlichem deutschen Nachnamen. Zwei alte Knastbrüder, die schon wußten, weswegen ich da war.

»Wir wissen nichts«, erklärte der Krautfresser, ohne meine Frage abzuwarten. »Magagnin hat mit uns beim Pfarrer in der Kooperative gearbeitet; er ist um sieben Uhr abends weg, wie üblich,

und nicht wiedergekommen. So 'n Arsch, es fehlte ihm nicht mehr viel.«
»Ihr wißt nicht, wohin er gewöhnlich zwischen sechs und zehn Uhr abends ging?«
»Wer weiß das schon. Eine Frau holte ihn meistens am Ausgang ab. Mit einem metallicfarbenen Golf.«
»Kennt ihr sie?«
»Nein. Aber bestimmt über vierzig. Älter als Alberto ... nicht aus dem Milieu, eine ›Reguläre‹.«
»Die sah aus wie eine typische Angestellte, machte aber den Eindruck von einer mit ordentlich viel Knete«, bestätigte Mazinga.
»Hat sie ihn an dem Tag, als er verschwunden ist, auch abgeholt?«
»Nein«, antwortete Morabito. »Alberto ist zu Fuß weggegangen.«
»Irgendeine Idee wohin?« fragte ich noch, wobei ich sie abwechselnd ansah.
Beide beschränkten sich auf ein entschiedenes Kopfschütteln. Während sie zur Bushaltestelle davongingen, drehte Mazinga sich noch einmal um. »Kennst du Carraro? Das ist einer hier aus Padua, der war vor ein paar Monaten mit dem Freigang fertig. Er war sehr eng mit Magagnin befreundet«, er machte die Geste von einem, der sich die Spritze gibt, »vielleicht weiß er, wer die Frau ist.«

Marietto Carraro, eine Drogenkarriere wie viele andere. Beschaffungsdiebstahl, immer wieder rein und raus aus dem Knast, einer der wenigen aus seiner Fixer-Generation, die überlebt haben.
Ich hatte ihn schnell gefunden. Aus der Innenstadt vertrieben, hielten sich die Drogensüchtigen jetzt alle in Prato della Valle auf – auf »dem größten Platz Europas«, wie es in sämtlichen Reiseführern der Stadt hieß –, verbannt auf den Raum zwischen Polizeipräsidium und Carabinieri-Hauptquartier. Stets bereit für die Festnahme, die Abschiebung in den Knast oder die therapeutische Gemeinschaft.

Marietto saß am Tisch einer Bar in unmittelbarer Nähe des früheren Viehmarkts und sprach mit der Tochter des Pächters.
»Oh, der Alligator höchstpersönlich.«
»Ciao, Marietto. Wie immer spritzig und munter, was?«
»Aber klar doch! Gibst du mir was Knete?«
»Ja, aber nicht umsonst.«
»Du kommst zu spät: Huren gibt's bei mir nicht mehr, seitdem ich HIV-positiv bin.«
»Keine Huren«, antwortete ich, und sah mich dabei etwas verlegen um, »nur ein Bruchteil von deinem Gedächtnis. Komm, laß uns eine Runde drehen.«
Ich ließ ihn in den Wagen einsteigen und begann, durch die Straßen zu kurven, die vom Prato bis zur Basilika des Stadtheiligen führen. Nach einer Weile fragte ich ihn: »Wo ist Alberto Magagnin?«
»Er ist abgehauen. Im Milieu hat sich die Nachricht schon herumgesprochen.«
»Marietto, ich bin nicht zu dir gekommen, um zu hören, was ich ohnehin schon weiß«, erwiderte ich geduldig. »Also, wo steckt er jetzt? Ich geb dir einen Hunderter.«
»Es ist schon ein Weilchen her, daß ich hundert Mäuse auf einmal gesehen hab ... Aber ich weiß nicht, wo Alberto ist. Frag mich was anderes.«
»Versuchen wir's anders rum: Kannst du mir sagen, wer die Frau ist, die ihn in einem metallicfarbenen Golf bei der Kooperative abholen kam?«
»Ich weiß, wo sie wohnt, sonst nichts. Einmal habe ich Alberto begleitet. Er sagte mir, sie wär' eine Spinnerin, die ihm einen Haufen Geld gibt. Der Glückliche.«
»Fixt Alberto noch?«
»Na ja, damals setzte er sich ab und zu einen Schuß. Er hatte sich im Griff, er wollte ohne Scherereien mit dem Knast fertig werden.«
»Scherereien hat er jetzt jedenfalls mehr als genug. Wer war sein Dealer?«

»Bepi Baldan, der aus der Via Savonarola.«
»Den kenne ich. Was meinst du, wenn Magagnin jetzt wieder angefangen hätte, im großen Stil zu fixen, würde er sich an ihn wenden?«
»Ja, er ist zu lange raus aus dem Geschäft, um andere zu kennen. Ich habe ihn mit ihm bekannt gemacht.«
»Eine wirklich gute Tat, Marietto«, erwiderte ich sarkastisch. »Komm, zeig mir dieses Haus.«

Es war ein hübsches zweistöckiges Häuschen mit Garten am Rand des Sacra Famiglia-Viertels, ähnlich wie viele andere, die auch vor rund dreißig Jahren erbaut worden sind. Eine ruhige, baumgesäumte Straße. Bestimmt keine Reichengegend. Mazinga mußte sich bei der Einschätzung der Vermögensverhältnisse der Frau geirrt haben.
Ich parkte ungefähr hundert Meter weiter vorn und ging zu Fuß auf das Haus zu, Carraro hatte ich eingeschärft, er solle sich nicht vom Fleck rühren. Ich gelangte auf die Höhe der Klingel und verlangsamte den Schritt unmerklich, gerade genug, um auf dem Klingelschild lesen zu können: Prof. Piera Belli. Ich setzte meinen Spaziergang bis ans Ende der Straße fort, überquerte sie und machte auf dem gegenüberliegenden Gehsteig kehrt. Als ich wieder in Höhe des Häuschens angelangt war, hielt ich an und band mir einen Schuh, dabei schaute ich zu den Fenstern hinauf. Ich bemerkte, daß sie alle geschlossen waren, außer einem Eckfenster, das auf den Garten des Nachbarhauses ging.
Ich stieg wieder zu Marietto in den Wagen und brachte ihn zu seiner Bar zurück. Als ich ihm den Hunderttausend-Lire-Schein gab, begann er ihn in den Händen herumzudrehen. Zum Schluß sagte er: »Danke, Alligator, danke. Damit kauf ich mir 'ne ganze Menge Stoff.«
»Mach, was du willst.«
Als er sich entfernte, rief ich ihm vom Fenster aus nach: »He Marietto, bist du wirklich HIV-positiv?«

»Ja.«
Ich legte den ersten Gang ein und sah geradeaus vor mich hin.

Das Haus der Belli zog mich an. Es schien genau der richtige Schlupfwinkel für einen Flüchtigen. An einer Telefonzelle hielt ich an, und bevor ich ausstieg, zog ich unter dem Fahrersitz das Telefonbuch hervor. Belli, Piera Belli ... Via Torlonga, 29 ... 8700392.
Ich ließ es ungefähr zwanzig Mal klingeln, niemand hob ab. Nach zwei weiteren Versuchen beschloß ich, nach Hause zu gehen. Es war Mittagszeit.
Ich begnügte mich mit einer Pastasciutta, die Hitze war zu drückend, um noch ein Hauptgericht zu kochen. Es gelang mir gerade noch, die mit Sugo verschmierten Teller und Töpfe vom Tisch ins Spülbecken zu räumen, dann streckte ich mich faul auf dem Sofa aus, genau unter dem großen Flügelventilator, das Telefon in Reichweite.
Bei Belli hob nie jemand ab. So verbrachte ich den Nachmittag, zwischen einem Versuch und dem nächsten, döste, schlürfte ein paar Erfrischungsgetränke und hörte alte Platten von Hound Dog Taylor und The Houserockers. Ich erinnere mich, daß ich an einem bestimmten Punkt träumte, ich geh auf dem Dach spazieren, und mit einem Ruck wachte ich auf, als ich dabei war, ins Leere zu fallen.
Es war schon tief in der Nacht, als ich beschloß, daß es Zeit war, mir die Sache näher anzusehen.
Nummer 29 war das einzige Haus, das völlig im Dunkeln lag. Das Eckfenster stand noch immer offen.
Ich läutete. Ich hörte die Klingel deutlich, obwohl rund zehn Meter Rasen zwischen dem Gartentor und der Haustür lagen. Keiner antwortete. Ich ging zur Einfahrt hinüber, und hinter den Gitterstäben sah ich weiter hinten unter einem Schutzdach den metallicfarbenen Golf.
Ich versuchte die Klinke herunterzudrücken, und das große

Tor ließ sich problemlos öffnen. Ich durchquerte den Garten und erreichte die Haustür. Da bemerkte ich, daß sie nur angelehnt war. Mit sanftem Druck stieß ich sie ganz auf.
Der Geruch schlug mir ins Gesicht, als ob mir hinter der Tür einer mit einem Gummiknüppel aufgelauert hätte. Ich taumelte, und nur mit Mühe konnte ich einen heftigen Brechreiz beherrschen. Noch nie hatte ich etwas derartiges gerochen, aber es verlangte nicht viel Vorstellungskraft, um zu begreifen, worum es sich dabei handelte.
Die Tür wieder zu schließen und zu gehen, wäre das Vernünftigste gewesen, aber die Neugier hielt mich zurück, und so begann ich, nachdem ich die Tür wieder angelehnt und im Eingang Licht gemacht hatte, das Haus zu erforschen. Dem ekelerregenden Gestank folgend, stieg ich die Treppe hinauf und befand mich auf der Schwelle zu dem Zimmer mit dem offenen Fenster.
Der Gestank hinderte mich daran einzutreten. Ich flüchtete ins Bad, wo ich hektisch in den Schränkchen herumzuwühlen begann, bis ich auf ein Fläschchen mit Parfüm stieß. Ich tränkte ein Taschentuch reichlich damit, um es mir dann knapp unter den Augen straff vors Gesicht zu binden.
Auf dem Weg zum Zimmer fragte ich mich, wie es möglich gewesen war, daß die Nachbarn diesen höllischen Gestank nicht bemerkt hatten. Aber anscheinend war es so, denn wenn sie ihn bemerkt hätten, da war ich mir sicher, hätten sie bestimmt sofort Alarm gegeben.
Vorsichtig näherte ich mich dem offenen Fenster, durch das schwach das Licht von der Straßenbeleuchtung hereinfiel. Ich warf einen Blick hinaus. Na klar! Sie hatten eine Klimaanlage angebracht, die wirkte als Filter und hatte sie von allem abgeschirmt, was draußen vor sich ging.
Auf die Leiche war ich noch nicht gestoßen. Ich mußte Licht machen. Ich schloß das Fenster und zog die Vorhänge zu. Tastend fand ich den Lichtschalter. O Gott, die Fingerabdrücke, die ich überall hinterließ! Mit einem Papiertaschentuch wischte

ich die Flächen ab, die ich berührt hatte, kehrte sofort zurück ins Bad und beseitigte auch dort mögliche Spuren meiner Anwesenheit.
Schließlich kehrte ich in das Zimmer zurück.
Sie lag auf dem Boden, auf dem Rücken. Sie trug ein Paar Ballerinaschuhe aus rotem Lack, der letzte Schrei der Sommermode. Eine Frau, deren Gesicht und Körper ich zum größten Teil nicht sehen konnte, da sie von drei großen, weichen Kissen bedeckt waren. Bezogen mit leuchtendgrünem Samt.
Ich ließ den Blick von den Beinen aus an der rechten Körperseite hinaufgleiten, und da kam unter dem Kissen ein nackter Arm zum Vorschein, der genau im rechten Winkel vom Rumpf abstand, die Hand zur Faust geballt. Genau symmetrisch dazu die Position des anderen Arms und der linken Hand. Sie wirkte wie gekreuzigt.
Am Handgelenk trug sie eine kleine stählerne Rolex. Ich beugte mich hinunter, um sie aus der Nähe zu betrachten: Die Zeiger standen auf 4 Uhr 36 oder 16 Uhr 36, und die Datumsanzeige zeigte den 28. Juni. Ich verglich sie mit meiner Uhr: Es war 23 Uhr 42 desselben Tages. Die Rolex mußte zwischen neunzehn und sieben Stunden zuvor stehengeblieben sein, je nachdem, ob es sich um Vormittag oder Nachmittag handelte, aber bei dem Zustand, in dem sich die Leiche befand, war klar, daß der Tod vor diesem Zeitraum eingetreten sein mußte.
Vorsichtig nahm ich erst die unteren, dann die oberen Kissen weg und legte sie nacheinander neben den Körper. Ich bemerkte, daß sie von dem Sofa genommen worden waren, das an der linken Zimmerwand stand.
Der Geruch drang durch das Parfüm hindurch, und ich glaubte, in Ohnmacht fallen zu müssen. Ich kehrte ins Bad zurück, um das Taschentuch noch einmal zu tränken, auf dem Etikett der Parfümflasche las ich: Rumba von Balenciaga. Wieder ging ich zur Leiche: Ich war wieder imstande, sie zu untersuchen.
Mord, ohne allen Zweifel. Jede Menge Messerstiche: mehrere

Dutzend am Rumpf, einer, mit unregelmäßigen Rändern, am Halsansatz. Sie durchlöcherten ein rot-weiß-gestreiftes kurzärmeliges T-Shirt unter einer schwarzen Weste aus sehr leichtem Stoff, dazu ein Paar weiße Hosen, gehalten von einem roten Gürtel. Auf der Höhe des Rückens tränkte ein großer Blutfleck das Gewebe und breitete sich auch auf dem elfenbeinfarbenen Teppichboden aus.
Der Leib war aufgebläht wie der einer zu stark gestopften Puppe, das Gesicht violett angelaufen und in fortgeschrittenem Zustand der Verwesung. Die Augen quollen aus den Höhlen heraus, und im leicht geöffneten Mund stand eine schwärzliche Flüssigkeit. Der unregelmäßige Rand der Stichwunde am Hals war von weißen Pünktchen besetzt, die sich bei genauerem Hinsehen als Fliegenlarven erwiesen.
Es war nicht die erste Leiche, die ich aus so großer Nähe betrachtete, aber noch nie hatte ich solchen Ekel verspürt. Mit einem Ruck stand ich auf und versuchte das Bild durch ein beliebiges anderes zu verscheuchen, aber mir kamen nur die Körper und Gesichter der Toten in den Sinn – ob Selbstmörder oder durch Streitereien zu Tode gekommene –, die ich im Knast gesehen hatte und die ich glaubte, schon lange vergessen zu haben.
Dröhnend explodierte in meinem Kopf der Blues:

You died.
I cried
and kept getting up,
a little slower
and a lot more deadly.

Ich bedeckte die Leiche wieder mit den Kissen und sah mich in dem Raum um: Schreibtisch, Sessel, Sofa, Bücherregale an zwei Wänden, Stereoanlage und Plattensammlung mit klassischer Musik, drei Stehlampen, sehr vorteilhaft in den verschiedenen Ecken plaziert, eine Tischlampe auf dem Schreibtisch.

Schöne Möbel: modern, eher teuer, vielleicht sogar Designermöbel, allesamt neu. Nur die Bücher und einige Platten sahen etwas abgegriffener aus.
In einem kleinen Silberrahmen entdeckte ich ein Foto, ohne jeden Zweifel ein Bild des Opfers, und ich steckte es ein.
Ich hätte mir gern auch den Rest des Hauses angesehen, aber die Uhr sagte mir, daß ich mich seit nunmehr zwanzig Minuten in Gesellschaft einer Leiche befand. Alle Sicherheitslimits waren überschritten. Ich verließ den Raum, nachdem ich das Licht ausgemacht und das Fenster wieder geöffnet hatte; beim Hinausgehen wischte ich noch alle Flächen ab, die ich versehentlich berührt haben konnte, und trat schließlich auf die Straße hinaus; erst dann nahm ich das Taschentuch vom Gesicht. Ich war derart schweißgebadet, daß die Luft, die durchs Wagenfenster hereinkam, mir heftige Schauder über den Körper jagte.

Zuhause stopfte ich meine Kleider sofort in den Schmutzwäschekorb und stürzte unter die Dusche, in der Hoffnung, mich auf schnellstem Wege vom Gestank eines frühsommerlichen Mordes zu befreien. Unter dem Wasserstrahl, der heftig auf mich niederprasselte, begann ich meine Gedanken zu ordnen. Für die schöne Anwältin würde es eine böse Überraschung geben: Ihr Mandant hatte ein da capo eingelegt. Von wegen unschuldig. Wenn sie ihn kriegten, würden sie den Zellenschlüssel ins Klo werfen. So einer gehörte lebenslänglich eingesperrt. Aber ins Irrenhaus, nicht ins Gefängnis.
Ich war wütend, nicht so sehr wegen des Mordes, als vielmehr wegen der Auswirkungen, die diese Nachricht für die Gefängnisinsassen haben würde. Ich malte mir schon die Schlagzeilen in den Zeitungen aus. Wenn ein Häftling eine Straftat begeht und dabei von den Vorteilen der Gefängnisreform profitiert hat, dann ist die Hölle los, und die Folgen davon bekommen die zu spüren, die im Gefängnis sitzen. Einmal hatte ich über ein Jahr lang warten müssen, bis ich wieder einmal Ausgang bekam, bloß wegen eines Betrügers, der nicht mehr aus seinem

Urlaub zurückgekommen war und dem Richter obendrein aus der Schweiz eine Ansichtskarte geschickt hatte. Ich sage euch, ein Jahr ist verdammt lang.
Dem Richter gegenüber hatte ich mich immer loyal verhalten, eben um willkürliche Repressionen zu vermeiden. Und so hatte es die Mehrzahl der Häftlinge gehalten, die ich kannte. Aber Ausnahmen gibt es immer, und diesmal, wo es um Mord ging, würde es wirklich bösen Ärger geben.
Und dann, diese Leiche ... man mußte etwas unternehmen. Ich entschied mich für einen anonymen Anruf, vorausgesetzt, die Foscarini wollte sich nicht selbst der Sache annehmen. Ich mußte sofort mit ihr sprechen.

»Hallo, hier ist Marco Buratti.«
»Buratti ... wie spät ist es?«
»Zwei Uhr nachts. Sie haben gesagt, ich könnte Sie jederzeit anrufen, Frau Anwältin. Ich habe große Neuigkeiten und muß Sie sofort sehen.«
»Können Sie mir das nicht am Telefon sagen?«
»Ich glaube, das wäre nicht angebracht.«
»Ist gut, Sie haben gewonnen. Wann und wo?«
»In einer Stunde an der Bar der Autobahnraststätte Ausfahrt Padua West. Das ist die einzige, die noch offen hat.«
In Jeans und einem rosa Lacoste-Hemd wirkte sie nicht gerade wie eine Anwältin. Sie schien ebenso verärgert wie besorgt, vielleicht verhielt sie sich noch abwartend, wollte erst sehen, ob es angebracht war, mir eine ordentliche Szene zu machen, weil ich sie mitten in der Nacht aus dem Bett geworfen hatte.
Ich lud sie ein, mir Gesellschaft zu leisten, während ich meinen Cappuccino austrank und es bereute, das kälteste und zäheste Hörnchen bestellt zu haben, das ich je gegessen hatte. Aber sie sagte, sie warte lieber draußen auf mich.
Ein paar Minuten später ging ich zu ihr hinaus, ärgerlich, weil ich die klimatisierte Bar verlassen mußte. Trotz der fortgeschrittenen Stunde hatte die Schwüle nicht nachgelassen, und der

Schwall feuchtwarmer Luft, der mir beim Hinausgehen entgegenschlug, war fast unerträglich.
»Also?« fuhr sie mich an.
»Ihr Mandant hat es wieder getan.«
»Buratti, Sie werden mich doch nicht mitten in der Nacht aufgeweckt und hierher bestellt haben, einzig, um mir mit verklausulierten Sätzen Eindruck zu machen, will ich hoffen. Drücken Sie sich etwas deutlicher aus: Was hat er wieder getan?«
»Nun, er hat einer anderen Hausbesitzerin eine hübsche Anzahl Messerstiche versetzt. Vielleicht interessiert es Sie ja zu wissen, daß es sich diesmal um eine Lehrerin handelt.« Ich zog die noch gerahmte Fotografie des Opfers aus der Tasche meiner Leinenjacke und gab sie ihr. »Sie hieß Piera Belli und hatte scheinbar ein Verhältnis mit Magagnin. Ich verfolgte eine Spur, um Ihren Mandanten ausfindig zu machen, aber auf dem Weg dorthin bin ich auf ganz anderes gestoßen: eine mindestens zwei Tage alte Leiche. Finden Sie das nicht komisch?«
Sie sah mich ungläubig an. »Sie wollen doch nicht behaupten, er sei es gewesen, nicht wahr? Nein, das kann ich nicht glauben. Das war nicht Alberto.«
»Denken Sie von mir aus, was Sie wollen. Er war es nicht, na klar ... Jesus Christus ist erfroren, Gandhi hat Selbstmord verübt, und, lassen Sie mal sehen, Pinelli ...«
»Buratti«, zischte sie, und sah mir in die Augen, »geh zum Teufel!«
»Aber machen Sie doch die Augen auf, Frau Anwältin«, stieß ich aufgebracht hervor. »76 wird Magagnin verurteilt, weil er eine Frau mit einer netten Anzahl Messerstichen ermordet hat. Er kommt aus dem Gefängnis, lernt eine reifere Dame kennen, ziemlich betucht, er geht mit ihr ... folgen Sie mir?« Sie nickte, äußerst angespannt. »Gut. Er verschwindet, und gleichzeitig wird die Frau auf eine Art und Weise umgebracht, die, sieh einer an, identisch ist wie beim ersten Mord. Was sind das, alles Zufälle?«
»Ich bitte Sie, Buratti. Sie kennen Alberto nicht. Er ist drogen-

abhängig, ein Nichtsnutz, aber ein Mörder ist er nicht. Das kann ich Ihnen versichern.«

»Hören Sie mir gut zu, Frau Anwältin. Wir haben uns vielleicht nicht verstanden: Überzeugen müssen Sie nicht mich, sondern ein Schwurgericht. Ich gehe jede Wette mit Ihnen ein, daß, sobald die Leiche entdeckt wird, Haftbefehl erlassen wird, und ...« Ich merkte, daß sie mir nicht mehr zuhörte. Sie sah das Foto an und war wie versteinert, die Hände um den Rahmen geklammert.

»Buratti ...«, sagte sie mit hauchdünner Stimme.

»Hier bin ich, Frau Anwältin.«

»Diese Frau ... wie sagten Sie noch, daß sie hieß? Ich kenne sie. Aber ja, sie war eine der Geschworenen in dem Schwurgericht, das Alberto verurteilte!«

Diese Neuigkeit verschlug mir die Sprache. Ich hielt einen Moment lang inne, um meine Gedanken zu ordnen. »Wie Sie sehen, haben wir jetzt auch das Motiv: Rache. Was wollen Sie jetzt machen?«

»Wurde das Verbrechen schon entdeckt?«

»Ich glaube nicht. Warum?«

»Wir müssen Alberto finden. Auf der Stelle, bevor ihn die Polizei findet.«

»Vielleicht weiß ich, wo ich ihn auftreiben kann, besser gesagt, ich glaube zu wissen, wer ihn versteckt hat. Aber das Verbrechen muß sofort angezeigt werden, der Leichnam ist schon verwest.«

»Nein, ich bitte Sie. Wir brauchen Zeit ...«

»Frau Rechtsanwältin, Sie verlieren ja den Kopf, vergessen Sie nicht, was Sie von Beruf sind. Beruhigen Sie sich und denken Sie nach. Wenn es stimmt, was Sie gesagt haben, nämlich daß Magagnin unschuldig ist, dann wird es für die Polizei um so schwerer sein, Elemente oder Spuren zu seinen Gunsten zu entdecken, je mehr Zeit vergeht. Das Wichtigste ist jetzt, Ihren Mandanten zu suchen, und wenn ich ihn finde, wie ich glaube, ein Treffen mit Ihnen zu arrangieren. In Ordnung?«

»Ja sicher. Aber entschuldigen Sie, aber ...«
Ich unterbrach sie: »Gehen Sie jetzt nach Hause«, und nach einem Moment des Zögerns, »ich muß einen anonymen Anruf machen.«
Während sie sich entfernte, dachte ich, daß ich etwas zu hart gewesen war. Das war ihr nahe gegangen, zu nahe für einen Anwalt.

Um vier Uhr früh kam ich nach Hause. Ich war nicht müde, also fing ich an, darüber nachzudenken, was als nächstes zu tun war. Ich mußte Magagnin ausfindig machen.
Mein Gefühl sagte mir, daß ich bei Bepi Baldan anklopfen mußte. Nach allem, was so über ihn geredet wurde, war er nicht nur Drogenhändler der Mittelklasse, sondern verfügte darüber hinaus über Mittel, um allen Flüchtigen, die mit ausreichend Geld zu ihm kamen, Unterschlupf zu bieten, immer unter der Bedingung freilich, daß es ihm nicht vorteilhafter erschien, sie an die Polizei zu verpfeifen. Er galt als knallharter Typ, wenig geneigt, etwas preiszugeben. Kurz, um ihn zum Reden zu bringen, würde es nötig sein, Muskeln zu zeigen.
Damit war der Moment gekommen, Benjamino Rossini ins Spiel zu bringen, im Milieu auch bekannt als »der alte Rossini«, um ihn von seinen zahlreichen Brüdern zu unterscheiden. Trotz seines Alters – gute fünfzig, davon runde fünfzehn im Knast verbracht – hatte er sich einen schlanken und muskulösen Körper bewahrt, »à la Moser«, wie er sich selbst gerne definierte. Er war einer der letzten Repräsentanten der Mailänder Unterwelt, seine Spezialität waren Überfälle auf Geldtransporte. Aber er hatte von allem etwas gemacht. Angefangen hatte er, in bester Familientradition, als Schmuggler. Seine Mutter, eine französische Baskin, war in den Pyrenäen eine legendäre Schmugglerin gewesen, bis sie eines Tages einem spindeldürren Italiener begegnet war, der einen Führer brauchte, der ihn illegal nach Spanien schleusen konnte.
Natürlich hatte ich ihn hinter Gittern kennengelernt, und wir

waren sehr gute Freunde geworden, nachdem ich ihm aus einer eher heiklen Situation mit einer Gruppe von Camorristen herausgeholfen hatte.
Im Hochsicherheitsgefängnis auf der Insel Pianosa hatten drei Cutolianer seinen Zellennachbarn erdrosselt, einen Neapolitaner, der einer rivalisierenden Gruppe angehörte. Rossini war aus dem Schlaf hochgefahren und hatte die Szene ein paar Sekunden lang beobachtet, lang genug, um ihn zu einem unbequemen Zeugen zu machen. Dann hatte er den Kopf wieder aufs Kissen gelegt und so getan, als hätte er nichts bemerkt. So hatten die Wachbeamten ihn gefunden und in die berüchtigte Agrippa-Sektion geschleift, wo die Isolierzellen mit Blut verschmiert und verkleistert sind. Sie hatten ihn windelweich geschlagen, aber er hatte geschwiegen: Nicht seine Angelegenheit. Nach zwei Monaten Isolierhaft und Verhören kamen sie zum den Schluß, daß sie aus ihm nie etwas herausbringen würden, und verlegten ihn in die Strafanstalt nach Padua, wo ich ihn kennenlernte. Sein Gedächtnis mochte vielleicht für das Wachpersonal kein Problem mehr sein, aber für die Cutolianer war das noch lange nicht so – sie betrachteten ihn nach wie vor als Risikofaktor.
Nachdem der Versuch, ihn unter der Dusche zu erstechen, mit der Verwundung seiner beiden Angreifer geendet war, nahm Benjamino Kontakt zu mir auf und bat mich, die Camorristen wissen zu lassen, daß sie von ihm nichts zu befürchten hätten und daß er nicht die geringste Absicht hätte, für den Rest seines Lebens auf der Hut zu sein. Was mit anderen Worten hieß: Die Neapolitaner sollten gefälligst seinem Wort vertrauen, oder es würde ein gnadenloser Krieg ausbrechen.
Mit der gebotenen Vorsicht hatte ich zum Chef der Cutolianer Kontakt aufgenommen, und am Ende eines langen Mittagessens, nachdem er genüßlich zwei Babà verspeist hatte, sagte er mir, der gute Ruf des Mailänders und mein Auftreten als Garant wären ausreichend, um den »Zwischenfall« als abgeschlossen betrachten zu können.

Nach seiner letzten Inhaftierung – fünf Jahre wegen Ausräumen eines Juwelierladens im Comaskischen – hatte er Mailand verlassen, »weil es da mittlerweile von Drogenhändlern und anderem Gesocks wimmelt«. Auf meinen Rat hin hatte er sich in einen kleinen Ort an der venezianischen Küste zurückgezogen, Punta Sabbioni, wo er sich durch Schmuggel mit dem nahegelegenen Dalmatien bereicherte. Ein bißchen verrückt als Typ, teilweise unverständlich, aber echt hartgesotten.
Ich rief ihn jedesmal zu Hilfe, wenn ich in besonders schwierigen Situationen steckte. Er sagte nie nein. Aus Freundschaft, aber nicht nur. Für einen, der auf der Straße groß geworden ist und all ihre Geheimnisse kennt, ging es sozusagen um die Lust, noch einmal die starken Emotionen von einst auszukosten. Anscheinend war es eben doch nicht besonders aufregend, ein Motorboot zwischen zwei Küsten hin- und herzufahren.

Es dämmerte, und die Autobahn war leer. Ich hatte es langsam satt, immer nur an Magagnin und seine Scherereien zu denken. Um wach zu bleiben und den Kopf frei zu halten, schob ich eine Kassette ins Autoradio und drehte auf volle Lautstärke. Ich war am Ziel, noch bevor ich *Hear my blues* von Al Smith zu Ende gehört hatte.

Benjamino wohnte in einem Häuschen direkt am Meer. Es öffnete mir ein ausländisches Mädchen um die zwanzig, sie führte mich in die Küche, wo mein Freund saß und Kaffee trank.
»Ciao, Marco«, er war einer der wenigen, die mich mit meinem richtigen Namen anredeten. »Magst du Kaffee?«
»So früh schon auf den Beinen?«
»Eigentlich muß ich erst noch schlafen gehen.«
»Woher kommt sie?« fragte ich, ich meinte das Mädchen, das inzwischen aus dem Zimmer gegangen war.
»Kroatien. Sie will in einem Nachtclub Tänzerin werden. Aber unter uns gesagt, es ist das Übliche, sie wird hier Hure werden.

Das haben die daheim in ihrem Dorf alles ausgeheckt, und ich hatte den Auftrag, sie hierher zu bringen. Aber du, vielmehr«, er stützte den Unterarm auf den Tisch und beugte sich zu mir herüber, »sag mir, aus welchen Scherereien Onkel Benjamino dir diesmal heraushelfen soll.«

Ich sah ihn an. Er wurde kahl, und ich wette, daß dieser Schnurrbart à la Xavier Cugat, einem südamerikanischen Sänger der fünfziger Jahre, gefärbt war. Aber diese sonnenverbrannte, gegerbte Haut sprühte vor Energie und Vitalität wie die eines Zwanzigjährigen.

Ich erzählte ihm alles, und sein einziger Kommentar war: »Warte, ich hole die Ausrüstung.«

»Benjamino!« hielt ich ihn zurück, während er die Falltür zum Speicher öffnen wollte. »Das kleine Set. Es geht hier nicht um Krieg.«

Wir nahmen seinen Wagen. Er war groß und auffällig, jeder hätte sich denken können, daß Gangster darin sitzen, aber wir nahmen ihn trotzdem, denn er war mit einem Versteck ausgestattet, in dem wir unsere »Teile« verstauen konnten. Kein Polizist würde sie je entdecken. Denn über eines waren Benjamino und ich uns hundertprozentig einig: Wieder ins Gefängnis zu gehen, bloß weil wir einen wie Magagnin gesucht hatten, das wäre uns beiden zu viel gewesen.

Unter den Lauben an der Via Savonarola, ein paar Meter vor Baldans Haustür entfernt, berührte mein Freund mich kurz am Arm: »Spielen wir ›der Gute und der Böse‹?«

»Klar, das zieht immer.«

Ich drückte mehrmals auf die Klingel, mit polizeilichem Nachdruck. Eine verschlafene Stimme krächzte in die Sprechanlage: »Wer zum Teufel bist du?«

Benjamino sah mich an. »Sag du es ihm, ich bring das nicht fertig.«

»Polizei. Mach auf, Baldan!«

Das Schloß der Haustür sprang sofort auf, wir gingen hinein

und liefen die Treppen hinauf. Auf dem Treppenabsatz erwartete uns ein überraschter Baldan in Unterhosen: »He, du bist doch der Alligator.«
»Aber er ist nicht allein«, ergänzte Benjamino, der schon in die Rolle des Bösen geschlüpft war. Er trat auf ihn zu, wobei er ihm unverwandt in die Augen schaute. Schließlich legte er seine Stirn gegen die von Baldan, und auf diese Weise, ohne die Hände zu benützen, schob er ihn rückwärts zurück in seine Wohnung. Direkt zur Sache, wie immer.
Der Dealer versuchte das verlorene Terrain wiederzugewinnen. »Alligator, was will der hier?«, während der andere ihn mit einem leichten Stoß vor die Brust in einen Sessel schubste.
»He, was zum Teufel willst du?«
»Ach, Baldan, achte gar nicht auf ihn. Er ist bloß ein verrückter Mailänder, der alle Drogenhändler haßt. Weißt du, seine Tochter ist letztes Jahr an einer Überdosis gestorben.«
»Und was habe ich damit zu tun? Mein Stoff ist nur beste Qualität.«
»Das ist ihm völlig egal, Bepi. Er haßt Dealer im allgemeinen.«
»Also, was wollt ihr?«
»Du stehst aber heute auf der Leitung, was? Wir wollen Nachrichten von Alberto Magagnin. Und sei ja nicht zu sparsam mit den Worten.«
Der Dealer sah Benjamino an. »Marietto hat gesungen, stimmt's?«
»Nein«, log ich, »er war's nicht.«
»Alligator, weißt du überhaupt, mit wem du dich da anlegst?«
»Ich weiß, wer du bist, Bepi. Du handelst mit türkischem Heroin, das dir die Veroneser beschaffen. Wenn du Probleme mit den Neapolitanern hast – die das thailändische Heroin vertreiben –, dann wendest du dich an einen Bullen deines Vertrauens, denn du bist auch ein mieser Kerl und verpfeifst die Konkurrenz. Zwei Fliegen mit einer Klappe: Du dealst, riskierst dabei aber nichts, weil du den Spitzel machst. Wie du

siehst, bin ich über alles bestens informiert, aber ich werde so tun, als interessierte mich das gar nicht. Ich will nur wissen, wo Magagnin ist. Du wirst es mir sagen, nicht wahr?«

Er war verschüchtert, machte den Mund aber immer noch nicht auf. Gleichzeitig warf er verstohlene Blicke ringsumher. Insbesondere versuchte er die Bewegungen Benjaminos zu verfolgen, irritiert von der Hand hinter seinem Rücken.

Ich entfernte mich, um eine Zigarette zu holen: das vereinbarte Zeichen, daß ich meinem Partner das Feld überließ. Man hörte einen heftigen Knall. Baldan stieß einen Schrei aus. Ich drehte mich um, gerade noch rechtzeitig, um zu sehen, daß er sich am Boden wälzte und mit der Hand das linke Ohr zu schützen versuchte – zu spät. Hinter ihm Rossini. In den Händen hielt er einen kräftigen Ochsenziemer.

Ich spielte den Guten und beugte mich zu dem Dealer hinunter. »Siehst du, du hast ihn wütend gemacht. Ich hatte dir gesagt, daß er verrückt ist und alle Dealer haßt. Sag mir, wo Magagnin versteckt ist, und wir ziehen ab.«

Heulend vor Wut und Schmerz, nickte er mehrmals. Ich half ihm, sich aufzurichten, und er fing an zu reden. Eigentlich war er gar kein wirklich harter Kerl.

Ich hatte richtig getippt: Magagnin war nur Gelegenheitskunde, er kreuzte auf, um etwas Stoff zu kaufen, und dann verschwand er wieder für eine Weile. Montag abend war er dann völlig unerwartet plötzlich vor ihm gestanden, sichtlich verwirrt, aber mit einer hübschen Summe Bargeld. Er wiederholte unentwegt, daß er mit dem Knast fertig sei. Er wollte Stoff und einen sicheren Ort, wo er ein paar Tage bleiben könnte. Er hatte ihm beides beschafft: ungefähr dreißig Tütchen Heroin – verschnitten selbstverständlich – und ein Haus auf dem Land, das Freunden gehörte, die für ein paar Monate verreist waren; er hatte ihn selbst dorthin gebracht. Das alles für bescheidene acht Millionen. In bar. Er hatte gedacht, das Geld stamme aus einem Raubüberfall oder einem Diebstahl und sei folglich das eigentliche Motiv für die Flucht.

Es war Zeit zu gehen. Ich war befriedigt und erleichtert bei dem Gedanken, daß Baldan noch nichts von dem Mord wußte. Ich erreichte die Tür, überzeugt, daß Benjamino mir folgen würde. Verdammt! Wieder ein Knall, der Ochsenziemer noch mal in Aktion.

Rasch kehrte ich zurück. Baldan, mit gebrochener Nase, versuchte das Blut zu stoppen, das ihm den Hals hinunterfloß. Ich packte Benjamino bei einem Arm und stieß ihn vorwärts, zwang ihn, vor mir herzugehen, bis wir auf der Straße waren.

»Du hättest ihn nicht so zuzurichten brauchen«, zischte ich wütend. »Er hatte schon geredet. Jetzt muß er Erklärungen abgeben, und das einzige, was wir nun wirklich nicht brauchen können, ist, daß jemand anfängt, auf unser Interesse für Magagnin aufmerksam zu werden.«

»Mach dir keine Sorgen«, antwortete er ruhig. »Der verbarrikadiert sich zu Hause. Wenn er sich in dem Zustand blicken läßt, dann fühlen sich alle Junkies berechtigt, ihn auszurauben.«

»Jedenfalls hast du übertrieben.«

»Und die Erinnerung an meine Tochter, die an Überdosis gestorben ist?«

»Verdammt, Benjamino! Du hast weder eine Tochter gehabt, noch ist sie an einer Überdosis Heroin gestorben.«

»Na ja, ich habe mich eben zu sehr in die Rolle hineingesteigert.«

Ich sah ihn an. Er grinste befriedigt. Ich mußte lachen. »Du bist verrückt.«

Magagnin hielt sich in einem Haus in der Umgebung von Abano Terme versteckt. Die Angaben, die uns der Dealer gemacht hatte, waren so präzise, daß wir es auf Anhieb fanden. Ein altes Bauernhaus inmitten von Feldern, und ziemlich kitschig renoviert.

»Weißt du, Marco, wenn ich mir ein Haus auf dem Land herrichten sollte, dann würde ich nicht gerade Schneewittchen und die sieben Zwerge davor aufstellen, noch dazu in Zement. Das paßt einfach nicht.«

»Bitte, erzähl mir jetzt bloß nicht, was du da aufstellen würdest«, ermahnte ich ihn, während ich über den Zaun sprang.

Wir näherten uns von hinten dem Haus. Die Glastür zur Küche hatte ein eher loses Schloß, das unter dem erfahrenen Druck von Benjaminos Klappmesser sofort willig nachgab.

Wir fanden Magagnin im Wohnzimmer bequem auf einem Sofa ausgestreckt, er sah sich eine Quizsendung an. Er knabberte Schokoladenkekse und trank Fruchtsaft.

Wir standen hinter ihm. Er hatte uns weder gesehen noch gehört. Benjamino flüsterte: »Zucker.«

»Was?«

»Zucker, Junkies brauchen ständig welchen.«

»Erscheint dir das der geeignete Moment, mir einen Vortrag über die Stoffwechselveränderungen bei Drogengenuß zu halten?« gab ich ärgerlich zurück.

Ich berührte den Mann an der Schulter, und er wandte sich mit nervtötender Langsamkeit um. Dann sah er mich mit völlig abwesendem Blick an.

»Ganz ruhig, wir sind keine Bullen. Deine Anwältin schickt mich. Sie will mir dir reden, am besten bevor man dir wieder Handschellen anlegt.«

Keine Reaktion. Der war völlig zu und so weit von der Realität entfernt wie ein unerforschter Planet von der Erde. Er hob die Schultern und sah mich weiterhin aus wässrig-blauen, leeren Augen an.

Benjamino kam näher und gab mir zu verstehen, ich sollte mich beiseite machen. Dann setzte er sich neben ihn und legte ihm einen Arm um die Schultern. »Laß mich nur machen, Marco. Schau du dich im Haus um, ich bring ihn dir in der Zwischenzeit wieder auf Vordermann.«

Daran zweifelte ich nicht. Im Gefängnis war ihm das auch immer wieder gelungen, allerdings weiß ich nicht, wie. Jedenfalls wäre ich jede Wette eingegangen, daß Magagnin im Laufe einer halben Stunde in der Lage sein würde, in zusammenhängenden Sätzen zu reden.

In der Küche bemerkte ich ein kleines Schiffsmodell und ein abscheuliches Ölgemälde, das ein galoppierendes Pferd darstellte. Der Bilderrahmen und das kleine Modell bestanden aus unzähligen abgebrannten und zusammengeklebten Streichhölzern. Billiges Material für die typische Geduldsarbeit, die einer verrichtet, der die Zeit totschlagen muß.
Der Eigentümer des Hauses war also ebenfalls in den vaterländischen Zuchthäusern zu Gast gewesen. Freilich war das auch kaum anders zu erwarten, da Baldan seine ersten Freundschaften in der Jugenderziehungsanstalt geschlossen hatte. All das konnte nur eines bedeuten: Der Ort war nicht sicher für einen Flüchtigen.
Das wunderte mich nicht. Sicherlich hatte der Dealer vor, wenn man ihn ungestört machen ließ, Magagnin alles Geld abzuknöpfen, das er bei sich hatte, um ihn dann der Polizei auf einem Silbertablett zu servieren. Alles in allem betrachtet, hatte der alte Rossini schon gut daran getan, ihm die Nase einzuschlagen.
In einem Schlafzimmer im oberen Stock fand ich Magagnins Tasche. Ich durchsuchte sie: schmutzige Wäsche, ein Klarsichtbeutel mit Heroin und eine nette Summe Geld in einer Plastiktüte. Ungefähr sieben Millionen Lire. Ich rechnete: Das hier plus die acht, die er dem Dealer gegeben hatte, eine achtstellige Zahl in Bargeld, das war beträchtlich. Ein erkleckliches Sümmchen für einen, der praktisch immer auf dem Trockenen saß.
Wie war er daran gekommen? Etwas sagte mir, daß das alles Geld der Belli war und daß der Grund für ihren Tod ganz einfach war: Er hatte sie umgebracht, weil sie es ihm nicht geben wollte.
Ich verließ das Zimmer und setzte meinen Erkundungsgang fort. Im Rest des Hauses fand ich nichts Interessantes mehr, nur weitere zehn Zimmer und einen großen Keller.

Ich rauchte zwei Zigaretten, ließ meinen Blick über die Felder schweifen, und dachte über die gegenwärtige Lage nach. Es war der 29. Juni, 12 Uhr 20, und die Nachricht von der Auffindung der Leiche der Belli mußte sich inzwischen in der Stadt herumgesprochen haben. Man mußte schnell handeln, damit Frau Foscarini ihren Mandanten treffen konnte, bevor er des Mordes angeklagt würde, auch wenn das Geld, das ich gefunden hatte, ihn in jedermanns Augen belastete.
Die künftigen Schachzüge unseres Freundes Baldan wollten ebenfalls bedacht sein. Um diese Zeit mußte auch er von dem Mord erfahren haben, und war der Name Magagnin einmal gefallen, so war nicht auszuschließen, daß er früher oder später Lust bekommen würde, jemandem den Ort zu nennen, an dem sich dieser versteckt hielt; und dem Ganzen womöglich noch eins draufzusetzen, indem er meinen Namen erwähnte. Aber ich verwarf die Idee wieder. Er hatte bestimmt keine Lust, Fragen zu einem Mord zu beantworten, das würde nur den Geschäften schaden.
Als ich ins Wohnzimmer zurückkam, zwinkerte Benjamino mir zu: »Der Herr ist wieder unter uns«, sagte er mit befriedigter Miene.
»Hervorragende Arbeit. Früher oder später wirst du mir mal verraten müssen, wie du das anstellst, mein Freund, sie so schnell wieder fit zu machen.« Ich ging nah an ihn heran und flüsterte ihm ins Ohr, was ich gefunden hatte.
Ich betrachtete Magagnin. Ein großer Junge mit traurigen Augen und einem unsympathischen Gesicht. Wenn ich an den Ärger dachte, den die anderen Häftlinge seinetwegen bekommen würden, hätte ich ihm am liebsten eine geschmiert.
Ich packte mir einen Stuhl und setzte mich vor ihm hin.
»Der Name Piera Belli sagt dir nichts?«
»Sie ist tot«, antwortete er mit tonloser Stimme.
»Sicher. Du hast sie umgebracht.«
»Ich bin's nicht gewesen.«
Seine Art zu reden, ohne jeden Gefühlsausdruck, machte mich

rasend. »Du weißt, daß du ins Firmament aller bescheuerten Kriminellen eingehen wirst? Ich glaube, du bist der einzige auf dieser Welt, der einen Geschworenen aus einem Schwurgericht – aus dem eigenen Schwurgericht – abmurkst. Und, wohlgemerkt, nach demselben Muster wie bei dem Delikt, wofür du dich vor diesem Gericht verantworten mußtest und bei dem du beharrlich jede Schuld abgestritten hast. Wahrhaftig ein Genie, keine Frage.«

»Ich bin's nicht gewesen.«

»Ach ja, ich hab ganz vergessen, das Wichtigste ist natürlich, zu leugnen. Immer und unter allen Umständen. Typisch Prolo.«

»Ich bin's nicht gewesen.«

»Ich hab verstanden«, fuhr ich ihn an. »Im übrigen ist das nicht meine Sache. Meine Aufgabe ist lediglich, dich mit der Foscarini zusammenzubringen.«

»Ich bin's nicht gewesen.«

»Was soll das, willst du mich verarschen?« Meine Lust, handgreiflich zu werden, nahm deutlich zu.

Benjamino hielt mich zurück. »Laß ihn reden.«

»Warum?« fragte ich unwirsch.

»Was, warum, Marco. Das weißt du selbst, das ist die Regel. Du hast ihm eine Schandtat vorgeworfen, und jetzt hat er das Recht, sich zu verteidigen.«

»Benjamino, misch du dich da nicht auch noch ein. Paß auf, wir sind nicht im Knast.«

»Drin oder draußen, die Spielregeln sind immer dieselben. Ich weiß, daß du sie nicht magst, weder unsere, noch die der ›Regulären‹. Aber so tust du dem Jungen Unrecht.«

Er hatte recht. Mehr noch: Ich hätte nicht einmal den Mund aufmachen dürfen. Ich war angeheuert worden, einzig und allein, um ihn ausfindig zu machen. Schon durch meine Herumschnüffelei im Haus der Toten hatte ich mich zu weit vorgewagt.

»Sprich!« forderte Rossini ihn in väterlichem Ton auf.

»Gestern, nein, vorgestern … Scheiße, ich erinnere mich nicht mehr. Irgendwie kommt mir alles so komisch vor. Ich kam um sieben aus der Kooperative, und Piera war nicht da, um mich wie üblich abzuholen. Ich hab nicht lang überlegt und bin zu ihr nach Hause. Die Tür war angelehnt, ich bin rein – ich Idiot! – und bin durchs Haus, hab nach ihr gerufen. Dann dieser Körper, am Boden ausgestreckt, mit Kissen bedeckt. Ich wollte nicht näher hingehen, hab's aber doch getan. Ich hab ein Kissen abgenommen und ihr Gesicht erkannt … all das Blut … wie damals. ›Es ist ein Fluch‹, hab ich gedacht, ›noch eine tote Frau, die ich nicht ermordet habe.‹ Ich hab den Kopf verloren, ich fühlte, daß mir die Knie zitterten, ich weiß nicht, wie ich die Kraft gefunden hab, mich vom Fleck zu rühren. Nach 'ner Weile fand ich mich auf der Straße wieder, den Kopf völlig leer, eine wahnsinnige Lust, mir einen Schuß zu setzen, um nicht mehr denken zu müssen. So bin ich zu Baldan gegangen. Den hatte mir Marietto Carraro vorgestellt. Ich habe ihm einen Bären aufgebunden. Daß ich es satt hatte und nicht in den Knast zurückwollte, daß nur er mir helfen könnte. Ich hab ihn gebeten, mir etwas Stoff zu verkaufen und mir einen Platz zu besorgen, wo ich mich verstecken konnte …«

»So eine Geschichte habe ich ja noch nie gehört, mein Junge«, unterbrach ihn Rossini bedauernd. »Entschuldige, wenn ich dir das sage, aber meiner Meinung nach bist du reif fürs Zuchthaus. Das kauft dir doch keiner ab, weil … nun, weil das einfach nicht zusammenpaßt. Du bist ein miserabler Lügner. Oder hirngeschädigt. Sag mir viel eher, wo hast du die Millionen her, die du Baldan gegeben hast, und die, die du noch im Koffer hast?«

»Das Geld? Ach ja, sicher. Aus Pieras Haus. Ich wußte, wo sie's aufbewahrte. Ich wollte nicht stehlen, aber ich brauchte das Geld.«

»Und du glaubst, vor Gericht kommst du mit dieser Geschichte durch?«

»Rache und Diebstahl«, warf ich ein, zu Benjamino gewandt,

»zwei Motive wie aus dem Lehrbuch. Und zur Entlastung haben wir denselben Tathergang wie 1976. Wir verlieren hier bloß Zeit, bringen wir ihn mit seinem Anwalt zusammen und befassen wir uns wieder mit ernsthafteren Dingen.«
»Einen Moment. Laß ihn ausreden. Es ist alles so merkwürdig, und ich möchte klar sehen in dieser Geschichte.«
»Hör zu, Magagnin, mein Freund hat recht. Wir haben nichts begriffen. Vielleicht fängst du besser noch mal ganz von vorne an. Ich will sagen, erzähl uns von ihr, von Piera Belli.«
»Was willst du wissen?«
»Na, ich weiß nicht ... zum Beispiel, was für ein Typ sie war. Besser noch, wie kam es, daß ihr miteinander zu tun hattet?«
Benjamino zündete eine Zigarette an und steckte sie ihm zwischen die Lippen. Mein Partner wußte, wie man mit Leuten umgeht.
Der Mann inhalierte gierig einige Züge. »Wenige Tage nach dem Ende des Prozesses bekam ich im Gefängnis Briefe. Merkwürdige, anonyme Briefe voll ...«
»Briefe? Ich glaube, wir haben uns nicht verstanden. Was haben die Briefe damit zu tun, wir wollen Informationen über deine Freundin.«
»Laß mich doch ausreden! Ich wußte nicht, wer sie schickte, aber ich war sicher, daß es sich um eine Frau handelte. Und diese Frau, wie ich später erfuhr, war sie.«
»Mach weiter. Warum hast du gesagt, sie waren merkwürdig?« griff Benjamino ein.
»Weil sie voller schmutziger Gedanken waren.«
»Schmutzig? In welchem Sinn?«
»Von der Art: ›Es würde mir gefallen, daß du mir wehtust‹ oder ›würdest du mich schlagen, wenn ich dich darum bitte? Stell dir vor, ich bin nackt unter meinem Talar ...‹ Plötzlich, so wie es angefangen hatte, brach das Spiel ab: lange Zeit keine Briefe mehr. Bis eine Paduaner Zeitung die Nachricht brachte, daß ich Freigänger war und also bald aus dem Knast kommen würde. Sie fing wieder an, mir zu schreiben, und jedesmal

versicherte sie, daß sie in der Lage wäre, mir zu helfen und eine Wiederaufnahme des Verfahrens erreichen könnte. Dann schloß sie mit der Frage: ›Aber du, wie weit bist du bereit zu gehen, um die Wahrheit zu erfahren?‹ Ich fing an, in der Kooperative Sole zu arbeiten, und nach einiger Zeit bemerkte ich, daß auf dem Platz gegenüber dem Ausgang oft ein metallicfarbener Golf geparkt war. Eines Tages wechselte ich mit der Frau am Steuer einen Blick. Das war nur ein Moment, aber ich hatte sie auf der Stelle wiedererkannt: Die Gesichter der Geschworenen, die einen verurteilen, die vergißt man nicht. Da hab ich kapiert, daß die Briefe von ihr waren. Ich wußte aber nicht, wie ich Kontakt aufnehmen konnte. Das hat sie dann gemacht, ungefähr zehn Tage später. Wir sind in den Golf eingestiegen, und sie hat mich zu sich nach Hause mitgenommen. Sie hat mir gesagt, nach dem Prozeß hätte sie entdeckt, daß ich unschuldig war und daß sie mir helfen könnte. Aber dafür müßte ich bestimmte Dinge tun ...«, er warf mir einen Blick zu, vielleicht, um unsere Reaktionen zu prüfen, aber unsere Gesichter waren undurchdringlich, »... sie sagte, die Atmosphäre beim Prozeß hätte ihr gefallen, hätte sie erregt. Und auch ich würde sie erregen. Kurzum, es gefiel ihr, sich als Richterin zu verkleiden und sich wehtun zu lassen.«
»Bondage«, warf ich ein, »leichter Sado-Maso. Aber das mit der Verkleidung als Richterin habe ich noch nie gehört.«
»Hast du sie gevögelt?« fragte Benjamino.
»Nein. Ich fesselte sie, peitschte sie ein bißchen aus ... sowas in der Art. Wir gingen zu ihr nach Hause, und sie gab mir einen ihrer Briefe in die Hand, wo sie aufgeschrieben hatte, was sie an dem Tag eben erregte. Dann schnupfte sie eine Linie Kokain und führte mich ins Schlafzimmer. Ihr werdet es nicht glauben, aber sie schrieb alles auf, sie ließ kein einziges Detail aus. Eine Verrückte. Und als ob das nicht genug wäre, hatte sie auch noch diese Manie, mit Selbstauslöser zu fotografieren. Jedesmal einen ganzen Film. Oft ließ sie eine Freundin kommen. Selbe Vorlieben, aber die ließ sich am Schluß ficken.«

»Wer war die Freundin?«

»Ihr werdet es mir nicht glauben, aber ich weiß es nicht. Aber mir scheint, sie ist Verkäuferin.«

»Und du?« fragte Rossini.

»Ich hab mitgemacht. Es war klar, daß Piera etwas wußte. Sie wiederholte immer wieder, daß sie meine Unschuld beweisen könnte, aber daß wir noch etwas warten müßten, bis wir ›unsere Karten aufdeckten‹. Sie benutzte diesen Ausdruck: ›unsere Karten‹. Sie war verrückt, aber nicht bösartig. Sie hatte ihre Perversionen, ja, aber sie behandelte mich gut: Sie gab mir Geld, kaufte mir Klamotten, wusch meine Sachen. Ich hatte noch elf Monate bis zum Ende des Freigangs, und bis dahin, hatte ich beschlossen, war es mir recht, mit ihr zu gehen. Mit einer, die, wie ich, niemanden hatte.«

»Keine Verwandten?«

»Sie war Einzelkind. Die Eltern sind vor ein paar Jahren gestorben, und sie hatte nie geheiratet.«

»Was arbeitete sie?«

»Sie unterrichtete. Aber dieses Jahr nicht. Sie war ...«

»Beurlaubt?«

»Ja, genau.«

»Aber dieses ganze Geld«, beharrte ich, »wo kam das her? Hatte sie was geerbt?«

»Ich weiß nicht. Aber sie hatte immer eine ganze Menge in bar. Sie bewahrte es hinter einem Bücherschrank auf, in einer kleinen Geheimkammer, wo sie alles versteckte, was andere lieber nicht sehen sollten. Sie gab bedenkenlos Geld aus. Sie war dabei, die ganze Wohnung neu einzurichten, und brauchte ständig mehr Kokain.

»Von wem kaufte sie es?«

»Das weiß ich nicht.«

»Aber das gibt's doch nicht! Einen Beweis, einen einzigen kleinen Beweis für das, was du gesagt hast, solltest du schon haben«, platzte ich heraus.

»Nein«, antwortete er untröstlich und senkte den Blick.

»Verdammt! Wenn du es nicht gewesen bist, wie du sagst, wer zum Teufel hat sie dann umgebracht?«
»Ich weiß es nicht, ich weiß es nicht, ich weiß es nicht. Laßt mich in Frieden!« flehte er verzweifelt.
»Noch eine Frage hingegen. Wann warst du zum letzten Mal in diesem Haus?«
»Montag.«
»Also am 26.«, dachte ich. »Dann ist sie seit drei Tagen tot.«
»Und um wieviel Uhr bist du dort angekommen?«
»Mh, es wird Viertel vor acht gewesen sein.«
Benjamino machte mir ein Zeichen, ich folgte ihm aus dem Raum. »Glaubst du ihm?«
»Nein. Noch nie habe ich eine so beknackte Geschichte gehört. Weißt du, was ich dir sage? Der ist wirklich durchgeknallt. Wenn ich sein Anwalt wäre, dann würde ich auf geistige Unzurechnungsfähigkeit plädieren. Vielleicht käme er nach zehn Jahren Irrenhaus dann wieder auf freien Fuß. Und du, was hältst du davon?«
»Ich finde, auch wenn es unglaublich klingt, alles kann er nicht erfunden haben.«
»O. K.«, erwiderte ich. »Es ist klar, daß er mit der Toten ein Verhältnis hatte und daß die, wenn sie sich mit einem wie ihm einließ, ein bißchen durchgeknallt gewesen sein muß. Aber der Rest der Geschichte ist ein Haufen Schwachsinn. Wer sagt dir außerdem, daß es wirklich ein Verhältnis war? Schließlich und endlich hat er sie nicht gevögelt. Womöglich tat er ihr bloß leid, und sie hatte beschlossen, sich wie eine nette Tante zärtlich seiner anzunehmen. Meiner Meinung nach sind die Dinge so gelaufen: Sie haben sich gestritten, sie hat ihm gedroht, den Geldhahn zuzudrehen, er hat rot gesehen und hat sie erledigt. Wir dürfen schließlich nicht vergessen, daß sie eine von denen war, die ihm die achtzehn Jahre Knast aufgebrummt haben, und daß sie – nicht gerade unter der Matratze, aber beinahe – fünfzehn Millionen in bar aufbewahrte.
»Mh, ich weiß nicht«, Benjamino strich sich den schmalen

Schnurrbart glatt. »Jedenfalls glaube ich, daß man an diesem Punkt nichts weiter tun kann, als ihn zu einem Anwalt, zu seinem Anwalt zu bringen.«

»Ich rühr mich nicht von der Stelle.«

Wir fuhren herum. Er war von hinten dicht an uns herangekommen, ohne daß wir es bemerkt hatten.

»Fängst du schon wieder an, den Idioten zu spielen?« gab Benjamino zurück. »Du weißt, daß du mit einem Anwalt reden mußt. Wie lange werden sie brauchen, bis sie dich finden, was glaubst du?«

Seine Augen füllten sich mit Tränen. »Warum wollt ihr mir einreden, die anderen würden mir glauben? Sie werden es genauso machen wir ihr zwei. An diesem Punkt ist mir alles scheißegal. Ich bleibe hier. Das einzige, was ich wirklich will, ist alleine bleiben, um mir in Ruhe den Stoff reinzuziehen. Haut ab, ihr Mistkerle.«

»Ich hätte echt Lust, dir die Fresse zu polieren für das, was du da gesagt hast, aber ich werde es nicht tun. Ich geb dir sogar noch etwas Zeit, um deine Meinung zu ändern, weil außerdem«, ich sah auf die Uhr, »jetzt gerade die Regionalnachrichten anfangen. Es wäre nicht schlecht, wenn auch du dich über den letzten Stand der Dinge informieren würdest.«

Es war der Aufmacher der Sendung. Der Bildbericht unmittelbar nach der Ansage zeigte, daß die Neuigkeit Aufsehen erregt hatte: Man sah, wie der Garten des Hauses, in dem der Mord geschehen war, nur so wimmelte von Journalisten und Ermittlern bei der Arbeit. Das Verbrechen, berichtete der Reporter, war im Morgengrauen entdeckt worden, dank eines anonymen Anrufs. Benjamino wandte sich mir zu und applaudierte kurz. Die Interviews – eines mit dem Direktor des Gymnasiums, wo die Ermordete Englisch unterrichtet hatte, die anderen mit Nachbarn – ergaben das Bild einer absolut positiven Persönlichkeit. Zum Schluß erklärte der mit den Ermittlungen betraute Untersuchungsrichter, er erwarte im Laufe des Nachmittags die

ersten Ergebnisse der gerichtsmedizinischen Untersuchung, könne aber unter Wahrung seiner Geheimhaltungspflicht doch schon vorwegnehmen, daß die bisher zusammengetragenen Indizien erlaubten, den Verdacht auf eine einzige Person zu konzentrieren.
Ich schaltete den Fernseher aus. »Er wird gesucht.«
»Na klar.«

Magagnin war nicht zu bewegen. Nachdem er sich zum x-ten Mal geweigert hatte, mit uns zu kommen, ließen wir ihn in Gesellschaft des Heroins zurück und machten uns auf den Weg nach Padua.
Auf der Rückfahrt dachte ich immer wieder, daß ich genug hatte von dieser Geschichte; ich konnte es kaum erwarten, die Anwältin zu sehen, ihr über die letzten Ereignisse zu berichten und das Geld für meine Bemühungen zu kassieren.
Benjamino schwieg während der Fahrt. Ich spürte, daß er den Fluß meiner Gedanken nicht unterbrechen wollte. Ein paar Mal streifte er mit der Hand die Goldkettchen hoch, die er am linken Handgelenk trug. Ich bemerkte, daß seit unserem letzten Treffen ein neues dazugekommen war, und fand es amüsant festzustellen, daß, nach der bisherigen Reihenfolge ihres Auftauchens zu urteilen, das nächste bestimmt noch protziger und massiver sein würde.
Den ganzen Nachmittag über war die Foscarini nicht aufzutreiben. Freundliche und professionelle Frauenstimmen antworteten unter den verschiedenen, von mir angewählten Nummern, daß die Frau Anwältin nicht gesagt habe, wann sie wieder zurücksein würde. Das Handy war ausgeschaltet.
Die Hitze ließ nicht nach. Um uns die Wartezeit zu verkürzen, flüchteten wir in eine Bar des Forcellini-Viertels. Ein kühles und eher ruhiges Lokal, dessen Pächter sehr schnell gelernt hatte, die besonderen Vorlieben seiner Kunden zu erkennen. In meinem Fall versäumte er nie, mir ein Glas von der Reserve des Calvados Roger Groult zu servieren, den er eigens für mich

bereithielt. Benjamino bestellte einen Wodka und war von dem Absolut, den ich ihm empfahl, sehr angetan.
Wir redeten wenig, weil uns die Gespräche der anderen Gäste neugierig machten. Natürlich sprachen sie über das Verbrechen, die Nachricht des Tages. Wie immer gab es einen Wortführer, der versuchte, uns in eine Diskussion zu verwickeln; er fragte uns, ob wir in einem Fall wie diesem die Todesstrafe für richtig hielten. Aber unsere nicht gerade herzlichen Blicke brachten ihn davon ab, auf eine Antwort zu dringen.
Es war kurz nach elf Uhr zwanzig, als ich die Foscarini endlich erreichte. »Frau Anwältin«, begann ich mit leicht belegter Stimme, »wenn man sich ein Handy kauft, dann tut man das, um immer erreichbar zu sein, besonders, wenn man Ihren Beruf ausübt und schwierige Mandanten hat wie Magagnin.«
»Haben Sie ihn gefunden?« fragte sie und überging meine Rüge.
»Ja.«
»Können Sie zu mir in die Kanzlei kommen, sagen wir in einer Viertelstunde?«
»Ich bin schon auf dem Weg.«
Ich bezahlte unsere Getränke und machte Benjamino ein Zeichen, er solle mir folgen.

Die Kanzlei der Foscarini lag in der Nähe des Gerichts. Um diese Tageszeit waren die Büros leer, und es war leicht, einen Parkplatz zu finden. Benjamino wollte im Wagen bleiben und auf mich warten. »Weißt du, Marco, zum Anwalt und zum Arzt gehe ich in der Regel nur, wenn es unbedingt sein muß.«
Ich hatte nicht erwartet, sie persönlich vor mir zu sehen, als die Tür aufging, aber dann dachte ich, daß die Sekretärin ja bestimmt längst nach Hause gegangen sein mußte. Sie wirkte ziemlich müde und niedergeschlagen.
Ich begrüßte sie mit einem »Schlechter Tag heute, was?«, während ich etwas befangen eintrat und mich fragte, ob es mir gelungen war, den exzessiv hohen Alkoholspiegel mit Natürlichkeit zu überspielen.

Sie ließ mich in ihrem Büro Platz nehmen, setzte sich hinter den Schreibtisch und sah mich schweigend und mit fragendem Ausdruck an. Ich vergaß einen Moment lang ihre Anwesenheit – zum Teufel mit diesem Blick – und studierte die Einrichtung des Raums. Der Stil war völlig unpersönlich, von einer so raffinierten Frau hätte ich mir was Besseres erwartet.
»Also?« fragte sie und unterbrach meine Überlegungen.
Ich schilderte ihr die jüngsten Ereignisse. Selbstverständlich überging ich dabei jene Details, die ihr professionelles Gewissen bestimmt nicht gerne zur Kenntnis genommen hätte, wie das, was Baldans Nase und Ohr zugestoßen war.
»Jetzt sind Sie dran«, schloß ich.
»Nun, wie Sie schon vermutet haben«, begann sie, und stand dabei auf, »ist Haftbefehl erlassen worden. Vor dem Mittagessen wurden die Fingerabdrücke identifiziert, und die Vergangenheit der Belli als Geschworene wurde mit meinem Mandanten in Verbindung gebracht. Morgen wird es in allen Zeitungen stehen. Es ist mir nicht gelungen, mit dem Richter zu sprechen, obwohl ich den ganzen Nachmittag bei der Staatsanwaltschaft war. Glücklicherweise kenne ich einen Gerichtsschreiber, der mich über die neuesten Entwicklungen informiert hat und mir eine Kopie der Protokolle der Spurensicherung und des gerichtsmedizinischen Gutachtens gegeben hat. Ich hatte gehofft, es wäre etwas dabei, was Alberto entlasten könnte, aber leider ist alles nur zu seinem Nachteil. Für die Ermittler ist der Fall schon abgeschlossen.«
Ich konnte mich nicht zurückhalten: »Das finde ich aber reichlich illegal, sich die Akten auf diesem Weg zu beschaffen.«
»Oh, das ist das Geringste! Wissen sie denn nicht, daß es mittlerweile an der Tagesordnung ist, in den Zeitungen Vernehmungsprotokolle zu lesen, die eigentlich der Geheimhaltungspflicht unterliegen …«
»Noch immer überzeugt, daß er unschuldig ist?«
»Ja, und hören sie endlich auf, mich danach zu fragen.«
»Bloße Neugier. Gut, mein Auftrag ist damit erfüllt, ich habe

das Geheimnis des verschwundenen Mandanten gelöst, und nun wissen Sie, wie Sie ihn finden können. Wenn Sie so freundlich wären, mir das Geld zu geben, das mir zusteht, dann will ich Sie auch nicht länger belästigen.«

Das Telefon läutete, während sie vor meinen Augen Fünfzig- und Hunderttausender-Banknoten aufhäufte. Sie lauschte ein paar Sekunden lang. »Entschuldigen Sie, ich kann dieses Telefonat nicht aufschieben, ich werde versuchen, in ein paar Minuten fertig zu sein«, versicherte sie, während sie ins Nebenzimmer ging, wo ein zweiter Apparat stand.

Ich nickte schwach, auf eine längere Wartezeit gefaßt: Mittlerweile weiß ich aus Erfahrung, daß die Telefonate von Anwälten nur der Intention nach kurz sind.

Ich war allein geblieben, zündete mir eine Zigarette an, rauchte sie mit Genuß und trat ans Fenster. Von dieser Position aus konnte ich das Kommen und Gehen der Leute und der Autos verfolgen. Die Anordnung der Straßen lenkte den Verkehr in ganz bestimmte, feste Bahnen. Am Rand meines Blickfelds das Auto, in dem Benjamino saß und auf mich wartete. Das erste Stück Asche fiel auf den Parkettboden. Ich riß mich aus meinen Träumereien los: Die Anwältin würde das vermutlich gar nicht mögen. Mit einem raschen Blick suchte ich nach einem Aschenbecher, vergeblich. Langsam schlenderte ich zum Schreibtisch hinüber. Eine Schublade stand offen, und drin lag eine graue Mappe. Die Aufschrift lautete: PIERA BELLI – PROTOKOLL DER SPURENSICHERUNG AM TATORT / PROTOKOLL DER AUTOPSIE.

Ohne Zögern griff ich nach der Mappe, teils aus Neugier, teils aber auch aus Angst, ich könnte in der Via Torlonga Spuren meiner Anwesenheit hinterlassen haben.

Während die Asche weiterhin auf den glänzenden Parkettboden fiel, blätterte ich rasch die ersten zwanzig Seiten durch, die ganz der Beschreibung des Tatorts gewidmet waren. Es folgte die vom Zustand der Leiche.

Auf Seite 24 in der Mitte hieß es: *Schmuckgegenstände: Am*

Hals ein Kettchen aus Weißgold, am rechten Handgelenk ein Kettengliederarmband in Gold, und am linken Handgelenk eine Uhr der Marke Rolex mit Metallarmband, stehengeblieben um 7 Uhr 36 oder 19 Uhr 36 des 28.

Ich las die letzte Zeile noch zwei Mal. Ein dummer Tippfehler. Die angegebenen Uhrzeiten, da war ich mir sicher, ja, hundertprozentig sicher, waren falsch. Ich blätterte noch weiter in der Mappe herum. Als ich die fotostatische Ablichtung des Polaroidfotos vom linken Handgelenk sah, zuckte ich zusammen: Die Zeigerposition bestätigte die Angaben im Protokoll.

Und doch war ich mir hundertprozentig sicher, daß ich mich nicht getäuscht hatte; daß mein Gedächtnis mich nicht im Stich gelassen hatte, bestätigten meine Berechnungen am Tatort: Daraus hatte ich geschlossen, daß die Uhr sieben oder neunzehn Stunden, bevor ich das Verbrechen entdeckte, stehengeblieben sein mußte.

All das führte mich zu der Annahme, daß dieser verrückte Magagnin ins Haus zurückgekehrt war, vermutlich um noch mehr Geld zu holen, und vor Ort beschlossen hatte, die Uhr zu verstellen. Um die Spuren zu verwischen? Nein, das ergab keinen Sinn. Dann hätte er bestimmt nicht überall Fingerabdrücke hinterlassen, wie es hingegen der Fall war. Außerdem, wie hätte er ohne Auto von Abano nach Padua kommen sollen? Bepi Baldan hatte ihn in diesem verlassenen Haus abgesetzt, und die nächste Bushaltestelle war drei, vielleicht vier Kilometer entfernt. Und die zu Fuß zurückzulegen, bei einer körperlichen Verfassung wie der von Magagnin, die ihm bestimmt keine besondere Mobilität erlaubte, war unmöglich. Vor allem, weil dieser wußte, daß ihm die Polizei auf den Fersen war.

Irgendwas stimmte da nicht.

Ich ließ die Blätter wieder auf den Tisch fallen und fuhr mir mit der Hand übers Gesicht. Die einlullende Benommenheit des Alkohols ließ langsam nach. An ihrer Stelle machte sich eine schleichende Unruhe breit. Einerseits fühlte ich mich von einer Art Instinkt getrieben, diese Angelegenheit für abgeschlossen zu betrachten – ich konnte mein Geld, das mir in Kürze ausgehändigt werden würde, in aller Ruhe genießen, viele Platten und Flaschen von Jahrgangs-Calvados davon kaufen –, andererseits machte sich die Blues-Hälfte meines Charakters wieder bemerkbar, zupfte mich am Ärmel, forderte mich auf, nicht lockerzulassen, weiterzusuchen. Mein verflixtes Bedürfnis zu verstehen, nichts Ungelöstes hinter mir zu lassen. Es kam mir ein für den Anlaß geeigneter Blues in den Sinn:

You closed your eyes
and neon spun inside your head
cause it was dark outside.
You read your bible
but God never came.

Just im dem Moment kam Barbara Foscarini wieder herein. »Buratti, wer hat Ihnen erlaubt, in meinem Schreibtisch herumzuwühlen?«
»Haben Sie vielleicht einen Aschenbecher?« fragte ich sie und wies auf die Kippe, die ich auf einem eleganten Tintenfaß aus Kristall ausgedrückt hatte.
»Geben Sie sofort diese Papiere wieder her.«
»Regen Sie sich doch wegen so einer Kleinigkeit nicht auf. Setzen Sie sich und schenken Sie mir ein wenig von Ihrer werten Aufmerksamkeit.«
Rasch erzählte ich ihr, was ich entdeckt hatte.
»Und Sie sind sich völlig sicher, sich richtig zu erinnern?«
»Ich versichere Ihnen, daß die Zeiger auf 4 Uhr 36 oder 16 Uhr 36 standen, aber bitte, wie Sie wollen.«
Sie bombardierte mich mit Fragen, als wäre es das Kreuzverhör in einem großen Prozeß. Meine Antworten überzeugten sie schließlich: Und es konnte auch gar nicht anders sein, denn wer die Uhr am Handgelenk einer Leiche ansieht, der vergißt den Anblick sein Lebtag nicht.
Als gute Anwältin versuchte sie, diese neue Erkenntnis zugun-

sten ihres Mandanten zu verwenden, aber diese ließ sich unmöglich in eine Rekonstruktion der Fakten einbauen, die ihn in irgendeiner Weise entlastete.

Ich klemmte mir die ganze Mappe unter den Arm. »Hören Sie, es ist sinnlos, daß wir hier unsere Phantasie strapazieren, wir sind zu müde. Wir riskieren, kostbare Zeit zu verlieren. Der einzige, der dieses neue Geheimnis aufklären kann, ist Magagnin, und jetzt geh ich hin und rede mit ihm. Ich nehme auch die Kopien von den Fotografien mit. An irgendwas wird er sich schon erinnern ... wenn er nicht zu vollgepumpt ist mit Drogen, versteht sich.«

»Was soll das heißen, Sie wollen die ganze Aktenmappe mitnehmen? Erinnern Sie sich, daß ich auf informellem Weg daran gekommen bin, und obendrein habe ich sie noch nicht ganz durchgesehen.«

»Keine Sorge, morgen gebe ich sie Ihnen zurück.«

Sie krallte sich an meiner Schulter fest. »Überzeugen Sie ihn davon, daß er mit mir reden soll. Er muß sich so schnell wie möglich stellen. Noch kann er sich retten. Er ist unschuldig, ich werde das beweisen können.«

»Ich werde es versuchen, aber haben Sie schon mal daran gedacht, daß womöglich der einzige Weg, von ihm angehört zu werden, der sein könnte, zu ihm hinzufahren?«

»Lieber nicht. Wenn das bekannt würde, würde das dem Image der Verteidigung nur schaden. Es ist besser, daß er hierher kommt, in die Kanzlei, und daß wir dann gemeinsam zum Richter gehen.«

»Ich glaube nicht, daß er von dem Vorschlag begeistert sein wird. Ich werde jedenfalls versuchen, ihn davon zu überzeugen. Morgen im Lauf des Vormittags rufe ich Sie an ... und schalten Sie dieses blöde Handy nicht wieder aus, bitte!«

Im Wagen berichtete ich Benjamino von meiner Entdeckung.

»Also Marco, wenn ich das recht verstehe, dann hat jemand diese Zeiger verstellt; und zwar jemand, der zwischen dem Zeitpunkt, als du das Haus verlassen hast, also gegen Mitter-

nacht des 28., und dem Eintreffen der Polizei, so gegen fünf Uhr früh des 29., in dieses Haus eingedrungen ist, stimmt's?«
»5 Uhr 25«, korrigierte ich ihn aus dem Protokoll der Spurensicherung.
»Magagnin?«
»Ich wüßte nicht, wer sonst, auch wenn es mir unwahrscheinlich vorkommt, daß er beschlossen haben soll, an diesen Ort zurückzukehren. Das ergibt keinen Sinn.«
»Die ganze Geschichte ergibt keinen.«

Wieder betraten wir das Landhaus von hinten durch die Küchentür. Wir fanden ihn auf dem Sofa ausgestreckt, der Fernseher lief noch immer: Charlie Chaplin war mit einem Wachmann mit großem Schnurrbart, Knüppel und finsterem Blick zugange. Aber Magagnin lachte nicht. Er war tot. Der linke Arm war mit einem Schnürsenkel abgebunden, eine Spritze steckte in einer geschwollenen Vene. Ich faßte ihn an, er war noch warm.
»Überdosis«, kommentierte Benjamino.
»Ja.« Ich nahm das Tütchen mit dem Heroin in die Hand. Es fehlte 'ne ganze Menge.
»Meinst du, er hat sich umgebracht?«
»Ich würde es nicht ausschließen. Er fühlte sich völlig am Ende.«
»Kommt er dir nicht, wie soll ich sagen, länger vor?«
»Ja, Leichen sehen immer größer aus.«
Wir blieben noch ein paar Minuten vor ihm stehen und betrachteten ihn, dann sprach Benjamino das Problem an: »Was machen wir mit ihm?«
»Ich denke gerade darüber nach«, ich wog die Aktenmappe in der Hand, »mach mir bitte eine ordentliche Portion Kaffee. Ich will mir diesen Papierkram hier aufmerksam durchlesen, bevor ich was entscheide.«
Ich setzte mich in einen Sessel gegenüber vom Sofa und Magagnins Körper. Beim Umblättern fiel jedesmal unweigerlich mein Blick auf diesen Arm mit der Spritze darin. Ich las

noch einmal den Bericht der Spurensicherung, er sagte mir nichts Neues. Ich ging zum Autopsiebericht über.
Bei der Abfassung des Gutachtens hatte der Richter sich an den üblichen Fragenkatalog gehalten: *Todesursache, Zeitpunkt des Todes, Mittel, die ihn herbeigeführt haben. Bei Verletzungen gleich welcher Art, die auf Verursachung durch eine andere Person zurückzuführen sind, sind die jeweiligen Positionen zueinander zu bestimmen. Schließlich sind Gewebsproben zu entnehmen und histiologischen bzw. toxikologischen Untersuchungen zu unterziehen.*
Gleich auf der ersten Seite versuchte der Gutachter, sich abzusichern, indem er auf die endgültige Fassung des Berichts verwies, die sich auf sämtliche Laborwerte würde stützen können, die aber nicht vor Ablauf eines Monats vorliegen würde. Vorläufig mußte man sich also mit einer Beschreibung begnügen, ein paar Daten und vielen Vermutungen. Die Beschreibung stimmte mit der der Spurensicherung überein, auch was die Uhrzeit auf der Uhr des Opfers betraf.
Unter den wenigen angeführten Laborwerten machte mich einer besonders stutzig: Im Urin der Piera Belli war eine beträchtliche Konzentration von Benzoylekgonin festgestellt worden. Der Wert wurde kommentarlos angeführt, aber jeder, der im Knast gewesen ist, weiß, daß Benzoylekgonin das wichtigste Stoffwechselprodukt von Kokain ist.
Hinsichtlich einer Sache hatte Magagnin also bestimmt nicht gelogen: Die beurlaubte Lehrerin, die einstige Geschworene am Schwurgericht, schnupfte Kokain.
Nun paßte das alles noch weniger zusammen.
Ab und zu unterbrach ich die Lektüre, um einen Schluck von dem Kaffee zu trinken, den Benjamino mir in der Zwischenzeit gemacht hatte. Sehr stark und mit viel Zucker, so, wie wir es beide im Knast gelernt hatten. Ich trank ihn ganz mechanisch: Eigentlich brauchte ich ihn gar nicht mehr, denn ich fühlte mich mittlerweile völlig klar im Kopf. Im Grunde wäre es mir wohl lieber gewesen, mein Freund hätte mir was Alkoholisches

angeboten, vielleicht hätte mir das geholfen, die Unruhe zu vertreiben, die ich jetzt empfand, sie lag mir wie ein Kloß im Magen.

Das Protokoll verzeichnete 49 Stichwunden, zugefügt mit einem spitzen Messer mit drei Zentimeter breiter Klinge, aller Wahrscheinlichkeit nach einem Käsemesser, bei dem die Klinge sofort breit wird und der Griff fest in der Hand liegt, so daß die Wundränder nicht gequetscht werden, was auf ein Zustechen mit der Faust und nicht mit der Hand schließen läßt. Die Vermutung einer so ausgefallenen Waffe wurde dadurch nahegelegt, daß sämtliche Stiche, außer dreien, nur ein oder zwei Zentimeter tief ins Fleisch eingedrungen waren. Von den dreien – der erste im rechten Lungenflügel war dreieinhalb Zentimeter tief, der zweite in der Leber vier Zentimeter und der letzte am Halsansatz fünf Zentimeter, klaffend und mit unregelmäßigen Rändern – erwies sich keiner als unmittelbar tödlich. Ein Liter Blut im Magen sprach dafür, daß sich Piera Belli, sobald auf sie eingestochen wurde, instinktiv am Boden zusammengekauert hatte, um sich zu schützen. Dabei war sie zweifellos noch wach und bei vollem Bewußtsein gewesen.

Sie hatte dann reglos so verharrt, während der Mörder zustach, und angefangen, ihr Blut zu schlucken, das in die Speiseröhre eingedrungen war. Die Agonie hatte zwischen zehn und zwanzig Minuten gedauert. Nach und nach war Benommenheit eingetreten, dann Bewußtlosigkeit und schließlich der Tod, der nicht so sehr durch den Blutverlust verursacht wurde, als vielmehr durch Ersticken, durch Bedecken des Körpers und des Rumpfes mit den Kissen vom Sofa.

Hinsichtlich dieses merkwürdigen Details stellte der Gutachter die Vermutung auf, der Mörder habe es nicht länger ausgehalten, diese geweiteten und glänzenden Augen zu sehen, wie sie für die erste Phase des Schocks typisch sind. Daß die Dinge wirklich überhaupt nicht zusammenpaßten, wurde mir endgültig klar, als ich die Mutmaßungen über den Zeitpunkt des Todes las.

Die Leiche zeigt erste Anzeichen von Blähung durch Verwesung sowie beginnendes Heraustreten der Augäpfel, sie weist einen froschmaulartig vortretenden Mund auf, oberflächliche Hautablösungen, offenbare Fettleibigkeit und entsprechend einschnürende Kleidung, Verlust von Urin, massiv geblähten Bauch, große grüne Flecken über dem Abdomen, übergehend in die schwärzlichen der Hypostase, reichlich Fliegenlarven auf den Wunden, Austritt einer schwärzlichen Flüssigkeit aus den Öffnungen von Mund und Nase. In Anbetracht der jahreszeitlichen Temperatur, der Enge und schlechten Belüftung des Raums, der einschnürenden Wirkung der getragenen Kleidung und der drei Kissen, die die Leiche bedeckten, können wir vermuten, daß der Tod mindestens drei Tage vor Auffindung derselben eingetreten ist.

Diese Schlüsse haben keinerlei wissenschaftlichen Charakter, stützen sich lediglich auf langjährige Erfahrung. Eine Rekonstruktion des Verwesungsvorgangs würde die exakte Kenntnis der thermischen Veränderungen, Stunde um Stunde, voraussetzen. Gleiches gilt für die Belüftung, die direkte oder indirekte Sonneneinstrahlung, die Todesursachen, Dauer der Agonie, den Zeitraum seit Einnahme der letzten Mahlzeit, Art der verzehrten Speisen, Beschaffenheit und Aggressivität der Darmflora, die molekulare Zusammensetzung der Proteine und alle weiteren möglichen Varianten in der biologischen Zusammensetzung der Materie. In der Tat wird der Verwesungsprozeß vorangetrieben von Keimen, die aus dem Darm aufsteigen, nachdem sie sich beim Tod des Wirtsorganismus rapide vermehrt haben.

Selbst wenn wir alles wüßten, würden ein Antibiotikum, ein sanftes Abführmittel oder andere Medikamente oder andererseits eine leichte Darmverstimmung mit unauffälliger Verstopfung genügen, um jede Vermutung wieder radikal umzustürzen.

Das einzige Element, das Tag und Stunde des Todes mit Präzision zu bestimmen erlaubt, ist die Armbanduhr am linken

Handgelenk des Opfers. Da sie im Lauf der Tötungsaktion nicht beschädigt wurde und ein automatisches Uhrwerk besitzt, das bei Erlöschen jeder Bewegung am Puls zum Stillstand kommt, könnte man wie auch schon in anderen Fällen mittels eines speziellen Gutachtens ermitteln, wie lange der Mechanismus aufgeladen war, und dadurch den fraglichen Zeitpunkt eindeutig bestimmen.

Mit einem Ruck klappte ich die Mappe zu und blickte in Magagnins starrende Augen. Zum zweiten Mal im Lauf von nur wenigen Tagen begegnete ich diesem weit aufgerissenen Blick einer Person, die das Bild des Todes in sich trägt. Mit dem Unterschied, daß dieser Tod hier zweifellos schneller, weniger grausam, aber ebenfalls gewaltsam gewesen war. Es waren Augen, in denen ich einen Schatten des Vorwurfs zu erkennen glaubte.

Nicht ganz zu Unrecht. Schließlich hatte ich mich böse getäuscht.

Benjamino, er war unschuldig.«

»Wie kommst du darauf?« Ich stand vom Stuhl auf, um mir eine Zigarette zu holen. »Wenn ich nicht auf die Leiche von Piera Belli gestoßen wäre, vor allem aber, wenn ich nicht auf ihre Uhr geschaut hätte, hätte ich das nie entdeckt ... so hingegen bin ich jetzt sicher, daß jemand in das Haus zurückgekehrt ist, und das, nachdem das Verbrechen verübt worden ist; bloß handelt es sich dabei nicht um Magagnin.«

»Immer vorausgesetzt, daß du dich nicht irrst.«

»Das hat die Anwältin Foscarini auch ein paar dutzendmal zu mir gesagt, aber seit ich den Bericht des Gerichtsmediziners gelesen habe, gibt es für mich keinen Zweifel mehr: Die Zeiger sind verstellt worden. Ich kann das mit Bestimmtheit sagen, jetzt, wo mir klar geworden ist, welche Bedeutung sie bei der ganzen Sache haben. Ein vorsätzliches Verbrechen, geplant und ausgeführt mit einem doppelten Zweck: die Frau aus dem Weg zu räumen und die Schuld auf jemanden zu schieben, der dafür bestens geeignet schien. Und damit meine ich hier natürlich unseren Freigänger, Magagnin, der häufig Gast im Haus der Ermordeten war und eine entschieden ungewöhnliche Beziehung zu ihr unterhielt. Und das in mehrfacher Hinsicht, nicht zuletzt deswegen, weil sie ausgerechnet in jenem Gericht Geschworene gewesen war, das ihn 15 Jahre zuvor eines Mordes für schuldig befunden hatte, der mit dem jetzigen viele Ähnlichkeiten aufweist. Dem Mörder genügte es, daß Magagnin im Gefängnis landete und sich die Ermittlungen voll und ganz auf ihn konzentrierten. Was ja auch tatsächlich geschah. Kurz, das klassische perfekte Verbrechen, das nicht darum so heißt, weil der wahre Täter nicht entdeckt wird, denn in diesem Fall besteht ja immer noch die Möglichkeit, daß die Bullen eines Tages vor seiner Tür stehen ... sondern, weil ein Unschuldiger an seiner Stelle angeklagt und verurteilt wird. Nur so ist ihm, dank der unfreiwilligen Komplizität der Justiz, Straffreiheit bis in alle Ewigkeit sicher.«

»Halt, mach mal 'ne Pause«, unterbrach mich Benjamino. »Du kommst mir vor wie mein Anwalt: viele schöne Worte und nichts dahinter. Ich hab noch nicht kapiert, was die verstellten Zeiger damit zu tun haben.«

»Paß auf. Magagnin war, wie du weißt, auch an diesem Tag in die Kooperative Sole gegangen. Also hätte er die Frau erst nach der Arbeit, also nach 19 Uhr, töten können. Aber um diese Zeit war sie schon tot. Der Mörder mußte die Zeiger der Uhr also um drei Stunden vorstellen, damit es so aussah, als wäre der Mord genau dann passiert, als Magagnin kein Alibi mehr hatte und kein Zeuge ihn mehr entlasten konnte. Aber Vorsicht: Die Zeiger sind nicht sofort verstellt worden, weil es anfangs keinen Sinn gehabt hätte. Wenn das Verbrechen noch am selben Abend oder am nächsten Tag entdeckt worden wäre, dann hätte das Element Uhr kaum Bedeutung gehabt, weil sie dann noch gelaufen wäre. Die Fingerabdrücke und die Dynamik des Mords wären mehr als ausreichend gewesen, um Magagnin zu belasten. Die Uhr wurde erst später wichtig, als die Leiche anfing zu verwesen, denn von dem Moment an genügte ein einfaches technisches Gutachten, um den Zeitpunkt, zu dem das Verbrechen geschehen war, eindeutig zu bestimmen. Die Rolex so zu belassen, wie sie war, hätte sie zum entscheidenden Entlastungsmoment für den Verdächtigen gemacht. Der Mörder mußte seinen Plan also notgedrungen ändern und in das Haus des Opfers zurückkehren, sonst wäre das ganze Ding geplatzt: So ein kleiner Gegenstand hätte einen fraglos gut durchdachten Plan zunichte gemacht.«

»Und warum hat er sie nicht mitgenommen? Ich an seiner Stelle hätte mir das nicht zweimal überlegt und sie in die Tasche gesteckt.«

»Das hätte der klassische unstimmige Punkt werden können, und das hätte die Situation kompliziert, statt sie zu vereinfachen. Die verstellten Zeiger dagegen haben alles völlig umgekehrt: Die Uhr ist jetzt ein Belastungsmoment für Magagnin und ein bombensicheres Alibi für den wahren Täter, der, jede Wette, einen Haufen Zeugen haben wird, die bereit sind auszusagen, daß er am Montag nach 19 Uhr ganz woanders war.«

»Irgendwas stimmt hier nicht, Marco. Wie hat der Mörder es angestellt, all diese Sachen zu wissen, von wegen wie Leichen verwesen und so'n Kram? Ich hab ja schon den einen oder anderen Mörder kennengelernt in meinem Leben, aber keiner von denen wäre je imstande gewesen, so viele Details zu berücksichtigen. Und vor allem wären sie nie das Risiko eingegangen, an den Tatort zurückzukehren.«

»Ich hab's dir gesagt, er war gezwungen, es zu tun. Das Risiko war erheblich, aber es hat ihm erlaubt, sich wieder ins Spiel einzubringen. Wenn alles glattgeht, wird er am Ende noch die Trumpfkarte des perfekten Verbrechens in Händen halten. Und alles dank seiner Fähigkeit, auch die kleinsten Details mit einzubeziehen, und dank eines bemerkenswerten Timings. Das ist bestimmt einer, der sich auskennt. Gerissen, skrupellos und methodisch.«

»Ein Profi? Ein bezahlter Killer?«

»Das glaube ich nicht, auch wenn die Belli in etwas merkwürdigen Kreisen verkehrte. Apropos, ich hab ganz vergessen dir zu sagen, daß Magagnin bezüglich der Schnupferei nicht gelogen hat: Es war eine hübsche Menge Benzoylekgonin im Urin. Eher schon denke ich an jemand, der die Frau so gut kannte, daß er – wäre da nicht wie durch Vorsehung Magagnin aufgekreuzt – riskiert hätte, sofort in den engeren Kreis der Verdächtigen gezogen zu werden.«

»Du könntest ja recht haben ... Aber deine Rekonstruktion stützt sich auf etwas schwache Elemente, wie mein Anwalt wieder sagen würde. Sicher, wenn jemand in das Haus zurückgekehrt ist, dann bestimmt nicht der Tote hier auf dem Sofa. Es hätte keinen Sinn gehabt, das zu tun, außerdem waren seine Transportprobleme auch nicht unbeträchtlich. Ich hab mich umgeschaut: Hier gibt es nicht mal ein Fahrrad.«

Ich hing lange meinen Gedanken nach, bis Benjamino wieder das Hauptproblem ansprach.

»Und mit ihm, was machen wir jetzt mit ihm?« fragte er und wies auf den Leichnam.

»Das hängt ganz davon ab, wie wir die Geschichte beenden wollen. Geben wir auf? Dann überlassen wir ihn denen, die da draußen die Hetzjagd auf ihn begonnen haben, und der Fall ist für immer abgeschlossen. Die Toten begraben ihre Toten, und der Mörder lebt in Frieden für den Rest seines Lebens. Wenn wir dagegen im Spiel bleiben wollen, dann müssen wir als erstes diesen Leichnam verstecken: Solange er gesucht wird, bleibt der Fall offen.«

»Willst du den Mörder finden?«

»Ja. Wir sind die einzigen, die das können. Ich spreche im Plural, weil ich es ohne deine Hilfe und die der Foscarini gar nicht erst zu versuchen bräuchte.«

»Und dann?«

»Was dann?«

»Wirst du ihn dann anzeigen?«

»Hör zu, Benjamino, du wirst dir doch wohl keine Gewissensbisse machen wegen einem, der ungeschoren davonkommen will, indem er die Schuld auf einen armen Schlucker wie den hier abwälzt. Es ist klar, daß er diesen Mord nach dem Muster des Mordes von '76 ausgeführt hat, wofür dieser Kerl hier schon im Knast saß. Und weißt du warum? Weil Magagnin der perfekte Sündenbock war: Häftling auf Bewährung, halbwegs drogenabhängig, in eine undurchsichtige Geschichte mit der Toten verwickelt. Ist das nicht ein widerliches Verbrechen? Eine unerträgliche Ungerechtigkeit? Oder besser: Eine Schandtat, wie ihr Gangster sagt?«

»Ja, es ist eine Schandtat, aber Mörder zu finden, ist die Sache von Bullen und Richtern. Das überlassen wir lieber denen.«

»Aber die haben ihren Mörder ja schon, und es ist der falsche. Ich habe seine Unschuld herausgefunden«, ich zeigte auf die Leiche, »und jetzt will ich sie beweisen, aber dazu muß ich dem Schuft einen Namen geben, der die Frau umgelegt hat und den Jungen wie eine Marionette benutzt und ihn so weit gebracht hat, daß er sich die Venen mit Heroin vollpumpte, bis es ihm das Herz zerriß. Du weißt ja, daß ich nicht zum Richter gehen und sagen kann, ich bin nicht einverstanden mit dem, was im Gutachten über die Uhr der Belli steht. Ich würde bloß 'ne Menge Ärger kriegen, und kein Mensch würde mir glauben.«

»Jetzt ist er aber nun mal tot, Marco. Was soll er mit seiner Unschuld anfangen?«

Ich konnte meine Wut nicht mehr bremsen. »Was?« schrie ich. »Er hatte die Chance, von vorne anzufangen, und ausgerechnet da haben sie ihn reingelegt. Alle! Die Belli, die mit seinem Leben herumspielte, der Mörder, der ihn reingelegt hat, die Justiz, die Jagd auf ihn macht, und das Heroin, das ihn umgebracht hat. Hier geht es nicht darum, Räuber und Gendarm zu spielen, sondern darum, die Wahrheit ans Licht zu bringen. Er war unschuldig. Er hat ein Recht darauf, daß ihm Gerechtigkeit widerfährt, auch wenn er tot ist.«

»Die Gerechtigkeit, die du nicht bekommen hast, stimmt's?«

»Was hat das jetzt damit zu tun?« brauste ich auf, irritiert davon, daß Benjamino mein Leben mit dem Magagnins verglich.

»Auch du warst der ideale Sündenbock: Student weit über die Regelstudienzeit, Blues-Sänger, der gerne zu tief ins Glas schaut, nicht eben makellose Sitten und einen Haufer krauser Ideen im Kopf. Sie haben sich nicht mal die Mühe gemacht zu überprüfen, ob du mit dem Typen, den du aufgenommen hast, etwas zu tun hattest oder nicht, sie haben dir lediglich vorgeschlagen, zu ›widerrufen‹ und Leute, die du nicht mal kanntest, in den Knast zu bringen …«

»Herrgott, Benjamino, worauf willst du hinaus?«

»Dir Lebensart beibringen will ich, denn manchmal benimmst du dich wie ein blutiger Anfänger. Schau doch nur, wie du den armen Kerl hier behandelt hast. Sobald er dir unter die Augen gekommen ist, hast du ihn fertiggemacht, daß er nicht mal mehr Piep sagen konnte. Er sagte dir, er sei unschuldig, und du hast ihm ins Gesicht gelacht. Jetzt hast du ein schlechtes Gewissen, fühlst dich mies wegen dem, was du getan hast, und willst mit deinem Gewissen ins reine kommen, indem du den Mörder findest … vorausgesetzt, es gibt einen Mörder. Aber du vergißt dabei eines: Die Justiz hat ihre Regeln, und eine davon ist, daß man sie nicht auf ihrem eigenen Gebiet herausfordern soll. Du kannst versuchen, sie zu umgehen, aber nicht, sie herauszufordern. Dieser Kreuzzug von dir auf der Suche nach dem Schuldigen ist ein Luxus, der dich teuer zu stehen kommen kann, vor allem, wenn dabei Bullen, Anwälte und ihr Gefolge in ein schlechtes Licht geraten. Merk dir, daß du kein ›Regulärer‹ bist, keiner, der es sich erlauben könnte, die Rolle des entrüsteten Bürgers zu spielen. Typen wie dich und mich nennt man Vorbestrafte. Wir sind der Abschaum der Gesellschaft. Die können uns fix und fertig machen. Wie und wann sie wollen.«
»Hör auf, den abgeklärten Gangster zu spielen. Antworte mir: ja oder nein?«
»Ja, ich laß dich in diesem Schlamassel nicht allein, aber ich tue es ausschließlich, weil du in der Schuld des Jungen stehst und ich in deiner. Und nur unter einer Bedingung: daß wir uns bedeckt halten. Sollte irgendwas sein, wird die Anwältin mit dem Richter reden. Einverstanden?«
»Einverstanden.« Ich drückte ihm die Hand und küßte ihn auf die Wangen. Er wußte, daß ich diese Rituale der Unterwelt haßte, so gab er mir mit selbstgefälliger Miene einen kräftigen Schlag auf die Schulter.
Wir rauchten schweigend unsere Zigaretten.
»Es ist das erste Mal, daß ich dich so nachdenklich seh, Benjamino«, sagte ich zu ihm.
»Es ist das erste Mal, daß ich mich außerhalb der Spielregeln

bewege, und das gefällt mir überhaupt nicht. Ich fühl mich nicht wohl ... das riecht übel nach Ärger. Und dabei fällt mir ein, daß auch der hier bald übel riechen wird. Hast du dir überlegt, wo wir ihn hinpacken können?«

»Beim Lesen des Gutachtens hatte ich eine Idee. Erinnerst du dich an die Bande von Lallo dem Hinkenden, dem Römer? Sie haben einen Industriellen entführt, haben ihn umgebracht und dann in eine Tiefkühltruhe gesteckt. Wenn sie ein Foto machen mußten, um der Familie zu zeigen, daß er noch am Leben war, holten sie ihn raus, drückten ihm 'ne aktuelle Tageszeitung in die Hand, machten das Foto, und dann wieder ab ins Eisfach. Nicht mal die Gerichtsmediziner haben es bemerkt, sie glaubten, er sei erst 24 Stunden vor Auffinden der Leiche getötet worden. Scheint dir das keine gute Lösung, auch in unserem Fall?«

»Doch, ich finde sie nicht schlecht. Und unten im Keller steht eine Tiefkühltruhe, die für unsere Zwecke geeignet ist ... Los, nimm ihn bei den Füßen.«

Während wir die Treppen zum Keller hinunterstiegen, blieb der alte Rossini stehen.

»Der ist schwer, los, mach weiter!« drängte ich.

»Warte einen Moment. Ich dachte, wenn er nichts mit diesem Mord zu tun hat, dann vielleicht mit dem ersten auch nicht.«

»Das geht mir zu schnell. Wir müssen uns nur mit diesem hier befassen. Für den anderen, auch wenn es so wäre, ist es zu spät. Er hat die Rechnung schon bezahlt.«

Wir vernichteten seine persönliche Habe: Die Drogen in die Klospülung, die Kleider und die Tasche verbrannten wir im Kamin. Das Geld nicht. Das behielten wir als Spesenrücklage für unsere Ermittlungen.

Es war spät in der Nacht, als wir das Haus verließen. Wir mußten dringend schlafen, und Benjamino lenkte den Wagen in Richtung Venedig.

»Bei mir ist es bequemer«, kommentierte er ironisch. Er wußte, daß ich niemand mehr bei mir beherbergte.

Ich steckte eine Kassette in den Recorder des Autoradios. Willie Dixon sang *I'am your hoochie coochie man.* Er ließ mich das Motiv ein Weilchen mitsummen.
»Wirst du der Foscarini sagen, daß Magagnin tot ist?«
»Und daß wir ihn in einer Kühltruhe ›geparkt‹ haben? Ich denk ja gar nicht dran. Auch weil sie das Spiel nicht durchhalten würde. Vergiß nicht, daß wir sie brauchen, sie verkehrt an Orten, wo wir nicht mal von ferne Zutritt haben. Wir müssen ihr halt ab und zu eine Lüge auftischen, um sie zu beruhigen, wie zum Beispiel, daß ihr Mandant seinen Unterschlupf geändert hat und sie nicht sehen will.«
»Hoffen wir, daß sie das schluckt. Und nun, Sherlock Holmes, wo fangen wir an?«
»Ich habe keinen blassen Schimmer, Watson.«
Gleich darauf schlief ich ein.

Mir stieg kräftiger Kaffeeduft in die Nase, großzügig mit Calvados angereichert. Ich schlug die Augen auf und sah Benjamino am Rand meines Bettes sitzen, er hielt mir die Kaffeetasse unter die Nase.
»Guten Morgen.«
Ich nahm sie ihm aus der Hand und trank gierig. »Ist noch ein Schluck da?«
Er zeigte auf die Flasche auf dem Nachttisch. »Bedien dich.«
Nach einer Zigarette fühlte ich mich bereit, den Tag zu beginnen: Nach dem Licht zu schließen, das durch die Ritzen der Fensterläden drang, würde er heiß und schwül sein wie der vorangegangene und aller Wahrscheinlichkeit nach der folgende auch. Im Veneto ist das immer so: Die Hitze läßt nicht nach, und dann, eines Tages, verschwindet sie ebenso plötzlich, wie sie gekommen ist.
»Wie spät ist es?«
»Fast zehn.«
»Neuigkeiten?«
»Das hier«, sagte er und reichte mir eine Tageszeitung mit

Paduaner Lokalnachrichten. »Hör mal, ich hätte ein paar dringende Besorgungen zu machen. Was hältst du davon, wenn wir nach dem Mittagessen aufbrechen?«
»In Ordnung, so versuche ich unterdessen, auf ein paar gute Ideen zu kommen.«
Die Fotos von der Belli und Magagnin waren auf der ersten Seite. Die Bildunterschrift lautete: *Geschworene aus Rache ermordet: Alberto Magagnin, der schon 1976 für den Mord an Evelina Mocellin Bianchini verurteilt wurde, wird auch dieses neue grausame Verbrechen zur Last gelegt ...*
Die ausführlicheren Berichte nahmen innen zwei ganze Seiten des Lokalteils ein. Ich las sämtliche Artikel aufmerksam durch. Der Fall war schon gelöst, um ihn zum Abschluß zu bringen, brauchte man der Justiz jetzt nur noch den Schuldigen zu liefern, dessen Stunden wie üblich gezählt waren. Mordkommission, Carabinieri und Untersuchungsrichter gaben sich sehr sicher und zuversichtlich: Fingerabdrücke, Vorgehensweise und das Tatmotiv der Rache nagelten Magagnin unausweichlich fest.
Der Kommentar befaßte sich, wie erwartet, mit der Gefängnisreform, war aber gar nicht so übel. Obwohl er davon überzeugt war, daß ein Rechtsstaat ohne Gefängnisreform nicht auskommen kann, hielt der Autor es gleichwohl für wünschenswert, daß die Richter bei der Beurteilung der Voraussetzungen, die der Strafgefangene erfüllen mußte, um Freiheit auf Bewährung zu bekommen, strengere Maßstäbe walten ließen, insbesondere im Hinblick auf seine psychische Gesundheit.
Dann folgte ein ausführlicher Bericht über den Prozeß von 1976. Auf den Fotos von damals aus dem Gerichtssaal waren die Gesichter des Angeklagten und der Geschworenen eingekreist. Wenn auch um fünfzehn Jahre jünger, waren auf seinem Gesicht doch schon der unsympathische Zug und die traurigen Augen, die ich kannte, zu erkennen. Sie hingegen lächelte, und ihr Gesichtsausdruck war leicht zweideutig.
Ich verweilte lange bei diesen Bildern und fragte mich, was in

aller Welt diese Frau dazu gebracht haben konnte, im Schwurgericht zu lächeln, wo doch dauernd eine so verhängnisschwangere Atmosphäre herrscht. Es wirkte, als hätte sie sich für den Fotografen in Pose gesetzt und als fühlte sie sich rundum wohl.
Wer hätte je gedacht, daß sie mal kokainsüchtig werden und sich mit einem Freigänger einlassen würde, mit einem, der ein paar Tage nachdem diese Bilder aufgenommen worden waren, auch dank ihrer Beihilfe, verurteilt worden war. Wer weiß, ob Magagnin den Teil seiner Erzählung bezüglich der sadomasochistischen Praktiken, in die er, wie er sagte, durch die Belli eingeführt worden war, frei erfunden hatte. Aus den Interviews mit Nachbarn und Lehrerkollegen gewann man den Eindruck, sie hätte ein eher zurückgezogenes Leben geführt, sei praktisch ganz in ihrer Lehrtätigkeit aufgegangen. Die nächsten Verwandten lebten in Treviso, und in den letzten Jahren hatten sie sie selten gesehen. Sie würden sich jedenfalls um die Beerdigung kümmern. Die Journalisten hatten keine Freunde ausfindig machen können, aber das interessierte die Ermittler bestimmt nicht: für die Untersuchungen nebensächlich. Adreßbücher waren nicht einmal beschlagnahmt worden. Und doch mußte sie ihre Bekanntschaften gehabt haben, und ziemlich vorurteilsfreie obendrein, da diese sie auf den Kokaingenuß gebracht hatten.
Auf das Kokain fand sich in den Artikeln nicht der geringste Hinweis. Das war verständlich, dem Richter würde das erst bei Vorlage des Gutachtens auffallen, denn das würde auch die toxikologischen Befunde umfassen; aber selbst wenn er es jetzt schon wußte, Magagnins Position würde sich dadurch um keinen Deut bessern.
Eines war sicher, hinter dem Lächeln dieser Frau gab es etwas zu entdecken. Eine so unerhörte Wahrheit, daß ein derart kompliziertes Verbrechen gegen sie ausgeheckt werden mußte.
Auf das Foto von Barbara Foscarini im Talar folgte ein Inter-

view mit ihr, eine weitere verzweifelte Verteidigung ihres Mandanten. Der Journalist schloß den Artikel mit einer ziemlich unfreundlichen Bemerkung, die die Anwältin erledigte.

Wie üblich konnte natürlich die Meinung des Experten nicht fehlen. Der Seelenklempner, Dauergast in den meistgesehenen TV-Shows des Moments, hatte sich auch diesmal den gebührenden Platz gesichert, um über die *narzißtische Persönlichkeit mit Borderline-Syndrom* zu dozieren und über *Streßfaktoren bei Einnahme von Drogen und Alkohol, die Argwohn und ritualisiertes Verhalten verstärken können.* Armer Magagnin, sie hatten ihm das Gewand des Mörders auf den Leib geschneidert, auch mit dem Segen der Psychiatrie.

Der Artikel mit der Unterschrift Giovanni Galderisi, dem Senior unter den Paduaner Lokaljournalisten, hob sich von den anderen ab, weil er nicht in den Chor der breiten Mehrheit einstimmte, sondern einige unklare Punkte hervorhob, von denen er meinte, sie verdienten die besondere Beachtung der Ermittler.

Vor allem muß man sich fragen, wer der mysteriöse anonyme Anrufer ist, der den Ermittlern ermöglicht hat, den geschändeten und leblosen Körper der beklagenswerten Lehrerin zu finden. Es fällt schwer zu glauben, das sei Magagnin gewesen, der mutmaßliche Täter des Verbrechens. In der Tat geht man nach landläufiger Erfahrung davon aus, der Mörder sei der letzte, der wünscht, daß das Verbrechen entdeckt wird. Vielleicht ein Freund oder Nachbar zu Besuch? Das ist ebenso unwahrscheinlich, vor allem, weil er ohne weiteres seinen Namen hätte nennen können, und dann, weil der mysteriöse Anrufer bei der Polizeizentrale eine Angabe gemacht hat – die Leiche befindet sich in einem Raum im ersten Stock des Hauses –, die beweist, daß er sie zumindest gesehen hat. Wäre es ein Nachbar oder ein befreundeter Besucher gewesen, hätte er nach Auffinden der Leiche sofort Hilfe geholt und dazu das Telefon im Haus benutzt, in dem er sich aufhielt. Hingegen ist festgestellt worden, daß der Anruf um vier Uhr früh aus der Telefonzelle einer Tankstelle an der Autobahn Venedig–Mailand kam.

Muß man hier nicht vielleicht an einen Komplizen denken oder jedenfalls an jemanden, der über das Verbrechen ebensoviel weiß wie Magagnin?
Weiter muß man sich fragen, warum Magagnin ausgerechnet Professoressa Belli zum Ziel seiner Rache erkoren hat. Der Schreiber war einer der zahlreichen Berichterstatter, die den Prozeß um das Verbrechen Evelina Mocellin Bianchini Ende 1976 mitverfolgten. Ich kann versichern, daß im Lauf der Verhandlungen nichts vorgefallen ist, was auf einen besonderen Groll des Angeklagten gegenüber dieser Geschworenen hindeuten könnte.
Warum also ausgerechnet die Belli? Vielleicht kann nur Magagnin darauf eine erschöpfende Antwort geben. In Erwartung, daß er gefaßt wird, und wir hoffen, daß dies so bald wie möglich geschieht, sollten die Ermittlungen in sämtliche Richtungen fortgeführt werden, und auch die unscheinbarsten Aspekte sollten in Betracht gezogen werden ...
Ich legte die Zeitung auf die Knie und fuhr mir mit der Hand durch die Haare. Ich hätte mir die Zunge abbeißen mögen, weil ich mir dieses Detail über die Lage der Leiche hatte entschlüpfen lassen, als ich den anonymen Anruf machte. Dann aber riß ich die Seite mit dem Artikel heraus und faltete sie sorgfältig zusammen. Mir war eine Idee gekommen.
Die Foscarini empfing uns mit einem »Und wer ist dieser Herr?«, womit Benjamino gemeint war.
»Mein Partner Benjamino Rossini. Da haben Sie Ihre kostbaren Akten wieder, Frau Anwältin. Ich überbringe Ihnen Grüße von Ihrem Mandanten. Apropos, er läßt Ihnen ausrichten, er möchte Sie lieber nicht treffen und noch viel weniger wolle er sich der Justiz stellen. Beim gegenwärtigen Stand der Dinge will er lieber versteckt bleiben und abwarten, daß sich die Situation klärt. Außerdem hat er mich beauftragt, parallele Ermittlungen durchzuführen, um den wahren Mörder zu finden.«
»Das bedeutet, daß Sie jetzt von seiner Unschuld überzeugt sind. Das überrascht mich. Erklären Sie mir das, ich bitte Sie.«

Ich erzählte ihr von meinen Entdeckungen und Schlußfolgerungen.
Zum Schluß sagte sie zur mir: »Ist Ihnen klar, daß Ihre Zeugenaussage ihn entlasten könnte? Als Alberto Magagnins Verteidigerin ist es meine Pflicht, Sie aufzufordern, beim Untersuchungsrichter vorzusprechen ...«
»Reden Sie doch keinen Unsinn, Frau Anwältin. Wir wissen beide ganz genau, daß das gar nichts bringen würde und uns nur Schwierigkeiten machen würde. Was man machen kann, und das wünscht auch Ihr Mandant, ist, Ermittlungen aufzunehmen. Wenn wir unsere Kräfte zusammentun, könnte uns das vielleicht gelingen. Wir verfolgen die Spur Belli weiter, und Sie sammeln unterdessen Informationen aus dem Justizpalast. Was halten Sie davon?«
»Ich halte das für grundsätzlich falsch, und es hilft uns sicher nicht, Albertos Situation zu verbessern. Ich will Ihnen ja nicht zu nahe treten, Buratti, ich weiß, daß Sie sich im Gangstermilieu bestens auskennen, und verschiedene Kollegen haben eine hohe Meinung von Ihnen, aber ich bezweifle, daß Sie in der Lage sind, so schwierige und komplexe Ermittlungen durchzuführen, wie sie bei einem vorsätzlichen Mord erforderlich sind. Aber wenn das Albertos Wunsch ist, werde ich versuchen, ihm zu helfen, soweit es in meinen Kräften steht und im Rahmen meiner Kompetenzen liegt. Sagen Sie ihm, ich bedaure, daß ich ihn nicht treffen kann, ich bin sicher, ich könnte ihn überzeugen. Geht es ihm wenigstens gut?«
»Ich würde sagen, er leidet nicht unter der Hitze, wie wir«, bemerkte Benjamino scheinheilig.
Ich warf ihm einen bösen Blick zu und sagte dann, wieder zur Anwältin gewandt: »Ich verstehe, daß Sie an meinen ermittlerischen Fähigkeiten zweifeln, aber Sie müssen sich darüber im klaren sein, daß wir die einzigen sind, die Ihrem Mandanten helfen können.«
»Haben Sie eine Idee?«
»Ein paar. Aber ich glaube nicht, daß Sie die kennenlernen

möchten. Sie würden sie wahrscheinlich für etwas unprofessionell halten.«
Ich war schon im Begriff, den Raum zu verlassen, als sie mich unvermittelt fragte: »Und woher nimmt Alberto das Geld, um Sie zu bezahlen?«
Instinktiv erwiderte ich: »Und das Geld, das er Ihnen in all den Jahren gegeben hat, wo hat er das hergenommen?«
Sie steckte den Schlag ein und senkte den Blick auf den Schreibtisch.
»Sind Eure Unterhaltungen immer so herzlich?« fragte mein Freund, während wir auf den Aufzug warteten.
»Mehr oder weniger.«
»Sie hat uns zu verstehen gegeben, daß sie Magagnin gratis verteidigt hat, aber sie hat uns den Grund dafür nicht genannt. Mit so viel professionellem Eifer einen hoffnungslosen Fall zu betreuen, ohne den Anreiz des Gottes Mammon – das tut doch kein Anwalt.«
»Da hast du recht. Meiner Ansicht nach ist sie gefühlsmäßig tief in die Sache verstrickt ... ich habe den Verdacht, da gibt es noch andere Wahrheiten zu entdecken. Schade, daß der einzige, der uns helfen könnte, Licht in die Sache zu bringen, unter einer anständigen Schicht Tiefkühlkost begraben liegt.«

»Dottore Galderisi, bitte.«
»Der ist nicht in der Redaktion. Er hat frei.«
»Können Sie mir bitte seine Privatnummer geben?«
Mit einem Grunzen wurde am anderen Ende der Leitung die Verbindung unterbrochen. Der Telefonist war entschieden kein besonders liebenswürdiger Typ.
Im Telefonbuch nachzusehen, war völlig zwecklos, weil die Journalisten zu den Berufsgruppen gehören, die immer seltener darin auftauchen, aber gegen eine bescheidene Summe konnte ich direkt bei der Telefongesellschaft nachfragen: Ich kannte da einen Typen, der sich gerne eine Kleinigkeit dazuverdiente.
»Giovanni Galderisi?«

»Ja?«
»Ich bin der mysteriöse Anrufer im Fall Belli.«
»Aha! Und was kann ich für Sie tun?«
»Ich habe Ihren Artikel gelesen und dachte, ich rufe Sie an, um Ihnen meine Anerkennung auszusprechen.«
»Sonst nichts?«
»Eigentlich doch. Ich dachte, Sie könnten vielleicht auch an ein paar Dingen Interesse haben, die mit dem Mord zusammenhängen und die noch nicht entdeckt worden sind.«
»Zum Beispiel?«
»Daß zwischen Magagnin und der Toten ein Verhältnis bestand, das nun schon eine Weile dauerte, und daß die unbescholtene Lehrerin und ehemalige Geschworene dem Drogengenuß ergeben war. Und daß Magagnin unschuldig ist.«
»Können Sie das alles beweisen, was Sie da sagen?«
»Nur zum Teil, aber für einen Journalisten ist das doch ein gefundenes Fressen, scheint mir.«
»Das wird sich zeigen. Aber was ist mit Ihnen, welche Rolle spielen Sie in der Geschichte?«
»Aber kommen Sie, Dottor Galderisi, enttäuschen Sie mich nicht mit so wenig professionellen Fragen.«
»Sagen Sie mir wenigstens, warum Sie sich an mich gewandt haben.«
»Weil Sie der einzige sind, der sich Fragen gestellt hat und nicht begeistert auf die Hypothese der Anklage eingegangen ist. Ich mache Ihnen einen Vorschlag: Ich liefere Ihnen die Nachrichten, und Sie veröffentlichen sie.«
»Um für Magagnins Unschuld einzutreten? Sie wissen, daß ich das nicht kann.«
»Ich weiß. Mir geht es nur darum, daß die Paduaner morgens aufstehen und zum Zeitungskiosk stürzen, um die neuesten Nachrichten in der Sache zu lesen; ich will, daß in der Stadt von nichts anderem die Rede ist.«
»Geben Sie mir die Zeit, mit dem Chefredakteur darüber zu sprechen.«

»Ich rufe Sie morgen abend wieder an.«
Der alte Rossini hatte das Gespräch mit angehört, die Arme verschränkt und mit dem Ausdruck unverhohlener Mißbilligung. »Du hattest mir geschworen, daß wir den Arsch bedeckt halten würden, und dann telefonierst du als erstes mit der Presse.«
»Komm, Partner, das ist ein genialer Schachzug. Wenn Galderisi sich entschließt, uns zu helfen, haben wir gleich zwei Vorteile davon. Erstens würden Bullen und Richter sich unter Druck fühlen und vielleicht sogar selbst etwas herausfinden. Zweitens, und das ist wichtiger, wir verhindern, daß der Mörder sich allzusehr in Sicherheit wiegt.«
»Und welche Geniestreiche hast du noch auf Lager?«
»Heute nacht zeig' ich dir das Haus der Belli. Dort suchen wir das Versteck, von dem Magagnin erzählt hat. Wenn es wirklich existiert, könnten wir auf einige Fragen eine Antwort finden.«
»Ich habe verstanden. Wir riskieren mal wieder den Knast.«
Wir kehrten in die Bar im Forcellini-Viertel zurück: Calvados, Wodka und Klimaanlage. Es war gerade sechs Uhr abends vorbei, und wir mußten unseren Besuch im Haus Belli noch vorbereiten.
»Ich glaube nicht, daß das leicht wird. Der Ort, an dem ein Mord verübt worden ist, zieht immer eine Menge neugieriger Blicke an«, begann Benjamino.
»Das stimmt. Aber dieses Haus liegt in einer wenig belebten Straße. Wenn wir ungesehen zu Fuß hinkommen, dann wird alles glatt gehen. Gehen wir beide rein, oder soll einer draußen bleiben und Schmiere stehen?«
»Beide rein. Auf der Straße oder im Garten rumzustehen, ist gefährlicher, das fällt zu sehr auf. Bevor die Geschäfte schließen, müssen wir noch in eine Eisenwarenhandlung und das nötige Werkzeug besorgen. Die Chirurgenhandschuhe sind bei den ›Teilen‹ im Auto.«
»Wir sollten ins Einkaufszentrum gehen. Das ist der ideale Ort

für unsere Art von Einkäufen: Der ist immer voller Menschen, weil er klimatisiert ist.«

Sobald es dunkel war, machten wir einen Erkundungsgang, und Benjamino beschloß, daß wir durch das Fenster an der Rückseite des Hauses einsteigen würden, das durch eine dichte Buchsbaumhecke weniger gut zu sehen war.

Vier Stunden später sprangen wir über die Einzäunung. Der alte Rossini bewegte sich behende wie eine Katze. Seine Gegenwart gab mir Sicherheit.

Bevor er den Fensterladen mit einem kurzen Brecheisen aus den Angeln hob, kontrollierte er, ob nicht Sensoren einer Alarmanlage angebracht waren. Dann schnitt er die Fensterscheibe auf der Höhe des Griffs mit einem Glasschneider auf. Mit abgeblendeten Taschenlampen begannen wir, das Haus, beim Erdgeschoß angefangen, zu durchsuchen.

In dem Raum, wo ich auf die Leiche der Piera Belli gestoßen war, fanden wir hinter einem Bücherregal auch das Versteck. Das Bücherregal bedeckte zwei Wände. Nachdem wir die Regale leergeräumt und die Rückwände abgeklopft hatten, erkannten wir, daß der Teil an der schmäleren Wand hinten hohl war. Man brauchte nur leicht dagegenzudrücken, um festzustellen, daß das Regal auf Rollen lief, und so hatten wir es im Nu beiseite geschoben. Das Versteck war eine ungefähr zwei Quadratmeter große Kammer, deren Tür entfernt worden war. Einfach, aber genial. Ohne Einblick in die Grundrißzeichnungen des Hauses war es praktisch unmöglich, die Existenz dieses winzigen Kämmerchens zu entdecken. Die Polizei hatte nicht einmal danach gesucht; im übrigen hatte sie auch keinerlei Anhaltspunkte, die auf das Vorhandensein von Geheimnissen im Leben der Professoressa schließen ließen.

Am Boden standen vier große, elegante Pappschachteln, verziert mit einem Blumenmuster auf dunkelblauem Grund.

»Besorg eine Tasche oder einen Koffer, worin wir die unterbringen können«, befahl ich Benjamino, während ich mich hinunterbeugte, um den Inhalt zu studieren. Papiere, Fotogra-

fien, Briefe, ein Tütchen mit einigen Gramm Kokain, eine Polaroid-Kamera, ein Richtertalar samt Barett, ein paar Peitschen, Handschellen und sonstige Sado-Maso-Ausrüstung und ein paar Schmuckstücke. Magagnin hatte die Wahrheit gesagt. Begeisterung erfaßte mich. Ich hatte große Lust, aus diesem Haus weg und an einen sicheren Ort zu gehen, wo wir unseren Fund in Ruhe untersuchen konnten. Benjamino kam mit einem großen, weichen Ledersack wieder. »Ich habe den hübschesten ausgesucht, und wie es aussieht, behalte ich den auch. Damit mach ich garantiert 'nen tollen Eindruck.«
Wir nahmen nur die Papiere und die Fotos. Dann rückten wir das Bücherregal sorgfältig wieder an seinen Platz, und damit die Polizei nicht erkannte, welches Ziel dieser Einbruch gehabt hatte, warfen wir in anderen Zimmern den Inhalt von Schubladen und Schränken durcheinander. Sicher würden sie auf Einbruch durch ungeschickte Diebe tippen.
Bei der Mautstelle an der Ausfahrt von Mestre gerieten wir in eine Polizeikontrolle. Zum Glück waren die Carabinieri damit beschäftigt, den Wohnwagen einer Familie von Zigeunern auseinanderzunehmen; dennoch, um Überraschungen zu vermeiden, beschloß Benjamino, bis Punta Sabbioni auf der Landstraße zu fahren.
Wir räumten den großen rechteckigen Tisch im Wohnzimmer leer und begannen, das Material Schachtel für Schachtel zu sichten. Zuerst die Fotografien. Die älteren waren sorgfältig in versiegelten Umschlägen aufbewahrt. Sie zeigten Paare oder Trios, manchmal eine einzelne Person. Insgesamt zwei Frauen – unsere Professoressa und eine Freundin – und sechs Männer waren bei jeder Art von sadomasochistischen Praktiken verewigt. Interessant war zu beobachten, daß die zwei Frauen bei jedem Treffen anwesend waren, während die Männer jeweils einzeln teilnahmen.
Die Freundin der Belli war eine Brünette um die 35, ein aparter Typ.
Leider waren die Gesichter nur auf wenigen Fotos deutlich zu

erkennen, und die legte ich beiseite in der Hoffnung, sie mit den dazugehörigen Namen und Nachnamen versehen zu können.

Der alte Rossini schüttelte den Kopf. »Ist ja nicht zu fassen ... Und diese Schnepfe hier«, lachend wies er auf die Belli, »hatte den Mut, zu Gericht zu sitzen und Gefängnisstrafen auszuteilen.«

»Nun ja, jeder hat so seinen Geschmack in puncto Sex. Ich würde sie aber nicht so sehr als Schnepfe bezeichnen, sondern eher als schlau, sie verstand, das Angenehme mit dem Nützlichen zu verbinden. Erst amüsierte sie sich, dann erpreßte sie. Das könnte das viele Bargeld erklären, das Magagnin zur Verfügung hatte, und es könnte vor allem das Motiv für das Delikt sein. Vielleicht war es einer von diesen Typen hier, der sie abgemurkst hat.«

»Möglich. Ist dir aufgefallen, daß die alle eine Rolex am Handgelenk tragen? Das Modell, das du auf diesem Foto siehst, kostet an die 20 Millionen Lire.«

»Du hast recht«, sagte ich, und ging näher hin, um besser zu sehen. »Das sind alles Leute, die aussehen, als hätten sie Geld.«

Ein anderer Umschlag enthielt Fotografien, die nur Piera Belli, ihre Freundin und einen Mann zeigten, der eine Ledermaske mit Metallbeschlägen trug, in Höhe des Mundes ein vergoldeter Reißverschluß. Trotz der sadistischen Aufmachung hatte ich den Eindruck, daß er der Passive war, nicht die zwei Frauen.

»Hier, die Fotos mit Magagnin«, sagte Rossini und reichte sie mir.

Magagnin zu sehen, in Lederhosen, die seine Genitalien entblößten, und in Gesellschaft seiner Professoressa in der Version »Richterin in der langen Robe« deprimierte mich und trocknete mir die Kehle aus.

Es war Zeit für eine Pause. Ich kippte mehrere Gläschen, aber ich fühlte mich noch völlig klar, als ich die Polaroid-Fotos wieder in die Hand nahm.

»Schwacher Magen, Sherlock Holmes?«
Ich antwortete nicht. Ich verweilte bei einem Schnappschuß, auf dem das Gesicht der Brünetten besonders scharf zu erkennen war.
»Erinnerst du dich, was Magagnin von der hier gesagt hat?«
»Er meinte, sie sei Verkäuferin.«
»Es ist vielleicht gar nicht so schwer, sie ausfindig zu machen. Ein Freund von mir, ein Saxophonist, kennt alle schönen Frauen von Padua, und ich glaube, die hier gehört in die Kategorie.«
Von den Fotos zu den Briefen. Auch in diesem Punkt hatte Magagnin die Wahrheit gesagt: Piera Belli war eine Graphomanin. Bei den hunderten von Seiten, die mit einer klaren und flüssigen Handschrift bedeckt waren, war alles dabei: Abschriften von Briefen an Geliebte bis hin zu der Auflistung der sexuellen Wünsche des Tages, von denen Magagnin erzählt hatte. Leider erschien nirgendwo ein Adressat. Die Briefe an den Freigänger erkannte ich lediglich deswegen, weil er mir davon erzählt hatte.
Die einzige Frau, von der die Rede war, war natürlich die, die überall auf den Fotografien als unzertrennliche Gefährtin der Dame des Hauses erschien. Auch ihr Name wurde nie preisgegeben. Sie war nur »meine dunkle Spielgefährtin«, die, wie aus einigen Sätzen hervorging, die Aufgabe hatte, ihr das Kokain zu beschaffen.
Vom Boden der letzten Schachtel holte Benjamino zwei Mappen hervor, die mit einem pinkfarbenen Band zugebunden waren. Die erste enthielt die Fotokopie eines längeren Artikels aus einer englischen Zeitschrift mit dem Titel *Photography of bloodstains visualized by luminol,* der von Hand auf 1973 datiert war, in einer Handschrift, die mit Sicherheit Piera Belli gehörte. »Schau her, sieht aus wie eine wissenschaftliche Zeitschrift.«
»Nun, die Verstorbene unterrichtete Englisch: Vielleicht handelt es sich um eine alte Übersetzung.«

»Und das, was ist das?« Benjamino reichte mir die zweite Mappe.
»Noch mehr Briefe. Schauen wir mal, an wen sie jetzt schreiben wollte.«

Zerstreut sah ich in den ersten Umschlag hinein, aber nach den ersten Zeilen war ich sofort wieder hellwach und ganz bei der Sache.

Diesmal hatte ich vielleicht ins Schwarze getroffen.

Sämtliche Briefe waren an den Mann mit der schwarzen Ledermaske gerichtet; nicht nur lud ihn die Professoressa zu den gewohnten Treffen zu dritt ein – offenbar in Gesellschaft der Brünetten –, sondern sie erinnerte ihn auch daran, daß er noch die Monatsrate zu begleichen hatte, die ihr half zu vergessen, daß er der Verantwortliche für die Verurteilung eines Unschuldigen war. Alberto Magagnin.

»Ich glaube, wir haben die richtige Spur gefunden, hör zu«, sagte ich zu meinem Freund, und begann die Seite vorzulesen, die ich am interessantesten fand.

Unser Treffen findet am Sonntag statt. Richte es so ein, daß Du pünktlich um drei Uhr nachmittags hier sein kannst. Und nun wie immer meine Anweisungen:

Die Haustür wird nur angelehnt sein. Geh in das erste Zimmer links. Dort wirst Du einige kleine Überraschungen finden, neue Accessoires, die unser Zusammensein unvergeßlich machen werden. Siehst Du diese köstliche kleine Peitsche? Nimm sie in die Hand, ihr Griff ist aus Elfenbein, lang und schmal. Als ich ihn sah, kam mir so vieles in den Sinn … aber nicht jetzt. Leg erst einmal diese tristen, grauen Kleider ab und zieh die weiche Ledermaske über. Wie immer wird Deine Identität verborgen bleiben. Ein erregendes Geheimnis, das meine dunkle Spielgefährtin vor Neugier vergehen läßt. Keine Angst, sie wird nie erfahren, wer Du bist, denn das ist eines unserer kleinen Geheimnisse. Und jetzt mach weiter. Wir warten oben auf Dich.

Tritt ein und befiehl uns, vor Dir auf allen Vieren zu gehen. Laß

Dich ansehen, mit dieser hübschen Peitsche in der Hand siehst Du aus wie ein Herrscher. Dann wirst Du zuerst auf mich zugehen, mich vom Boden hochheben, wirst mich an den Handgelenken packen und mich zwingen, die Arme auf den Rücken zu biegen. Du wirst mich mit den schwarzen Schnüren fesseln, die ich um meine Hüften gebunden habe. Heb mich in den Sessel, spreiz meine Beine auseinander und bind sie an den Armlehnen fest. Reiß mir den Slip herunter.
Ich weiß, was Du jetzt willst ... aber das kannst Du nicht tun, weil meine dunkle Spielgefährtin auf Dich wartet. Laß sie vor Dir niederknien, ihre Handgelenke sind straff mit den Knöcheln zusammengebunden. Dann ohrfeige sie sanft, pack sie bei den Haaren und zieh sie hoch. Bring sie dazu, daß sie ihn in den Mund nimmt. Du magst doch, daß sie ihn Dir lutscht, nicht wahr?
Aber vergiß nicht, daß ich vollkommen offen bin. Steck mir die Gerte rein. Du wirst mir weh tun, aber aus meinem Mund wird kein Laut der Klage kommen, wie aus Deinem kein Wort.
Kurz bevor Du kommst, wirst Du meine dunkle Spielgefährtin zwingen, sich umzudrehen, und Du wirst sie von hinten nehmen. Aber wenn sie Dich nicht vollauf befriedigt, wirst Du sie strafen, indem Du sie mit zwei silbernen Klammern in die Brustwarzen kneifst.
Vor fünf mußt Du fort sein. Wenn Du Dich anziehst, vergiß nicht, das Geld, das mein Schweigen über die ungerechte Verurteilung von Alberto Magagnin erkauft, in die Schublade des Badezimmerschränkchens zu legen. Alberto – er lernt schnell – ist viel besser als Du, bereitet uns viel mehr Lust, befriedigt uns mehr. Vielleicht wegen der zwangsweisen Enthaltsamkeit in all den Jahren Gefängnis, zu denen Du ihn verurteilt hast. Manchmal denke ich, wie ungerecht das war, was Du getan hast, vielleicht sollte er von Dir wissen. Aber im Augenblick, habe ich beschlossen, hast Du nichts zu befürchten.

»Unschuldig in allen Punkten. Ich hab's doch geahnt!« rief Benjamino.
»Ja. Wenn wir diesen Typen finden, klären wir zwei Verbrechen auf. Jede Wette, daß er sie umgebracht hat. Der Ton der Briefe macht deutlich, daß die Belli die Schraube immer enger zog: Geld, Sex und eine psychologische Abhängigkeit, die ihn zur Verzweiflung gebracht hat. Jetzt ist alles viel klarer, und es fällt ein neues Licht auf das, was wir ohnehin schon vermutet haben. Er hat das perfekte Verbrechen und die Vernichtung Magagnins inszeniert, um sich von den Launen der Frau zu befreien, dem ständigen finanziellen Aderlaß und der subtilen aber doch beängstigenden Drohung, dem Freigänger alles zu enthüllen. Sie tot und er im Gefängnis. Magagnins Leben und Schicksal waren echt beschissen, der Ärmste.«
»Bist du sicher, daß du ihn der Justiz ausliefern willst?«
»Was willst du damit sagen?«
»So einem würde ich lieber in den Mund schießen und ihm dann aufs Grab pinkeln.«
»Hast du schon vergessen, was Gefängnis bedeutet? Meinst du nicht, daß das für so einen Dreckskerl wie den hier die schlimmste Strafe ist?«
»Du hast recht. Aber erst müssen wir ihn mal finden. Was tun wir?«
»Die Brünette. Wir müssen sie unbedingt auftreiben und zum Reden bringen.«
»Hast du eine Idee, wie?«
»Zwei. Meinen Freund, den Saxophonisten fragen, ob er sie kennt, und eine schöne Fotoreportage von der Beerdigung der Professoressa in Auftrag geben, die, wenn ich mich nicht irre«, ich sah auf die Uhr, »und da es jetzt fast neun Uhr früh ist, morgen stattfinden wird. Wär' doch möglich, daß der eine oder andere aus der Rolex-Bande der Versuchung nicht widerstehen kann, der unglücklichen Freundin die letzte Ehre zu erweisen.«
»Ich glaube nicht, daß die sich blicken lassen. Meiner Meinung nach machen die sich im Augenblick in die Hosen vor Angst.

Ich bezweifle, daß sie von dem Versteck der Belli wußten, und jetzt werden sie sich fragen, wo die Fotos abgeblieben sind … ob die Polizei sie schon in Händen hat.«

»Stimmt, das sind gewiß keine unbeschwerten Tage für sie. Aber wenn die Polizei die Aufnahmen gefunden hätte, da kannst du Gift drauf nehmen, dann wüßte es jetzt schon die ganze Stadt. So ein saftiges Klatschthema bleibt in Padua doch keine fünf Minuten geheim.«

Rossini konnte ein tiefes Gähnen nicht unterdrücken. »Ich bin müde. Ich bin nicht mehr in dem Alter, in dem man sich die Nächte um die Ohren schlagen kann. Schlafen wir bis zum Mittagessen und fahren dann zurück nach Padua. Ist dir das recht?«

Benjamino ging ins Bett. Ich war jetzt allein, also holte ich die Flasche raus und trank mir einen Rausch an. Ich ging zum Stereogerät, legte die Kassette *The healer* von John Lee Hooker ein und drehte auf volle Lautstärke. Als ich mich gerade im Rhythmus eines Solos von Carlos Santana wiegte, erschien Benjamino in einem schönen, feuerroten Seidenpyjama. Er nahm das Stereogerät und schleuderte es gegen die Wand, warf mir eine Kußhand zu, zwinkerte mir zu und ging wieder schlafen.

»Fotoagentur Familie Trentotto. Wer ist da bitte?«

»Marco Buratti. Kann ich mit Paolo Mazzo sprechen?«

»Einen Augenblick bitte.«

»Hallo, alter Gauner! Wie geht's dir?«

»Glänzend. Hör zu, ich bin in einer Telefonzelle und das Geld ist bald durch. Ich brauche einen guten Fotografen, gut und verschwiegen. Seitdem du in Mailand arbeitest, weiß ich nicht mehr, an wen ich mich wenden kann.«

»Farbe oder Schwarzweiß?«

»Schwarzweiß.«

»Dann empfehle ich dir Claudio Sorgetti. Er ist einer der erfahrensten Fotografen von Padua, viele Kollegen haben bei ihm gelernt. Ich weiß, daß er sich jetzt mit Industriefotografie beschäftigt, aber er kann alles.«

Kurz vor vier Uhr nachmittags war ich am Geschäft des Fotografen. Es war noch zu, und ich flüchtete mich in den Schatten eines Laubengangs. Ich sah einen Mann um die fünfzig näherkommen, Jeans und kurzärmeliges Hemd, schulterlanges, weißes Haar und eine brennende Pfeife im Mund: Das mußte er sein.

»Morgen ist ein Begräbnis. Ich bräuchte einen Satz Fotos davon.«

»Das ist das erste Mal, daß ich um so etwas gebeten werden. Was brauchen Sie genau?«

»Scharfe Porträtaufnahmen in Schwarzweiß von allen Teilnehmern der Trauerfeier. Der Trauerzug wird morgen früh um acht Uhr zur Kirche San Pantaleo aufbrechen, wo die Messe gefeiert wird, dann wird der Sarg zum Hauptfriedhof von Treviso gebracht, um dort im Familiengrab beigesetzt zu werden. Mit ›allen‹ meine ich wirklich ausnahmslos alle, auch den Priester und die Totengräber.«

»Ist gut. Welches Format wünschen Sie?«

»Machen Sie nur Probeabzüge, dann werde ich Ihnen sagen, welche vergrößert werden sollen. Wann sind sie fertig?«

»Kommen Sie übermorgen um diese Zeit wieder.«

»Fragen Sie mich nicht nach dem Grund für diesen Auftrag?«

»Nein. Ich habe irgendwie das Gefühl, Sie würden mir 'ne Lüge auftischen.«

»Stimmt. Schade, ich hatte mir eine gute halbe Stunde lang den Kopf zerbrochen, um eine halbwegs passable Lüge zu erfinden.«

Ich traf Benjamino in der üblichen Bar.

»Wie ist es gelaufen?«

»Montag haben wir die Probeabzüge.«

»Und bis dahin?«

»Ruhen die Ermittlungen. Wir könnten es so machen: Wir

fahren nach Punta Sabbioni, ich hole meinen Wagen, und wir sehen uns hier am Montag um zehn.«

»Ausgezeichnete Idee. Onkel Benjamino hat Lust, sich mal wieder verwöhnen zu lassen, und im *Tucano Blu* in Jesolo gibt es eine neue Entraineuse, die gar nicht übel ist. Wenn du mitkommen willst, bist du mein Gast.«

»Nein danke. Ich glaube, ich werde gute Musik hören und dann nach Hause gehen und schlafen. Es war eine anstrengende Woche.«

Mein Freund warf mir einen vorwurfsvollen Blick zu.

»Was ist denn jetzt los?« fragte ich schnaubend.

»Du wirst dich mit Calvados und Musik zuschütten bis zur Bewußtlosigkeit.«

»Wenn du gestattest, ist das meine Sache. Auf jeden Fall immer noch besser, als die Nacht in einem Nachtclub in Gesellschaft einer Mieze zuzubringen, die dich für Geld anlächelt.«

»Es gibt solche und solche Huren ... würdest du das Ambiente besser kennen, hättest du nicht diese Vorurteile.«

»Ich habe die größte Achtung vor dem Gewerbe, aber ich habe überhaupt keine Absicht, neue Erfahrungen zu sammeln: Die, die ich in meinem Leben gemacht habe, reichen mir vollauf.«

Der alte Rossini zündete sich eine Zigarette an. »Wenn du noch auf der Suche nach der großen Liebe bist, dann bewegst du dich im falschen Milieu. Und hast den falschen Beruf.«

»Ciao, Benjamino, bis Montag«, verabschiedete ich mich abrupt.

»Und der Wagen?«

»Diesmal nehme ich den Autobus.«

Auf dem Weg nach Hause machte ich halt, um Galderisi anzurufen.

»Nun, was hat der große Boß gesagt?«

»Er ist einverstanden, aber er will nur hieb- und stichfeste Nachrichten bringen. Mein Artikel erscheint morgen. Also müssen wir uns heute abend treffen ...«

»Kommt überhaupt nicht in Frage. Unser Kontakt wird ausschließlich telefonisch bleiben. Wenn ich Material für Sie habe, sage ich Ihnen, wo Sie es abholen können.«
»Sie machen einen Fehler, wenn Sie mir nicht trauen. Das Berufsgeheimnis wird bei dieser Zeitung sehr ernst genommen.«
»Daran zweifle ich nicht. Aber es besteht die Gefahr, daß die Bullen nach dem ersten Artikel Lunte riechen und der Spur nachgehen. Ich rufe Sie in einer halben Stunde wieder an, um Ihnen die ersten Informationen durchzugeben. Machen Sie ruhig das Tonband fertig ... wenn es nicht schon läuft.«
»Touché! Sie sind wirklich auf Zack ...«
»Bis gleich.«
Ich wählte eine freistehende Telefonzelle beim Messegelände, und in einer Viertelstunde hatte ich alles erledigt. Ich hinterlegte ihm Material in einem Umschlag. Beim Öffnen würde er darin zwei Fotos finden. Auf dem ersten war Piera Belli beim Kokainschnupfen zu sehen – hinter ihr war Alberto Magagnin mit nacktem Oberkörper zu erkennen –, auf dem zweiten war die Frau in Gesellschaft des Mannes mit der Ledermaske.
»Schönen Sonntag, du Mistkerl«, wünschte ich letzterem, während ich die Telefonzelle verließ.
Den Großteil der Nacht verbrachte ich im *Biko's*, einem Lokal etwas außerhalb der Stadt, lauschte der Gitarre und der Harmonika von Claudio Bertolin – meiner Ansicht nach der einzige echte Bluesman des Veneto.
Ich trank viel. Mehr als gewöhnlich. Benjaminos Worte hatten eine alte Wunde wieder aufgerissen, und auch der Calvados genügte nicht, um sie wieder zu schließen.
Die große Liebe meines Lebens war mir schon begegnet, aber sie hatte mich verlassen, während ich das letzte Jahr als Freigänger verbüßte. Sie hatte mir aus der Bretagne einen Brief geschickt, nur wenige Zeilen: Ich bleibe hier. Ein anderes Land, ein anderes Leben, ein anderer Mann. Ich liebe Dich nicht mehr und werde Dich vergessen. Viel Glück ...

Ich glaubte, den Verstand zu verlieren, und sobald ich konnte, fuhr ich zu ihr. Ich war sicher, ich würde sie überzeugen können, zu mir zurückzukehren. Ich fand sie in einem Lokal in Brignogan, beim Austern essen und Chablis trinken, in Gesellschaft eines Typen, der mir überhaupt nicht ähnlich sah. Sie sah mich nicht hereinkommen. Sie war zu sehr von ihrem Verliebtsein in Anspruch genommen. Ich bemerkte, daß sie einen Schuh ausgezogen hatte, ihr Fuß streichelte das Bein des Mannes. Ich ging an den Tresen. Mein Kiefer war so verkrampft, daß ich nichts bestellen konnte. Der Wirt musterte mich, dann lächelte er mir zu und setzte mir eine reichliche Menge eines bernsteinfarbenen Likörs vor.
Meine Hände zitterten, und ich mußte beide zu Hilfe nehmen, um das Glas an die Lippen zu führen. Ich trank in kleinen Schlucken. Jetzt fühlte ich mich besser. Viel besser.
»Was ist das?« fragte ich, auf die Flasche deutend.
»Calvados«, sagte er in verschwörerischem Ton.
»Gut. Geben Sie mir eine Flasche und bringen Sie eine Flasche Champagner an den Tisch, wo diese wunderschöne Frau mit dem Muttermal auf der linken Wange sitzt. Aber erst, wenn ich draußen bin.«
Ich zahlte und ging.
Seitdem fühle ich mich wie ein Meteor, der ins Leben geschleudert wurde. Ich habe andere Frauen kennengelernt, aber jedesmal war mir klar, daß ich nicht bei ihnen bleiben würde. Jeder hat so seinen Blues. Meiner ist die Erinnerung an eine Frau, die mich verlassen hat, während ich im Gefängnis saß.

Love. Only a memory.
In poems and blues songs
and saxophone screams.

Am nächsten Tag wachte ich mit erheblichen Kopfschmerzen auf, und nach einer ausgiebigen Dusche beschloß ich, die Zeitung kaufen zu gehen. Ich mußte nachsehen, ob Galderisi sein Versprechen gehalten hatte. Noch bevor ich beim Zeitungskiosk angekommen war, wurde mir klar, daß alles nach Wunsch lief: Ich begegnete mehreren Leuten, die den Kopf in die Zeitung steckten, und anderen, die schon aufgeregt miteinander diskutierten.

Erschütternde Enthüllungen im Fall Piera Belli. Kokain und Sadomaso. Ist Magagnin unschuldig? titelte die Zeitung über die ganze Seite. Der Leitartikel des Chefredakteurs, *Die Justiz braucht Gewißheit,* forderte die Staatsanwaltschaft höflich auf, den Fall wieder aufzurollen und insbesondere das Privatleben von Piera Belli gründlicher unter die Lupe zu nehmen, um zu verhindern, daß ein Justizirrtum begangen würde, das *schlimmste Vergehen in einem Rechtsstaat.*

Galderisis Eifer übertraf alle meine Erwartungen.

Überraschende Wendung im Fall Belli. Gern hätten wir geschrieben: in den Ermittlungen, aber die bestürzenden Tatsachen, die wir heute veröffentlichen, sind nicht von den Ermittlungsbehörden an uns gegangen, sondern stammen aus anonymer Quelle. Derselbe Mann hatte schon am Morgen des 29. Juni die Polizei vom Vorhandensein einer Leiche in der Via Torlonga Nr. 29 verständigt. Vor einigen Tagen hat sich diese Person nun mit unserer Redaktion in Verbindung gesetzt, der Mann gab sich als »der mysteriöse Anrufer im Fall Belli« aus und behauptete, Alberto Magagnin, der des Mordes an der Professoressa angeklagte Freigänger, sei unschuldig; außerdem sei er in der Lage, Details über das Privatleben des Opfers zu liefern, die in den Ermittlungen noch nicht aufgetaucht seien.

Die Redaktion erklärte sich bereit, nur wirklich fundierte Nachrichten abzudrucken. Zu diesen gehört nicht die Behauptung, Magagnin sei unschuldig, auch wenn unsere Leser, wenn sie weiterlesen, vermutlich mit uns übereinstimmen werden, daß sich diesbezüglich erhebliche Zweifel aufdrängen.

Piera Belli führte ein Doppelleben. In der Öffentlichkeit war sie die untadelige, ganz ihrer Lehrtätigkeit ergebene Gymnasial-

professorin, scheu und zurückhaltend, wie Kollegen und Nachbarn sie geschildert haben. Privat jedoch hatte diese unsere Mitbürgerin ziemlich zweifelhafte Gewohnheiten. Es geht hier nicht darum, ihr öffentlich den Prozeß zu machen, bestimmt vergessen wir auch nicht einen Augenblick ihr vorzeitiges und grausames Ende; vielmehr geht es darum, die neuen Erkenntnisse bekannt zu machen, denn wir glauben, damit verantwortungsvoll zu handeln und unsere Pflicht der Öffentlichkeit, vor allem aber der Justiz gegenüber, zu erfüllen. Hier also die Tatsachen, die durch in unserem Besitz befindliche Fotos belegt sind:
1) Piera Belli gab sich sadomasochistischen Praktiken hin. Sie organisierte Treffen für mehrere Personen, in deren Verlauf Kokain eingenommen wurde, das sie selbst regelmäßig konsumierte.
2) Die Frau hatte ein undurchsichtiges Verhältnis mit dem Freigänger Alberto Magagnin, auch dieses war sadomasochistisch gefärbt und mit Drogenkonsum verbunden. Die Tatsache an sich wäre nicht weiter erstaunlich, wenn Piera Belli nicht ausgerechnet dem Schwurgericht angehört hätte, das Magagnin für den Mord an Evelina Mocellin Bianchini zu achtzehn Jahren Haft verurteilt hatte.
Im Lichte dieser Enthüllungen drängen sich gewisse Fragen auf, die wir den zuständigen Behörden vorlegen …

Bravo, Galderisi! Alles lief nach Plan. Der Skandal war so groß, daß die Ermittler gezwungen sein würden, den Fall wiederaufzurollen. Der Mörder hingegen mußte an diesem Punkt begriffen haben, daß die Konstruktion, auf die er sein Verbrechen gestützt hatte, ins Wanken geraten war.
Gegen Abend rief ich den Journalisten an, um ihm meine Glückwünsche auszusprechen, aber er war miserabler Laune.
»Ich habe den Tag bei Gericht verbracht. Die sind außer sich. Alle, vom Oberstaatsanwalt bis zum letzten Polizisten. Sie wollen keine Zweifel an der Anklage gegen Magagnin aufkom-

men lassen, aber es ist ihnen klar, daß alle Augen auf sie gerichtet sind und daß sie jede Menge Erklärungen schuldig sind. Sie werden sich mit äußerster Vorsicht bewegen, auch weil die Korrespondenten sämtlicher nationaler Medien in die Stadt eingefallen sind, aber ich habe das Gefühl, sie werden alles daran setzen, Magagnin festzunageln, egal, ob schuldig oder nicht. Es stehen zu viele Interessen auf dem Spiel, das ist einer von den Fällen, bei denen viele Köpfe rollen könnten, einschließlich meines eigenen. Der Chefredakteur wird ganz erheblich unter Druck gesetzt, und ich habe einige Mühe gehabt, ihn davon zu überzeugen, daß er den Artikel von morgen bringt. Das wird aber auch der letzte sein ... und die Verantwortung dafür trage ganz allein ich. Auf der ersten Seite wird ein vergrößertes Detail der Ledermaske zu sehen sein, und ich behaupte in meinem Artikel, daß sich dahinter das Gesicht des wahren Schuldigen verbirgt.«

»Sind Sie jetzt auch davon überzeugt, daß Magagnin unschuldig ist?«

»Nein, gewiß nicht. Aber ich bin überzeugt, daß Sie wesentlich mehr wissen, als Sie mir gesagt haben, und daß es sich dabei um einigermaßen fundierte Informationen handelt. Der Chefredakteur wird von Leuten unter Druck gesetzt, die mit Sadomaso-Praktiken und Kokain eigentlich nichts zu tun haben dürften. Es ist klar, daß was anderes dahintersteckt.«

»Welche Kreise?« fragte ich beunruhigt.

»Ha, jetzt werde ich mal geheimnisvoll tun. Sie liefern mir weiter die Informationen, und dann werden Sie schon sehen, daß auch ich was preisgebe.«

»Wenn das morgen der letzte Artikel ist, wozu sollen Ihnen meine Informationen dann noch dienen?«

»Ich bin jetzt dreißig Jahre in diesem Beruf, und ich weiß, wann ein Fall wirklich heiß ist. Ich habe mich nie für Schönfärberei oder Vertuschungen hergegeben, und ich werde bestimmt nicht jetzt damit anfangen. Der Chefredakteur hat mir einen anderen Auftrag zugeteilt, aber ich kann natürlich auf eigene

Faust weiter recherchieren, wenn Sie mir eine Spur geben, die ich verfolgen kann.«
Ich schwieg lange, überlegte, ob es sinnvoll war, Galderisi in die Geschichte zu verwickeln. Ich verließ mich auf meinen Instinkt. »Einverstanden, aber wir benutzen weiterhin das Telefon als Kommunikationsmittel.«
»Ist mir recht.«

Auch Barbara Foscarini war schlechter Laune. Sie gabelte mich wieder im *Banale* auf.
»Das ist Ihr Werk, nicht wahr?« fragte sie mit schriller Stimme und warf Galderisis Zeitung auf den Tisch.
»Setzen Sie sich, Frau Anwältin. Sie ziehen ja die Aufmerksamkeit des ganzen Lokals auf sich.«
»Neulich in meiner Kanzlei haben Sie mir versprochen, daß wir während der Ermittlungen immer zusammenarbeiten würden, aber wenn ich wissen will, was Sie entdeckt haben, muß ich in der Zeitung nachlesen.«
»Ich habe Ihnen nichts gesagt, weil Sie nicht damit einverstanden gewesen wären, die Informationen an die Presse weiterzuleiten. Sie hätten lieber alles einem Richter in die Hand gegeben, damit alles fein säuberlich in der Familie bleibt. Da wäre keine Bombe geplatzt, und alle hätten den wahren Sachverhalt weiterhin ignoriert. Jetzt hingegen sind alle gezwungen, sich damit auseinanderzusetzen, sowohl die Ermittler als auch der Mörder.«
»Sie meinen, Sie sind ein großer Detektiv, dabei sind Sie nur dumm. Alles, was Sie erreicht haben, ist, daß die Ermittler stinksauer sind. Ich habe mit dem Staatsanwalt gesprochen, er war so in Rage, daß er mir gedroht hat, er würde meine Karriere ruinieren, wenn sich herausstellen sollte, daß ich irgend etwas mit all dem zu tun habe …«
»Jetzt reicht's«, platzte ich heraus und hob eine Hand. »Hören Sie ein für allemal auf, Schwachsinn zu reden, das geht mir nämlich auf die Nerven. Piera Belli hatte herausgefunden, daß

Alberto Magagnin an der Ermordung von Evelina Mocellin Bianchini nicht schuldig war und daß jemand vorsätzlich auf seine Verurteilung hingearbeitet hat. Sie hatte begriffen, wer das war, und von dem Augenblick an hatte sie ihn in der Hand und hat ihn schwer erpreßt. Nur hat sie übertrieben. Sie hat Magagnin sogar ins Haus geholt, was diesen Typen über jedes Maß gereizt haben muß. Schließlich hat er es nicht mehr ausgehalten und hat beschlossen, mit beiden aufzuräumen. Piera mußte sterben und Magagnin für immer im Gefängnis verschwinden. Alles ist glatt gegangen, bis ich am Ort des Verbrechens aufgekreuzt bin und mich dort ein bißchen umgesehen hab.«
»Was sagen sie da, erklären Sie das genauer.«
Ich redete ungefähr zwanzig Minuten lang. Erst als ich fertig war, spürte ich, daß ihre Hand schon ein Weilchen meinen linken Unterarm umklammert hielt. Als ich ihn wegzog, sah ich die Spuren ihrer Nägel auf der Haut.
»Ich muß mit Alberto sprechen. An diesem Punkt muß er sich unbedingt stellen. Wir können beweisen, daß die Belli nicht die Voraussetzungen erfüllte, um Geschworene zu sein, und so können wir die Wiederaufnahme des Verfahrens erwirken. Mit den neuen Erkenntnissen kann die Staatsanwaltschaft ...«
»Schon wieder diese Tour mit dem Sich-Stellen«, fuhr ich dazwischen. »Sie wissen besser als ich, wenn die Sache in die Hände der Ermittler gerät, dann erledigt sich alles mit der Rückkehr Magagnins ins Gefängnis. Der einzige Ausweg ist, den Mörder zu finden.«
»Buratti, Sie begreifen nicht ...«
»Nein, Sie sind es, die nicht begreift. Sie haben ihn schon mal verurteilen lassen, und deswegen hat er fünfzehn Jahre im Gefängnis zugebracht. Jetzt lassen Sie mich machen.«
Es war, als hätte ich sie geohrfeigt. Sie brach in Tränen aus und lief davon, die Hände vorm Gesicht.
Der Barmann kam her und brachte mir noch einen Calvados. »Auf Kosten des Hauses. Es muß was Wichtiges passiert sein«, kommentierte er und zwinkerte mir zu.

Benjamino knabberte zerstreut an einem Butterhörnchen herum, die Zeitung war auf der Seite mit dem Artikel von Galderisi aufgeschlagen. Er hob den Blick und empfing mich mit einem: »Ein schöner Schlamassel, Marco, wirklich ein schöner Schlamassel. Im Radio, im Fernsehen und in den Zeitungen ist von nichts anderem die Rede. Wenn wir nicht aufpassen, landen wir mitten in der Scheiße.«

Ich setzte mich zu ihm. »Ich liebe Optimismusspritzen am Montag morgen.«

»Sei nicht albern. Jetzt wissen die Bullen, daß da jemand den Privatdetektiv spielt. Seinetwegen steht die gesamte Polizei ziemlich dumm da. Habe ich dir je gesagt, daß Bullen nachtragend sind? Jetzt werden sie die Augen aber ganz weit offenhalten.«

»Wir auch, keine Sorge.«

Über dem Foto des Mannes mit der Maske titelte die Zeitung:

Ist das der wahre Mörder von Frau Belli?

Wie schon gestern berichtet, ist aus anonymer Quelle Fotomaterial in unsere Hände gelangt, das das Doppelleben der Piera Belli bezeugt. Heute veröffentlichen wir das maskierte Gesicht eines Mannes, der unserem Informanten zufolge der wirkliche Mörder sein könnte. Das Motiv: Erpressung. In der Tat soll Piera Belli diesen Mann über längere Zeit gezwungen haben, sich ihren sexuellen Wünschen zu fügen und erhebliche Summen Geldes an sie zu zahlen, um sich ihr Schweigen zu erkaufen. Der Grund dafür ist bislang unbekannt, der mysteriöse Anrufer erklärt, er wolle ihn noch nicht offenbaren. Vermutungen also, keinerlei Gewißheit bezüglich der Unschuld von Alberto Magagnin. Sicher wäre es interessant herauszufinden, wer dieser Mann ist, der auf der Fotografie (von der wir hier nur diesen Ausschnitt wiedergeben, da wir sie aus Gründen der öffentlichen Moral nicht vollständig publizieren können) nur mit der Maske bekleidet erscheint. Neben ihm das Opfer, völlig nackt. Wir können dieser Beschreibung nichts weiter hinzufügen, da die Aufnahme von den

Ermittlungsbehörden beschlagnahmt wurde, wie wir an anderer Stelle berichten. Eine Maske hat an sich schon etwas Geheimnisvolles, aber diese hier mit dem Reißverschluß auf der Höhe des Mundes ist wirklich beängstigend. Wer verbirgt sich hinter einer solchen Maskierung? Ein perverser Spielgefährte oder ein Mann, der durch eine schreckliche Erpressung gezwungen ist, sich für derart üble Praktiken herzugeben?

Der Artikel von Galderisi warf so viele Zweifel auf, daß es einem Plädoyer vor Gericht gleichkam.

»Er hätte Anwalt werden sollen, als Journalist ist seine Begabung vergeudet«, erklärte Benjamino voller Bewunderung. »Was hast du ihm sonst noch gesagt?«

»Nichts weiter, nur was er geschrieben hat. Er riecht, daß da was faul ist, und hat mir seine Mitarbeit angeboten.«

»Ein Journalist hat uns gerade noch gefehlt im Team. Warum heuerst du nicht auch gleich noch einen Psychologen und einen Priester an?«

»Ganz ruhig, Partner. Es sind nur telefonische Kontakte. Er hat mir gesagt, der Chefredakteur werde aus ›gewissen Kreisen‹ unter Druck gesetzt, aber er wollte sich nicht dazu äußern, von welchen, deshalb ist das sein letzter Artikel über den Fall. Der Chefredakteur hat ihn schon fallenlassen, in der Tat befaßt sich der Leitartikel von heute mit den Schmiergeldaffären der italienischen Politiker.«

»Es könnte sich um die Rolex-Bande handeln.«

»Es ist verfrüht, das zu sagen.«

»Marco … ich weiß nicht, wie ich es dir sagen soll …«

»Sag es mit deinen eigenen Worten«, frotzelte ich.

»Wenn sie uns schnappen … wenn wir im Knast landen …, diese Geschichte mit uns als Privatdetektiven, weißt du, die Jungs würden uns jahrelang damit aufziehen …«

»Ich werde deinen Ruf schützen, Benjamino, bis in den Tod werde ich jegliche Beteiligung deinerseits leugnen. Die lächerliche Figur des Idioten gebe ich alleine ab.«

Ein paar Minuten vor vier kamen wir ins Geschäft des Fotografen, und er war schon da und erwartete uns.
»Ich habe einen Großteil der Nacht in der Dunkelkammer zugebracht. Ich mußte das Teleobjektiv benutzen. Es waren nicht viele Leute da, aber die Verwandten mochten die Anwesenheit von Fotografen nicht.«
Sorgetti breitete rund dreißig Bögen mit Probeabzügen auf der Ladentheke aus und legte eine Lupe dazu. »Suchen Sie die heraus, die ich vergrößern soll.«
Er hatte tolle Arbeit geleistet. Trotz des winzigen Formats der Fotogramme waren die Gesichter der Teilnehmer auch mit bloßem Auge ganz genau zu erkennen. Benjamino zog die Polaroid-Fotos, die wir im Haus der Belli gefunden hatten, aus der Tasche.
Schweigend sahen wir Sorgetti an, der auf der Stelle begriff.
»Ich mach 'ne Pause, ich geh einen Kaffee trinken. In zehn Minuten bin ich wieder da.«
Die Brünette trug ein schwarzes Kleid, das eher für eine Cocktailparty als für eine Beerdigung passend schien, aber ihr Gesicht war von aufrichtigen Tränen gezeichnet. Um sie herum die gesamte Rolex-Bande, mit den verzerrten Zügen und den typischen Grimassen von Leuten, die hinter vorgehaltener Hand tuscheln.
»Hast du gesehen, Benjamino, daß sie der Versuchung nicht widerstanden haben, ihrer Zeremonienmeisterin das letzte Geleit zu geben?«
»Stimmt. Wie eine Gruppe trauernder Freunde sehen die allerdings nicht aus, eher schon wie Verschwörer bei einer geheimen Zusammenkunft.«
»Nach den Artikeln von Galderisi haben sie endlich die Gewißheit, daß die Fotos von ihren Spielchen jemandem in die Hände gefallen sind. Und da es sich nicht um die Polizei handelt, glauben sie vielleicht, daß sie sich auf neue Erpressungen gefaßt machen müssen.«
»Ja. In diesen Tagen spuken wir einer Menge Leuten im Kopf

herum. Diesen Idioten, dem Mörder und der ganzen Bullenschaft der Stadt. Und alle wollen sie rauskriegen, wer wir sind. Ich will mich ja nicht ständig wiederholen, aber ...«

»Du tust es aber, Benjamino, du tust es.«

Als der Fotograf wiederkam, hatten wir schon die Probeabzüge ausgesucht, die uns interessierten. Ich wies mit dem Finger auf einen bestimmten. »Das hier bräuchte ich sofort.«

Er betrachtete es. »Aha, Miss Beerdigung. Die Fotogenste unter den Trauernden, ohne Zweifel. In welchem Format die Vergrößerung?«

Mein Freund, der Saxophonist, trat an diesem Abend mit seiner Band, dem Sax Appeal Saxophone Quartett, im *Mezzocono* auf, einem Lokal beim Ponte Molino, im Herzen der Altstadt. Ich wußte, daß er heute sein letztes Werk, eine CD mit dem Titel *Giotto*, präsentierte, auf der jeder Song nach einer anderen Farbe benannt war.

Wie betraten das Lokal kurz vor Beginn des Konzerts, und ich lud den Musiker zu uns an den Tisch ein.

»Benjamino, darf ich dir Maurizio Camardi vorstellen, einen hervorragenden Saxophonisten und wahren Experten in Sachen schöne Frauen von Padua.«

»Hast du dich zum Jazz bekehrt?« fragte er mich amüsiert.

»Noch nicht, auch wenn es immer ein Vergnügen ist, dir zuzuhören.« Ich hielt ihm das Foto mit der mysteriösen Brünetten hin. »Ich bin auf der Suche nach dieser Frau, kennst du sie? Scheinbar ist sie Verkäuferin in einer Boutique.«

»Schöne Schnecke«, kommentierte er. »Ich habe sie schon mal irgendwo gesehen, aber im Augenblick fällt mir nichts dazu ein.«

»Durchforste deine Kartei gründlich, Maurizio. Ich muß sie unbedingt finden.«

»Laß mich darüber nachdenken.«

Gegen Ende des Konzerts, als sie *Violet* spielten, nützte er das Solo eines anderen Musikers und kam noch einmal zu unserem

Tisch herüber. »Sie ist nicht Verkäuferin«, flüsterte er mir ins Ohr, »sondern Inhaberin einer Boutique am Largo Pacinotti.«

Der Firmenname *Beverly Nails – Intimwäsche Damen und Herren* stand über einem geschmackvoll eingerichteten Geschäft, geräumig und ziemlich gut besucht für einen heißen Julimorgen. Drei Verkäuferinnen arbeiteten dort, jung und mit fachkundigem Auftreten.
Punkt 13 Uhr verließen die Mädchen das Geschäft, und Giusy Testa, die Inhaberin, verschloß die große Glastür von innen mit einem Schlüssel. Ich überquerte die Straße und klopfte an, um ihre Aufmerksamkeit zu erregen. Neugierig drehte sie sich um, vor allem versuchte sie zu erkennen, was ich gegen die Scheibe gepreßt hatte. Sie kam näher, und als sie sah, daß es sich um ein Polaroidfoto handelte, auf dem sie im Akt der Fellatio mit dem Mann mit der Ledermaske zu sehen war, fuhr sie sich mit der Hand ans Herz, und von ihren Lippen konnte ich ablesen, daß sie »Oh, mein Gott«, ausrief.
Ein paar Augenblicke lang blieben wir so stehen und starrten uns an, dann gab ich ihr zu verstehen, sie solle die Tür öffnen. Benjamino schloß sie wieder und lehnte sich mit dem Rücken dagegen, die Arme verschränkt. Wir schwiegen und sahen sie an, ohne eine Miene zu verziehen. Ich hielt das Foto weiterhin gut sichtbar vor mich hin. Man hörte nur ihren keuchenden Atem. Trotz der Klimaanlage liefen ihr einige Schweißperlen von den Schläfen den Hals herunter. Nach ein paar Minuten brach sie zusammen. Sie fing an zu weinen und zu schreien. Ein hysterischer Anfall wie aus dem Lehrbuch. Wir ließen die Minuten verstreichen, dann, auf mein Zeichen hin, versetzte Benjamino ihr eine Ohrfeige, so daß sie zu Boden fiel. Sie verstummte. Freundlich hob mein Partner sie hoch und setzte sie auf die Verkaufstheke. Er strich ihr über die Haare, trocknete ihr das Gesicht und steckte ihr eine Zigarette in den Mund. Sie war bereit.
»Wer ist das?« fragte ich und deutete auf den maskierten Mann.

»Ihr seid keine Polizisten, nicht?«
»Wer ist das?« wiederholte ich.
»Wir sind bereit, gut zu bezahlen für die Fotos.«
»Wer ist das?« brüllte ich. Diesmal hatte ich die Rolle des Bösen übernommen.
Sie erschrak. »Ich schwöre, ich weiß es nicht, ich habe es nie erfahren.«
»Hat deine Mama dir nicht gesagt, daß man solche Sachen mit fremden Männern nicht machen soll?« fragte Rossini schneidend.
»Nur Piera kannte ihn, ich hab ihn immer nur mit Maske gesehen.«
»Wer hat sie umgebracht?« fragte ich.
»Ich weiß es nicht, ich schwöre es, ich weiß es nicht. Vielleicht dieser Junge, Alberto. Ich habe mit den anderen geredet, von ihnen war's keiner, sie hatten kein Motiv.«
»Vielleicht bist du es gewesen. Sie hat dir das Kokain nicht bezahlt, das du ihr geliefert hast, und da hast du sie abgemurkst. Die Stichwunden sind nicht tief. Sie könnten auch von einer Frau zugefügt worden sein.«
»Nein, ich mochte Piera. Sie war meine beste Freundin.«
»Und ein guter Teil deines Einkommens. Wart ihr auch im Geschäftszweig Erpressungen Partnerinnen?« drängte ich.
»Was für Erpressungen?«
»Ich hab so das Gefühl, du willst uns verarschen. Weißt du, was wir machen, wenn du uns nicht die Wahrheit erzählst? Wir gehen durch diese Tür hinaus und geben das gesamte Material an die Presse. Hast du eine Vorstellung davon, wie danach dein Leben und das deiner lieben Freunde aussehen wird? Diese Stadt verzeiht alle Sünden, solange sie insgeheim begangen werden, auf wenige Eingeweihte beschränkt sind oder im Beichtstuhl geflüstert werden, aber wenn sie zur öffentlichen Angelegenheit werden, dann kennt sie keine Gnade.«
»Ich schwöre, daß ich nicht weiß, wovon ihr redet.«

Ich sah auf die Uhr. »Du hast eine Stunde Zeit, um mich davon zu überzeugen. Erzähl alles von Anfang an.«
Sie bat um eine weitere Zigarette. »Ich habe Piera hier im Geschäft kennengelernt. Vor fünf Jahren ungefähr. Sie kam oft, und nach den Dessous zu urteilen, die sie aussuchte, und immer unter strikt seriöser Kleidung trug, mußte sie so sein wie ich ... mußte sie eine bestimmte Art von Sex mögen. Zu diesem Zeitpunkt bestand der Freundeskreis schon, aber wir suchten schon lang eine zweite Frau. Ab und zu holten wir Prostituierte dazu, aber diese Sache mit dem Aids, da kann man sich nicht drauf verlassen. Es war nicht schwer, mit ihr Freundschaft zu schließen. Ich habe ihr von unserem Kreis erzählt, und sie war gleich mit Begeisterung dabei. Sie nahm alle sofort für sich ein, durch ihre Art, und ...«
»Und ...«, drängte ich sie.
»... sie wurde unsere Zeremonienmeisterin. Sie übernahm die Organisation von allen unseren Treffen. Ihr Haus wurde der ›Tempel der Lust‹, so nannten wir es.«
»Tempel ... Zeremonienmeisterin ... so ein Quatsch«, unterbrach Benjamino sie.
»Und das Kokain?« fragte ich.
»Das Kokain ... mit dem Kokain hat alles angefangen. Unsere Freunde sind Geschäftsleute mit Beziehungen nach Südamerika. Anfänglich brachten sie ein paar Gramm mit. Jetzt zwei, drei Kilo im Jahr.«
»Die werdet ihr doch nicht alle allein verschnupfen, diese Souvenirs?«
»Nein, sicher nicht. Wir verkaufen es an eine Frau, die sich um ... Öffentlichkeitsarbeit kümmert.«
»Bei uns nennt man das Prostitution«, unterstrich ich.
»Es ist ein Netzwerk von Studentinnen und jungen Frauen, die von Politikern und Akademikern besucht werden. Alles sehr angesehene Leute.«
»Weiß diese ›Madame‹ von deiner Freundschaft mit Piera Belli?« fragte ich.

»Ja.«

»Das sind sie«, flüsterte ich Benjamino ins Ohr. »Das sind die ›Kreise‹, von denen unser Freund, der Journalist, redet. Sie üben Druck aus, nicht weil sie was mit dem Verbrechen zu tun hätten, sondern weil sie verhindern wollen, daß die Ermittlungen bis zu ihrem Nuttennetzwerk vordringen. Die Angelegenheit kompliziert sich aber ganz übel.«

»Das kannst du laut sagen. Ich befürchte, daß deine Ermittlungen im Sand verlaufen werden.«

»Das ist nicht gesagt«, widersprach ich, nicht sehr überzeugt.

Ich kehrte zu Giusy Testa zurück und fragte sie weiter aus.

»Hat Piera Belli auch Kokain verkauft?«

»Nein. Sie kaufte es nur. Von mir.«

»Und das Geld? Ihr Lebensstandard war bestimmt nicht der einer Beamtin. Wir haben einen Brief gefunden, aus dem hervorgeht, daß sie den Mann mit der Maske erpreßte. Was weißt du darüber?«

»Absolut nichts. Vor drei Jahren bat sie mich, ich solle ihr dreißig Millionen leihen. Die hat sie mir nach ein paar Monaten zurückgegeben, und seitdem hatte sie immer reichlich Geld. Eines Tages im Bett hat sie mir gesagt, sie hätte einen sehr reichen Geliebten ... ich habe immer gedacht, das wäre eben der Mann mit der Maske. Ich stellte mir vor, er sei ein hohes Tier, ein reicher Knacker mit besonderen Vorlieben, der Piera für unsere Treffen fürstlich entlohnte. Sie war gut, sie hatte Phantasie, und es gelang ihr, alle zu beherrschen.«

»Auch Alberto Magagnin?«

»Ja, ihn mehr als alle anderen. Am Anfang war ich dagegen, daß sie ihn ins Haus brachte, auch weil er ein Knacki und ein Junkie war ... womöglich hatte er Aids. Aber sie überzeugte mich davon, daß das nützlich und amüsant sein würde. Piera und ich nannten ihn nur ›Pudelchen‹. Er tat alles, was wir wollten ...«

»Das reicht«, stoppte ich sie, »mir wird gleich schlecht.«

Aus der Innentasche meiner Leinenjacke holte ich das Aufnahmegerät hervor und zeigte es ihr. »Hör mir gut zu: Wir sind im

Besitz des Archivs deiner Freundin, und hier ist dein Geständnis aufgezeichnet. Wir werden das alles an einem sicheren Ort deponieren. Sollten wir aber erfahren, daß du irgendwem von unserer Unterhaltung erzählt hast oder daß du versuchst, uns hinterherzuschnüffeln, dann geht das alles an die Presse ... und an die Staatsanwaltschaft. Auf Drogenhandel stehen schwere Strafen. Hast du verstanden?«

Sie nickte.

»Gut so«, fuhr ich fort. »Ich bin überzeugt, du und deine Freunde, ihr habt nichts mit dem Verbrechen zu tun. Aber denk an das, was ich dir gesagt habe: Schön brav bleiben und stillhalten, sonst ruinieren wir dich.«

Wir waren schon fast aus dem Geschäft raus, als Rossini sich noch einmal umdrehte: »Schwester, entschuldige, aber ich habe eine schlechte Nachricht für dich. Magagnin hat mir gesagt, daß seine letzen Blutwerte HIV positiv waren ... denk dran, Aids hat eine Inkubationszeit von fünf Jahren ...«

Wie vom Donner gerührt sah sie ihn an und brach wieder in Tränen aus.

»Hat dir Alberto wirklich erzählt, er ist HIV positiv?« fragte ich ihn, sobald wir im Wagen saßen.

»Nein. Aber das ist mir derartig auf den Keks gegangen, als ich hörte, daß sie den Jungen ›Pudelchen‹ nannten ... jedenfalls hat die süße Giusy uns viele nette Dinge erzählt, aber nichts, was nützlich wäre, um den Mörder zu fassen.«

»Vielleicht haben wir aber doch eine Spur: die dreißig Millionen, die sie der Belli geliehen hat, und ihr plötzlicher Reichtum.«

»Wie meinst du das?«

»Meiner Meinung nach hat die Verstorbene das geliehene Geld in die Erpressung investiert. Mit diesem Geld hat sie sich die Information beschafft oder gekauft, die ihr erlaubte, den maskierten Mann festzunageln. Die Spur ist drei Jahre alt, aber vielleicht ist es noch möglich, den Weg des Geldes zu rekonstruieren. Die Testa und die Belli haben sich immer in regulären Milieus bewegt. Ich bezweifle, daß die Giusy der Freundin

mit Barem ausgeholfen hat. Wenn sie einen Scheck benutzt hat, dann besteht noch Hoffnung.«
»Warum hast du sie nicht danach gefragt?«
»Das hätte sie nur mißtrauisch gemacht, und sie hätte womöglich angefangen, die Spuren des Kredits zu verwischen. Sie kennt die richtigen Leute, um das zu bewerkstelligen.«
»Und wir?«
»Wir könnten die Foscarini bitten, aber ich glaube nicht, daß sie das tun würde. Ich glaube, wir sollten uns vielmehr an ...«
»... Giovanni Galderisi wenden.«
»So gefällst du mir. Und jetzt rufen wir ihn an.«
Ich erreichte ihn in der Redaktion. Als er meine Stimme erkannte, warnte er mich: »Das Telefon wird abgehört. Das daheim auch«, und legte auf.
»Das war zu erwarten«, war Benjaminos Kommentar, »und du kannst sicher sein, daß sie ihn beschatten.«
»Und jetzt?«
»Wir besorgen uns zwei getürkte Handys. Du weißt, wie das funktioniert, nicht? Offiziell sind sie im Besitz von Herrschaften, die natürlich nicht wissen, daß da jemand auf ihre Kosten telefoniert. Ein Gerät geben wir Galderisi, und das andere benutzen wir. Öffentliche Telefone können wir nicht mehr benützen, weil man in zwei Minuten die Telefonzelle lokalisieren kann, und dann sind wir geliefert. Aber denk dran, dieses System ist bloß sicher, um die Festnahme zu verhindern. Abhören ist schon leichter.«
»Ich bezweifle, daß unser Freund, der Journalist, bereit ist, ein getürktes Handy zu benutzen.«
»Dann sag es ihm eben nicht.«
»Es bleibt mir gar nichts anderes übrig. Ich wette, du weißt, wie man sie sich beschafft.«
»Ich kenne einen Typen in Vicenza, der sie verkauft.«
»Und wie gelangt es zu Galderisi? Wenn er beschattet wird, können wir nicht hin.«

Genervt breitete der alte Rossini die Arme aus. »Du bist wirklich ein Anfänger. Alles muß man dir beibringen. Wir schicken ihm einen Kurier, diese Jungs mit Moped, weißt du, die Briefe oder Päckchen zustellen. In einer Zeitungsredaktion gehen die dauernd ein und aus. Das Handy wird völlig problemlos vor der Nase der Bullen vorbeigetragen.«
Er hatte recht, und ein paar Stunden später konnte ich mit Galderisi Kontakt aufnehmen.
»Ich hoffe sehr, daß es nicht illegaler Herkunft ist.«
»Das dürfen Sie nicht einmal im Scherz sagen«, log ich, und versuchte überzeugend zu wirken.
»Neuigkeiten?«
»Ich brauche Ihre Hilfe. Ich habe da eine Spur, der ich selbst nicht nachgehen kann.«
»Das heißt?«
»Die Kontobewegungen der Piera Belli in den letzten drei Jahren wären zu überprüfen. Insbesondere die im Zusammenhang mit einem Scheck über dreißig Millionen, von einer gewissen Giusy Testa zu ihren Gunsten ausgestellt.«
»Ich kenne jemand in dem Bereich. Bei welcher Bank war die Professoressa Kundin?«

Am nächsten Morgen war der Fall Belli im Lokalteil wieder groß aufgemacht. Man hatte den Diebstahl im Haus entdeckt, und der Oberstaatsanwalt hatte im Rahmen einer Pressekonferenz eine Reihe von Erklärungen abgegeben, die sogar das Interesse der nationalen Medien geweckt hatten.
Zunächst hatte der hohe Justizbeamte betont, daß die Indiskretionen von Galderisis Zeitung den Ermittlungen geschadet hätten, und hatte daher die Presse aufgefordert, mehr Respekt für die Arbeit der Ermittler an den Tag zu legen. Diese waren selbstverständlich über die sonderbaren Gewohnheiten der Professoressa auf dem laufenden und versuchten nun zu klären, wer ihr das Kokain beschaffte. Des weiteren konnte es für den Staatsanwalt gar keinen Zweifel daran geben, daß Piera

Belli erst nach ihrer Verpflichtung als Geschworene vom rechten Weg abgekommen war. Folglich war eine Wiederaufnahme des Verfahrens auszuschließen. Magagnin blieb der einzige Verdächtige, da die Fingerabdrücke und die Art des Verbrechens als Indizien mehr als ausreichend waren, um gegen ihn vorzugehen. Und auch gegen den- oder diejenigen, die ihm dabei behilflich waren, sich der Festnahme zu entziehen und die Ermittlungen zu behindern. Auch gegen sie wurde also aktiv ermittelt.
»Siehst du?« jammerte der alte Rossini. »Sie machen ›offiziell‹ Jagd auf uns. Ich hab's dir gesagt ...«
»Sie wissen ja nicht mal, wo sie anfangen sollen, uns zu suchen. Hören wir lieber, ob Galderisi Neuigkeiten hat.«
Er antwortete nach dem ersten Läuten. »Endlich. Ich konnte eine Kopie von den Kontoauszügen der Belli bekommen. Sie hatten recht: Dieser Scheck von Frau Testa ist eine heiße Spur. Er ist sofort in eine Banküberweisung an einen englischen Gerichtsmediziner umgewandelt worden, einen gewissen Professor Nigel Cook ... wie der große Admiral. Ich habe das überprüft: Er ist bei Gericht Spezialist für Hämatologie und wird von Scotland Yard oft als Gutachter zugezogen. Er wohnt in London.«
Ich schwieg lange. Ich versuchte eine Verbindung zu dem herzustellen, was ich bisher herausgefunden hatte. Warum in aller Welt hatte die Belli einen englischen Fachmann konsultiert?
»Sind Sie noch dran?« fragte der Journalist.
»Ja, aber Sie müssen entschuldigen, ich bin etwas verwirrt. Diese Nachricht ist wirklich überraschend, und im Augenblick weiß ich sie nicht einzuordnen. Haben Sie eine Idee?«
»Nein, und ich muß jetzt Schluß machen. Lassen Sie mich weiteres wissen.«

Eine Stunde später waren wir in der Kanzlei der Anwältin Foscarini. Sie war mit einem Mandanten beschäftigt und ließ uns lange warten.

»Beim nächsten Mal machen Sie vorher einen Termin aus«, waren ihre ersten Worte. Sie war noch beleidigt über das, was ich ihr bei unserer letzten Begegnung gesagt hatte.
»Lassen Sie Ihre persönlichen Ressentiments beiseite, wir müssen uns der heiligen Sache der Justiz widmen«, sagte ich ärgerlich.
»Jedesmal, wenn ich Sie sehe, ist mir der Tag vergällt. Ihre bloße Gegenwart irritiert mich schon. Wenn Sie dann auch noch den Mund aufmachen, packt mich unweigerlich das Bedürfnis, Ihnen etwas an den Kopf zu werfen. Arrogant und lächerlich! Sie wirken wie aus einem Gangsterfilm der vierziger Jahre.«
Benjamino stand vom Stuhl auf und beugte sich weit über den Schreibtisch, bis dicht vor die Nasenspitze der Anwältin.
»Jetzt reicht's«, sagte er in bestimmtem Ton und setzte sich wieder.
Barbara Foscarini beruhigte sich und fragte mich: »Was wollen Sie?«
»Wie kommen Sie mit dem Englischen zurecht?«
»Ich spreche es fließend. Warum?«
Ich spielte ihr das Tonband mit dem Geständnis von Giusy Testa vor und erzählte ihr von den Recherchen Galderisis bei der Bank.
»Und Sie wollen, daß ich zu diesem Professor Cook fahre und mit ihm rede?«
»Ja.«
»Meine Antwort ist aber nein. Fahren Sie doch selbst hin. Was Sie mir erzählt haben, ist erschütternd, aber es reicht weder aus, um den alten Prozeß wiederaufzurollen, noch ließe sich dadurch verhindern, daß Alberto wegen des Mordfalls Belli verfolgt wird.«
»Ehrlich gesagt, verstehe ich Sie nicht. Den Mann mit der Maske zu schnappen, bedeutet, die Wahrheit über beide Verbrechen herauszufinden und Magagnin vollständig zu entlasten. Es ist nicht gesagt, daß die englische Spur uns direkt zu ihm führt,

aber da es momentan die einzige ist, die wir haben, lohnt sich der Versuch.«

»Mein Einwand bezieht sich nicht darauf, Buratti. Diese Informationen sind auf illegalem Wege beschafft worden, vor Gericht völlig wertlos. Als Albertos Anwalt kann ich nicht zulassen, daß mein Mandant geschädigt wird.«

»Hier geht es darum, die Wahrheit herauszufinden, und die Wahrheit kann Magagnin nicht schaden, sondern nur dem wirklichen Schuldigen. Und die juristischen Fragen, die lassen sich aus dem Weg räumen, Frau Anwältin, schließlich sind wir in Italien ...«

»Ich weiß, wo wir sind, aber ich kann nicht ...«

»Weil Sie nicht bis zur Wahrheit vordringen wollen?«

»Sie irren sich. Ich will es so sehr wie Sie, allerdings im Rahmen des Gesetzes.«

»Ich dagegen glaube das nicht. Je besser ich Sie kennenlerne, um so mehr komme ich zu der Überzeugung, daß Sie uns etwas verbergen, vielleicht etwas, was zur Zeit des Prozesses passiert ist. Und das würde dann auch erklären, warum sich Ihr Verhalten geändert hat, seitdem Magagnin mich mit der Suche nach dem wirklichen Mörder beauftragt hat. Wo ist denn die Verzweiflung hin, die Sie bei unseren ersten Treffen in der Stimme hatten, als Sie vom Schicksal Ihres zu Unrecht verurteilten Mandanten erzählten?«

»Gehen Sie.«

»Nein. Und ich werde meinen Arsch auch erst dann von diesem Stuhl erheben, wenn es mir paßt, und nicht, ohne zuvor ein paar Details geklärt zu haben. Zum Beispiel, warum Magagnin Sie nie bezahlt hat, obwohl Sie nicht als Pflichtverteidiger nominiert waren?«

Wenn sie wenig zuvor empört gewirkt hatte über mein Verhalten, schien sie jetzt entschieden in Schwierigkeiten zu sein. Sie hielt den Blick gesenkt und knetete ihre Hände. »Das geht Sie nichts an.«

»Wie die Tatsache, daß die Gewißheit, mit der Sie Magagnins

Unschuld verkünden, nicht allein vom Studium der Prozeßakten herrührt, sondern daher, daß Sie darüber hinaus noch das eine oder andere wissen, nicht wahr, Frau Anwältin?«
Diesmal antwortete sie nicht, und ihr Schweigen klang wie Zustimmung.
Ein paar Augenblicke lang herrschte gespanntes Schweigen.
»Sagen Sie Alberto, daß ich das Mandat niederlege. Er soll sich einen anderen Anwalt suchen.«
»Nein. Statt dessen werden Sie nach England fahren und mit diesem Professor sprechen. Was auch immer Ihre Verantwortung in dieser Sache sein mag, Sie werden Magagnin weiterhin vertreten.«
»Sie drohen mir?«
»Ja. Ich bin in der Lage, Ihnen die Karriere zu ruinieren. Und wenn Sie wollen, erkläre ich Ihnen auch wie: Man braucht bloß in Gefängniskreisen das Gerücht auszustreuen, daß Sie nicht verläßlich sind. Sie werden keine Mandanten mehr finden, und nach einer Weile werden auch Ihre Kollegen und die Richter anfangen, sich ein paar Fragen zu stellen.«
»Es ist nicht so, wie Sie glauben ...«
»Also?«
»Ich fahre. Nächste Woche habe ich keine Gerichtstermine ...«
»Morgen.«
»Aber ich kann nicht.«
»Morgen«, befahl ich und stand auf. »Hinterlassen Sie bei Ihrer Sekretärin Namen und Telefonnummer des Hotels, wo Sie übernachten. Ich werde mich melden.«
»Gute Reise, Frau Anwältin«, grüßte Benjamino sie beim Hinausgehen.

Ich informierte mich über die Flüge vom Flughafen Tessera aus nach London. Den ganzen Tag über kontrollierten Rossini und ich die Passagiere. Sie nahm die letzte Maschine. Sie hatte einen kleinen Koffer bei sich.
Am nächsten Tag rief ich sie an. Sie sagte mir, es sei nicht einfach

gewesen, ein Treffen mit Nigel Cook auszumachen, aber schließlich hatte er eingewilligt, heute mit ihr zu Abend zu essen.

Ab 22 Uhr rief ich jede Viertelstunde bei ihr an, ich erreichte sie gegen Mitternacht.

»Ich hänge an Ihren Lippen, Frau Anwältin.«

»Ich komme morgen zurück, ich bin um 14 Uhr 20 in Tessera.«

»Haben Sie etwas gefunden?«

»Ja.«

»Also los, sagen Sie's mir.«

»Buratti, verdammt, lassen Sie mich in Frieden, ich bin völlig durcheinander.«

*D*iesen Freitag, den 7. Juli, werde ich für den Rest meines Lebens nicht vergessen. Es war der Wendepunkt in der Geschichte. Genau elf Tage, nachdem sie mir den Auftrag gegeben hatte, Alberto Magagnin zu finden, saß die Anwältin Barbara Foscarini am Tisch in Benjaminos Wohnzimmer in Punta Sabbioni. Vom Flughafen aus hatten wir sie direkt dorthin gebracht. Sie hatte es vermutlich gar nicht bemerkt. Sie war seltsam, abwesend, wie ausgeleert, unfrisiert und ohne eine Spur von Make-up. Daß sie unheimlich angespannt war, merkte man an den Schweißflecken auf der Bluse und am Gesicht, das völlig verschwitzt war, obwohl der Raum kühl und gut belüftet war. Bis dahin hatte sie den Mund noch nicht aufgemacht, und als sie es tat, war ihre Kehle so trocken, daß sie nicht sprechen konnte. Rossini lief in die Küche und kam mit einem Glas kalten Tee wieder.

»Trinken Sie«, sagte er. »Das wird Ihnen guttun. Er ist mit Pfirsichgeschmack.«

Sie erholte sich langsam, sehr langsam, zu langsam für meine ungeduldige Wißbegier. Ich hätte mit der Faust auf den Tisch hauen mögen und sie anschreien, sie solle reden, aber ich hielt mich zurück, weil ich mir dachte, jetzt wäre Geduld angebracht, sonst bestünde die Gefahr, daß sie vollends die Nerven verlor.

Auch Benjamino war dieser Meinung. »Mach langsam«, hatte er mir zugeflüstert, »sie ist völlig fertig. Sie muß sich erst ein bißchen ausweinen, dann wird sie uns alles erzählen.«

Und genauso kam es. Fast dankbar nahm sie das Papier-

taschentuch entgegen, das ich ihr reichte, und schneuzte sich damit geräuschvoll.
»Buratti, schließen wir ein Abkommen«, endlich sah sie mir in die Augen. »Ich erzähle Ihnen, was Professor Cook mir gesagt hat, aber dann lassen Sie mich raus aus diesem Fall, und ich kann das Mandat der Verteidigung von Alberto Magagnin niederlegen. Sie haben mich bedroht, erpreßt, gezwungen, nach England zu fliegen. Jetzt, wo ich zurück bin, wird mir klar, daß ich für derartige Situationen nicht geschaffen bin. Alberto hat ein Anrecht auf die bestmögliche Verteidigung, und die konnte ich ihm bisher nicht gewährleisten. Es ist also auch in seinem Interesse, daß ich für immer von der Bildfläche verschwinde.«
Der Ton der Stimme war wieder fest und bestimmt, der Blick aber nach wie vor verzweifelt. Ich zündete mir eine Zigarette an und fixierte sie weiter, ich dachte über das nach, was sie mir gesagt hatte. Versprechen konnte ich ihr nichts. Ich hatte nicht genügend Elemente an der Hand, um zu entscheiden, ob sie mir noch nützlich sein konnte. In einem Punkt hatte sie sicher recht: Es hatte keinen Sinn mehr, einen toten Mandanten zu vertreten.
Ich sprach meine Überlegungen laut aus: »Das hängt alles davon ab, was Sie mir erzählen. Wenn die Informationen, die Sie uns jetzt geben, Ihre Beteiligung bei den Ermittlungen überflüssig machen, dann lassen wir uns in Zukunft weder blicken noch hören, das verspreche ich Ihnen. Was Albertos Verteidigung angeht, bin ich sicher, daß ich ihn davon überzeugen kann, sich einen anderen Anwalt zu suchen.«
»Einverstanden«, willigte sie nach einem Augenblick des Nachdenkens ein. Dann bat sie um etwas Tee, stand auf und begann zu sprechen, als wäre sie vor Gericht.
»Vor drei Jahren setzte sich Piera Belli telefonisch mit Professor Nigel Cook in Verbindung, der unbestritten als der Fachmann für forensische Hämatologie in England gilt; sie wollte ihn fragen, ob er bereit wäre, ein Gegengutachten zu einem Gut-

achten zu erstellen, das ein italienischer Kollege von ihm im Zusammenhang mit einem Mordfall für ein italienisches Gericht angefertigt hatte. Anfangs weigerte sich Cook, weil ihm die Anfrage merkwürdig und moralisch nicht vertretbar erschien. Die Professoressa ließ nicht locker, und nach einer Weile fuhr sie selbst nach London, wo sie um eine Unterredung mit diesem großen Wissenschaftler bat und ihr diese auch gewährt wurde. Sie hatte die Prozeßakten dabei. Sie erzählte, sie sei so sehr daran interessiert, weil sie in dem Prozeß Geschworene gewesen sei und weil bei den Beratungen zur Entscheidungsfindung über Schuld oder Unschuld des Angeklagten die Ergebnisse einer hämatologischen Untersuchung ausschlaggebend gewesen waren. Im Beratungssaal der Geschworenen hatte sie, wie die Mehrheit der Geschworenen, für einen Schuldspruch entschieden. Zu einem späteren Zeitpunkt jedoch«, die Anwältin hob den Zeigefinger der rechten Hand und begann, im Raum auf und ab zu gehen, »zu einem späteren Zeitpunkt fiel der Frau beim Durchblättern ihrer Unterlagen ein Artikel aus einer englischen Zeitschrift für Gerichtsmedizin in die Hände, den der italienische Gutachter als bibliographische Referenz beigefügt hatte. Die Belli behauptete, sie hätte ihn rein zufällig aufbewahrt, ich persönlich bezweifle aber, daß das der Fall war ... es spielt jedenfalls keine Rolle. Was wirklich zählt, ist, daß ihr gewisse Ungereimtheiten in der Verfahrensweise auffielen, die im Prozeß völlig untergegangen waren. Sie gestand dem Professor, von dem Zeitpunkt an habe sie sich von dem Zweifel geplagt gefühlt, womöglich zu einem schweren Justizirrtum beigetragen zu haben. Sie bat ihn also, das Gutachten zu überprüfen, denn wenn er es als falsch beurteilen würde, dann würde sie sich bei den Richtern für eine Revision des verhängnisvollen Urteils einsetzen.«

Mit einer Handbewegung unterbrach ich sie. »Wenn ich mich nicht täusche«, sagte ich zu Benjamino gewandt, »lag in einer dieser Schachteln, die wir im Kämmerchen gefunden haben, die Fotokopie eines englischen Artikels.«

Kurz darauf kam mein Freund mit ein paar Blättern wieder und hielt sie der Foscarini hin.
»Genau das ist es«, bestätigte sie, nachdem sie sie rasch durchgesehen hatte. »*Photography of bloodstains visualized by luminol* aus der Zeitschrift *Journal of Forsensic Sciences* von 1973. Es geht dabei um die Technik, im Dunkeln das chemische Leuchten zu fotografieren, das von Luminol hervorgerufen wird.«
»Erklären Sie das deutlicher«, unterbrach ich sie. »Für uns sind das böhmische Dörfer.«
»Sicher. Sie müssen wissen, daß es verschiedene Verfahren gibt, um das Vorhandensein und die Menge von Blutflecken an Kleidungsstücken und anderen Gegenständen festzustellen. Eines davon ist die Lumineszenz-Methode, sie basiert auf der chemischen Reaktion von Luminol mit Blut; die Verbindung der zwei Substanzen im Dunkeln ruft ein Leuchten hervor. Aber da das Phänomen nur von kurzer Dauer ist, werden im Labor Fotos davon gemacht, die dann bei Gericht vorgelegt werden. Und damit kommen wir zum Prozeß um den Tod von Eva Mocellin Bianchini. Die Anklage vertrat die Auffassung, Alberto Magagnin sei der Täter des Verbrechens, und er habe den Tod des Opfers herbeigeführt, indem er ihr ein gutes Dutzend Messerstiche zufügte. Die Verteidigung hingegen war der Ansicht, daß Magagnin nicht log, wenn er sagte, er hätte sie schon tot aufgefunden und hätte sich nur durch den ungeschickten Versuch, ihr zu helfen, mit Blut befleckt. Außerdem sah man die Flecken mit bloßem Auge. Ihr versteht also, die Frage, die das Gericht zu klären hatte, war: Ist die Menge Blut an den Kleidern des Angeklagten mit einem kurzen Kontakt zwischen den Körpern zu erklären – das war die These der Verteidigung, oder mit einer länger anhaltenden Berührung, das heißt durch die Mordtat, zu erklären – diese Auffassung vertrat die Anklage. Das Gutachten fiel zugunsten der zweiten These aus und bewirkte damit Magagnins Verurteilung. Das alles erzählte Piera Belli dem Professor Cook, der erstaunt

war zu hören, daß in Italien eine Methode angewandt wurde, die von der internationalen wissenschaftlichen Gemeinschaft längst aufgegeben worden ist, da sie einhellig als unzuverlässig und viel zu unpräzise beurteilt wird, denn das Luminol reagiert sowohl auf Blut wie auch auf verschiedene andere Substanzen. Also nahm er den Auftrag ohne Zögern an. Er wiederholte den Test im Labor und stellte fest, daß das fotografische Verfahren durch die Verwendung übertrieben großer Mengen des Reagenzstoffs und durch überlange Belichtungszeiten des Films die Menge des vorhandenen Bluts entschieden überbewertet hatte. Kurzum, die Aufnahmen, die man dem Gericht vorgelegt hatte, zeigten nichts weiter als winzige Blutspuren, die durch fotografische Effekte ins Gigantische vergrößert worden waren.«

Barbara Foscarini unterbrach sich kurz, um einen Schluck Tee zu trinken.

»Dann war Cook auch verblüfft vom Verhalten des Gutachters: Er hatte dem Gericht die Beschreibung einer präzisen Technik der fotografischen Reproduktion vorgelegt und sie zugleich durch seinen eigenen Bericht völlig verzerrt.«

»Und die Belli, wie war sie auf die Idee gekommen, daß da irgend etwas nicht stimmte?«

»Wir sollten nicht außer acht lassen, daß sie Englisch unterrichtete. Gerade aufgrund dieser spezifischen Kenntnisse hatte der Vorsitzende des Gerichts sie vermutlich gebeten, den Artikel zu lesen und zu überprüfen, ob er mit dem Gutachten übereinstimmte.«

»Ja, so muß das gewesen sein«, räumte ich ein. »Die Belli hatte bemerkt, daß das Gutachten falsch war, daß es das Urteil des Gerichts in eine falsche Richtung lenkte, aber sie beschloß, das alles für sich zu behalten, weil sie ahnte, daß ihr das Ganze eines Tages noch nützlich werden könnte. Was ich allerdings nicht verstehe, ist, weshalb Sie, Anwältin Foscarini, nichts bemerkt haben. Der ganze Prozeß drehte sich doch um dieses Gutachten.«

»Das war nicht meine Aufgabe, sondern die des Gutachters der Verteidigung. Ich verstehe doch nichts von diesen chemischen Prozessen.«
»Dann formuliere ich meine Frage um: Weshalb hat der Gutachter der Verteidigung nichts bemerkt?«
»Ich weiß es nicht. Glauben Sie mir, ich bin so überrascht wie Sie, daß so etwas hat passieren können. Er hat sämtliche Phasen der Laboruntersuchung persönlich mitverfolgt. Allerdings ist der Artikel erst später vorgelegt worden, kurz vor dem Prozeß ... aber er kannte den Gutachter gut, den das Gericht beauftragt hatte, er war noch im Jahr zuvor sein Schüler gewesen ...«
»Ein Anfänger«, platzte Rossini heraus. »Das weiß doch jeder, daß beim Schwurgericht die Gutachter der Verteidigung genauso gut, wenn nicht besser sein müssen, als die vom Gericht benannten. Die Richter nehmen sie ohnehin schon nicht für voll, weil sie sie für parteiisch halten, und wenn es dann auch noch blutige Anfänger sind ...«
»Sie waren auch noch jung, nicht wahr, Frau Anwältin?« fragte ich. »Wie viele Prozesse hatten Sie vor dem Schwurgericht schon mitgemacht?«
»Es war mein erster«, antwortete sie mit gesenktem Blick.
»Also dann waren es zwei Anfänger auf einmal«, schloß Benjamino und breitete die Arme aus. »Da hatte Magagnin ja wirklich gar keine Chance. Bei Ihnen blickt man immer weniger durch, es ist völlig unverständlich, weshalb Sie Magagnin um jeden Preis verteidigen wollten, auch wenn er Sie nicht bezahlte.«
»Lassen wir's vorerst dabei, Benjamino«, ich stand auf. »Was mir im Moment am Herzen liegt, das ist der Name des Gerichtsgutachters«, ich näherte mich dem Stuhl, auf den Barbara Foscarini sich hatte fallen lassen. »Kommen Sie, Frau Anwältin, sagen Sie uns, wie der Mörder von Piera Belli heißt. Bestätigen Sie mir, daß er der maskierte Mann auf den Fotos ist, der sich erpressen ließ, weil die Belli wußte, daß sein Gutachten zur

Verurteilung eines Unschuldigen geführt hatte. So ist es doch, nicht wahr?«

»Ja«, gab sie kaum hörbar zu. »Da gibt's keinen Zweifel. Der Mörder ist Professor Emilio Artoni. Nur ein Gerichtsmediziner konnte die verschiedenen Stadien der Verwesung so genau kennen und folglich die fundamentale Bedeutung der Uhr am Handgelenk von Piera Belli einschätzen.«

»Ja«, sagte ich. »Als guter Kriminologe hatte er alles perfekt eingefädelt. Sicher konnte er nicht vorhersehen, daß Sie jemanden beauftragen würden, Magagnin ausfindig zu machen, und daß dieser jemand über die Leiche von Piera Belli stolpern würde und sich ihre Uhr genau anschauen würde. Das ist die klassische Bananenschale, die einen guten, nein, einen exzellenten Plan zu Fall bringt.«

Ich zündete mir noch eine Zigarette an. »Aber warum hat die Belli dann erst vor drei Jahren angefangen, ihn zu erpressen, warum hat sie über zehn Jahre gewartet? Kann ein falsches Gutachten denn ein ausreichender Grund zum Töten sein?«

»Genau vor drei Jahren ist Professor Artoni zum Direktor des Zentrums für Kriminologische Forschung ernannt worden. Diese Stellung war immer seine höchste Ambition. Er hat viel Ellbogen einsetzen müssen, um sie zu erreichen und einem Haufen anderer Koryphäen den Rang abzulaufen. Von dem Moment an war er jedoch verwundbar, ein Skandal hätte seine Karriere für immer ruiniert.

»Der Fall ist gelöst, Anwältin Foscarini. Jetzt bringen wir Sie nach Padua. Sie gehen zum Richter, zeigen Artoni an und lassen das Verfahren wegen des Verbrechens von 1976 wiederaufnehmen.« Die Frau schüttelte den Kopf. »Wollen Sie etwa ausgerechnet jetzt einen Rückzieher machen?«

»Daß ich nicht lache, Buratti. Was soll ich dem Richter denn erzählen? Ihre Heldentaten als Privatdetektiv? Wir haben nicht die Spur eines Beweises. Denken Sie an die Erpressung: In keinem ihrer Briefe nennt die Belli den Namen Artoni. Und was den Mord angeht, da haben wir nur Ihre Zeugenaussage,

der im übrigen – es tut mir leid, das wiederholen zu müssen – keiner Glauben schenken würde.«
»Einen Moment«, unterbrach ich sie. »Nigel Cook würden sie glauben.«
»Seine Zeugenaussage würde lediglich beweisen, daß Piera Belli sich an ihn gewandt hat, um ein Gegengutachten zu dem von Artoni erstellten machen zu lassen. Nichts weiter. Cook kann uns nicht mal dabei behilflich sein, eine Wiederaufnahme des Verfahrens zu erwirken: Unser Strafrecht erlaubt eine Wiederaufnahme nur, wenn in der Zwischenzeit neue Elemente aufgetaucht sind. Ein falsches Gutachten, auch wenn es einen Unschuldigen ins Gefängnis gebracht hat, ist nicht ausreichend, und zwar aus dem einfachen Grund, daß es von den Richtern geprüft wurde. Das ist ein alter Hut. Im übrigen betrachtet unser Recht die Richter als die ›Sachverständigen der Sachverständigen‹, es liegt in ihrem Ermessen, die Ergebnisse der Sachverständigen zu akzeptieren oder nicht. Ist das Urteil erst einmal rechtskräftig, dann ist nichts mehr zu machen ... ich hatte es Ihnen gesagt, Buratti, daß Sie mit Ihren Methoden zu keinem Ergebnis kommen würden. Außerdem waren Sie auch überzeugt, daß wir, wenn wir nur die Identität des maskierten Mannes aufdeckten, die Wahrheit über beide Verbrechen herausfinden würden, aber auch das hat sich als falsch erwiesen: Artoni hat die Belli ermordet, und wir können es nicht beweisen, aber wer hat Evelina Mocellin Bianchini umgebracht?«
»Sie hat recht, Marco«, warf Rossini ein. »Wir sind in einer Sackgasse.«
Ich drückte die Zigarette aus und ging die Calvados-Flasche holen. Ich mußte nachdenken. Ich versank in meinen Gedanken und bemerkte gar nicht, daß Benjamino hinausging, um Barbara Foscarini nach Padua zu bringen.
Als er wiederkam, war er bepackt mit Lebensmitteln. »Ich muß ein paar Tage nach Dalmatien, geschäftlich. Kommst du mit? Ein Ortswechsel wird dir guttun, das lüftet das Hirn aus.«
»Und die Foscarini?«

»Die ist in ihrem Häuschen. Unterwegs mußte ich sie nochmals daran erinnern, daß wir immer noch in der Lage sind, ihr Leben zu ruinieren, wenn sie uns wo reinzieht.«
»War das nötig?«
»Ja. Sie verheimlicht uns etwas, und ich will da keine Überraschungen. Also, kommst du mit?«
»Trinken die Calvados, in Dalmatien?«
»Nein, aber Onkel Benjamino hat auch daran gedacht«, er hielt zwei Flaschen hoch und sah mich grinsend an.
Wie fuhren mit dem Motorboot. Es war für die Anforderungen des Schmuggels bestens umgebaut worden, und es kam mir vor, als flögen wir über den Wellen. Während mein Freund unterwegs war, um Geschäfte abzuschließen, brachte ich den Samstag und Sonntag in einer Bar am Hafen zu, schaute aufs Meer und hörte keinen Moment auf nachzudenken.
In der ersten Morgendämmerung des Montagmorgens kamen wir nach Punta Sabbioni zurück. Benjamino stieg als erster aus. Als er sich umdrehte, um mir zu helfen, sagte ich zu ihm: »So darf das nicht enden.«
»Dacht ich's mir doch.«

Der zentrale Punkt meiner Überlegungen war die Tatsache, daß Emilio Artoni sich in einem Zustand großer Anspannung befinden mußte. Das eigene Gesicht in der Zeitung zu sehen, wenn auch hinter einer Maske verborgen, und in der Bildunterschrift zu lesen, daß man des Mordes verdächtigt wurde, das mußte ein arger Schock sein. Obendrein zu entdecken, daß derjenige, auf den man alle Schuld abwälzen wollte, noch immer nicht im Gefängnis sitzt und mit Gewißheit einen Komplizen hat, der die Adreßkartei des eigenen Opfers in Händen hat, ist noch schlimmer. Nicht zu wissen schließlich, ob auch noch andere über die quälende Erpressung im Bilde sind, aber, wenn man clever ist – und das ist er mit Sicherheit –, davon ausgehen zu müssen, das ist wirklich zuviel.
Der Professor war kein skrupelloser Gangster, und noch viel

weniger ein Killer. Zum Mord hatte er gegriffen nach drei Jahren der psychischen Qual, war also bestimmt verzweifelt, am Rande des Nervenzusammenbruchs. Da war ich mir sicher.

»Vielleicht erwartet er, daß die Erpressung nun in andere Hände übergeht, daß jemand Kontakt zu ihm aufnimmt, um ihm noch mehr Geld abzupressen. Wir könnten ihn in eine Falle locken: Ihm vormachen, daß das so ist, und ihn dadurch zum Reden bringen, dann aber alles auf Tonband aufnehmen und sein Geständnis mit nach Haus nehmen.«

»Immer diese komplizierten Pläne«, kommentierte Benjamino. »Warum streichen wir ihn nicht einfach von der Spesenliste? Wir lauern ihm vor seinem Haus auf und erschießen ihn, mit Schalldämpfer. Im Wagen habe ich ein kroatisches Prachtstück versteckt, das die da unten für ihre ethnischen Säuberungen benutzen ...«

»Einfach bescheuert, Benjamino. Wenn wir ihn umbringen, dann müssen wir auch Barbara Foscarini umlegen, denn die würde bei Mord nicht den Mund halten. Und dann der Reihe nach Giusy Testa, Bepi Baldan ...«

»Einverstanden, mein Plan ist nicht gut, aber deiner ist einfach Scheiße. Artoni ist garantiert nicht blöd, und im Kino ist er bestimmt auch schon mal gewesen. Wenn du ihm ein Treffen vorschlägst, kommt er nicht. Da könnte er ja gleich ein Geständnis ablegen.«

»Dann könnten wir doch zu ihm gehen. Ihn überraschen.«

»Das klingt schon besser. Aber eines solltest du bedenken, Marco: Wir dürfen auf gar keinen Fall mit leeren Händen nach Hause kommen, sonst trickst er uns nämlich aus. Gerichtsmediziner sind eng verwandt mit Bullen und Richtern.«

»Was heißt das?«

»Daß wir das Geständnis um jeden Preis erzwingen müssen. Das ist einer, der hat sein Leben damit zugebracht, gute Christen aufzuschlitzen und Kriminologie zu studieren, und wie ich das sehe, fällt der auf das Spiel vom Guten und vom Bösen nicht herein.«

»Hm. Die Situation könnte brenzlig werden. Das ist es doch, was du sagen willst.«
»Ich will sagen, daß man bei so 'nem Stück Scheiße wie dem 'nen starken Magen haben muß. Traust du dir das zu?«
»Ja. Nein. Vielleicht wird es gar nicht nötig sein. Er ist vor lauter Streß am Ende seiner Kräfte, da bin ich mir sicher.«
»Wir werden ja sehen. Und mit dem Band, was machen wir da? Vor Gericht wäre es völlig wertlos, würde die Foscarini sagen.«
»Das weiß ich noch nicht. Das Wichtigste ist, eine Aufnahme zu machen, das ist die einzige Waffe, mit der wir Artoni zwingen können, seine Rechnung zu begleichen.«
»Also fahren wir zurück nach Padua, wir müssen unseren Plan vorbereiten.«

Beim geduldigen Durchblättern der Zeitschriften im städtischen Zeitungsarchiv stießen wir auf ein Foto des Professors. Um es uns gut einzuprägen, betrachteten wir es lange: Es war das Gesicht eines Sechzigjährigen mit harten Zügen, die vor allem durch die kräftigen Kinnladen und den preußischen Schnurrbart unterstrichen wurden. Das Gesicht eines Mannes, der zu befehlen gewohnt ist.
Anfangs hatten wir uns überlegt, ihn uns zu schnappen und an einen ruhigen Ort zu bringen, wo wir ihn hätten befragen können. Dann hatten wir die Idee aber als zu riskant verworfen.
Wir kontrollierten die Orte, an denen er sich gewöhnlich aufhielt: die Wohnung, das Forschungszentrum, dessen Direktor er war, und die Privatpraxis, die er sich mit einem anderen Gerichtsmediziner, Professor Francesco Ferrini, teilte, und deren Eingang auf ein Gäßchen des alten Ghettos hinausging, gleich hinter der Piazza delle Erbe. Von den drei Schauplätzen bot die Praxis die besten Bedingungen, sei es für die Beschattung, sei es für einen Überfall.
Innerhalb von drei Tagen hatten wir herausgefunden, daß die

beiden Sekretärinnen ihren Arbeitsplatz zu Fuß erreichten, während Artoni und sein Partner beide im Wagen kamen und in der Tiefgarage unter dem Gebäude parkten. Das Gebäude selbst, nobel und frisch renoviert, wurde von einem jungen Hausmeister beaufsichtigt, der sich keinen Augenblick aus seiner Loge rührte. Durch den Haupteingang hineinzukommen, wäre also unmöglich gewesen. Also registrierten wir die Zeiten, zu denen die einzelnen Mitarbeiter das Gebäude verließen. Die Sekretärinnen gingen um Punkt 19 Uhr. Eine halbe Stunde später öffnete sich das automatische Garagentor, und der Partner kam heraus. Ihm folgte einige Minuten später Artoni mit seinem Mercedes.

Wir stoppten die Zeit, die das Garagentor brauchte, um sich wieder zu schließen, und am vierten Tag, einem Freitag, der erwartungsgemäß wieder heiß und feucht war, schlüpften wir, nachdem Ferrinis Wagen draußen war, ins Tiefgeschoß. Wir streiften Chirurgenhandschuhe über. Dann holte Benjamino das kroatische Schmuckstück hervor und legte eine Patrone ein. Ich war nicht bewaffnet. Ich hatte noch nie eine Pistole in der Hand gehabt, sie machten mir zu viel Angst.

Wir postierten uns zu beiden Seiten der Aufzugstür, und das Warten begann. Der alte Rossini war ruhig und sicher: Irgendwo bewaffnet aufzutreten, war für ihn eine Selbstverständlichkeit. Ich dagegen war aufs äußerste gespannt.

Die Tür ging auf, Artoni hatte noch keine zwei Schritte gemacht, da hatte Benjamino ihn von hinten eingeholt, er hielt ihm eine Hand auf den Mund und die Pistole an die Schläfe.

»Guten Abend, Professor. Nur schön ruhig bleiben, dann passiert Ihnen nichts.«

Er stieß ihn in den Aufzug, sagte dann zu mir: »Durchsuch ihn.«

Ich fand einen Trommelrevolver mit kurzem Lauf, er hatte ihn in einem Halfter in der Hose stecken. Ich zeigte ihn Rossini, der den Kopf schüttelte. »Und du wolltest ein Treffen mit ihm ausmachen. Nun, Herr Professor, jetzt gehen wir schön brav

in Ihre Praxis. Wenn wir auf dem Flur sind, gehen Sie vor uns her und öffnen die Tür. Ich brauche Sie ja nicht daran zu erinnern, daß ich Ihnen bei der ersten falschen Bewegung eine Kugel in den Kopf jagen werde.«
Artoni gehorchte. Die Tür hatte drei Schlösser, alles Sicherheitsschlösser. Seine Hand zitterte, und am Ende mußte ich ihm helfen.
»Direkt in Ihr Arbeitszimmer«, befahl Benjamino.
Als wir drin waren, befahl er mir, die Rolläden an den Fenstern runterzulassen, bevor ich das Licht anmachte. Er durchsuchte die Schubladen und ließ den Professor auf dem Sessel hinter dem Schreibtisch Platz nehmen. Wir setzten uns auf die beiden Stühle davor.
Die Situation war unwirklich: Wenn man die Pistole meines Freundes außer acht ließ, hätte es wirken können wie ein ganz normales Konsultationsgespräch zwischen einem Fachmann und seinen Klienten.
Ich zog aus einer Tasche dieselbe Polaroidaufnahme hervor, die ich Giusy Testa gezeigt hatte, und legte sie auf die blank polierte Mahagoniplatte. Dann nahm ich das Tonbandgerät und stellte es neben die Fotografie, wobei ich versuchte, so ruhig wie möglich zu wirken, dann drückte ich die Tasten, um das Gespräch aufzunehmen.
»Der Moment der Wahrheit ist gekommen, Professor Artoni«, begann ich.
Er sah die beiden Gegenstände an und lächelte mich böse an. »Fick dich doch ins Knie.«
»Professor, man sieht förmlich, wie Sie zittern und schwitzen. Sie können sich ja von der Höhe Ihres Wissens selbst die Diagnose stellen. Sie werden zu dem Schluß kommen, daß Sie nicht in der Verfassung sind, sich in Tollkühnheiten zu produzieren.«
Er ging weiterhin in drohendem Ton auf mich los. »Meine Frau erwartet mich zu Hause, wir haben Gäste zum Abendessen. Wenn sie mich nicht kommen sieht, ruft sie den Hausmeister

an, der kommt sofort rauf und schaut nach mir. Er hat die Schlüssel zur Praxis. Ihr habt gerade noch Zeit, zu verschwinden ... ich zeige euch nicht an.«
»Guter Witz, Herr Professor«, kommentierte Benjamino. »Dafür, daß er mit einem Bein im Zuchthaus steht, hat er noch 'ne Menge Humor.«
»Ich weiß nicht, wovon Sie reden.«
»Aber sicher wissen Sie es«, griff ich ein. »Vom vorsätzlichen Mord an Piera Belli.«
»Kenne ich nicht«, leugnete er mit Blick auf das Tonbandgerät.
»Strengen Sie doch mal Ihr Gedächtnis an, wenigstens einmal haben Sie sie mit Sicherheit gesehen: Als Sie im Prozeß um den Mord an Evelina Mocellin Bianchini als Zeuge aussagten. Die Frau war eine der Geschworenen.«
»Sagen wir also, daß ich mich nicht an sie erinnere.«
»Professor Artoni, ich bitte Sie, überlegen Sie sich das gut. Sie haben überhaupt keine Chance, sich da rauszuwinden, es ist vollkommen zwecklos, daß Sie versuchen, Zeit zu gewinnen. Wir gehen nicht weg von hier ohne ein vollständiges Geständnis von Ihnen. Bisher waren wir freundlich, zwingen Sie uns nicht, Methoden anzuwenden, die wir selbst nicht mögen.«
»Es wird aber in legaler Hinsicht völlig wertlos sein.«
»Das wissen wir.«
»Wollt ihr mich erpressen?«
»Nein.«
»Was wollt ihr dann also?«
»Dafür sorgen, daß Sie Ihre Rechnung begleichen. Sie haben ausgespielt, werter Professor. Wir legen Ihnen zwei Delikte zur Last: ein falsches Gutachten, das die Verurteilung eines Unschuldigen zur Folge hatte, und den Versuch, ihm den zweiten Mord anzuhängen, den sie selbst verübt haben.«
»Wer seid ihr?« Der Tonfall verriet die Irritation dessen, der nicht duldet, daß sich seinem Willen Hindernisse in den Weg stellen. »Ach, ich glaube, ich habe verstanden: Spießgesellen von Magagnin, diesem Abschaum der Gesellschaft, oder von dieser

perversen Hure Belli. Wißt ihr denn nicht, daß die Justiz in diesem Land in Händen der Richter liegt und daß keiner sie ersetzen kann, nicht mal zwei Verbrechervisagen wie ihr?«

»Hört, hört«, wandte ich mich an Rossini. »Unser Professor ist Lombroso-Schüler: Er braucht einen Menschen nur anzusehen, und schon weiß er, ob er zu den Guten oder zu den Schlechten gehört.«

»Das spielt keine Rolle, wer wir sind, Artoni«, fuhr ich dann fort. »In dieser Sache kämen Sie vielleicht mit der Justiz der Richter durch. Bei uns dagegen haben Sie keine Chance. Überhaupt keine.«

Er schlug die Augen nieder und versank in hartnäckiges Schweigen. Da stand Benjamino auf, zog eine Rolle Paketklebeband aus der Tasche, knebelte ihn und band ihm die Hände auf den Rücken. Dann beugte er sich zu Artoni hinunter und flüsterte ihm ins Ohr: »Jetzt werden Sie eine für Ihre kriminologischen Untersuchungen interessante Erfahrung machen: Sie werden am eigenen Leib eine Verhörmethode kennenlernen, die sich ein Hauptkommissar im Polizeipräsidium Mailand ausgedacht hat. Hinterläßt keine Spuren, ist aber wirksam, äußerst wirksam.«

Er ging aus dem Zimmer und kam mit zwei dicken Telefonbüchern wieder. Er zog Jacke und Hemd aus, sein Oberkörper war nackt.

»Jetzt lernen wir ein hübsches Mailänder Lied: *Crapa Pelada*. Kennen Sie es?«

Artoni schüttelte den Kopf. Er fing an zu begreifen und war entsetzt.

Benjamino trällerte munter los, wobei er hinter ihm stehen blieb: »*Crapa Pelada la fa i turtéi, ghe na da minga ai so fradei ...*« Plötzlich hob er die Telefonbücher in die Höhe und ließ sie mit Wucht auf seinen Kopf runtersausen. BAM! Dumpf dröhnte es durch den Raum, und ich fuhr zusammen. Der Gerichtsmediziner steckte den Schlag mit schmerzverzerrtem Gesicht ein, aber Rossini machte weiter. »*... I so fradei fan la*

fritada …« BAM! Noch ein Schlag. »… *Ghe na dan minga a la Crapa Pelada …«* BAM! Bei jedem Schlag fuhr ich zusammen und hoffte, es wäre der letzte.
Rossini sang schneller und schneller und hüpfte dabei wie ein Besessener um den Schreibtisch herum; jedesmal, wenn er hinter Artoni vorbeikam, versetzte er ihm einen Schlag. Der Mann zog den Kopf ein und wand sich auf dem Stuhl, um den Schlägen auszuweichen, aber mein Freund verfehlte ihn nie. Als er in krampfhaftes Weinen ausbrach, hörte Rossini auf. »Wollen Sie jetzt ein Liedchen singen?«
Diesmal machte er ein Zeichen der Zustimmung, und ich atmete erleichtert auf.
Wir banden ihn los, und ich bot ihm eine Zigarette an, die er mit einem schwachen Kopfschütteln ablehnte. »So hätte das nicht enden dürfen. Wie seid ihr mir auf die Spur gekommen?«
»Das geht Sie überhaupt nichts an. Erzählen Sie uns lieber alles von Beginn an, angefangen beim Prozeß von 1976«, forderte ich ihn auf.
»Dieser verfluchte Prozeß! Er verfolgt mich wie ein Alptraum … so viele Jahre sind seither vergangen, und doch … na gut. Ich wurde beauftragt, die Autopsie der Leiche von Evelina Mocellin Bianchini vorzunehmen und die hämatologische Untersuchung der Kleider des Angeklagten. Letztere konnte ich nicht selbst durchführen, ich war zu der Zeit völlig überlastet. Ich übertrug sie Ferrini, meinem Partner hier in der Praxis … das ist üblich so. Er hatte auch wenig Zeit, und der Fall war bestimmt keiner von denen, die einem Lorbeeren einbringen. Deshalb entschied er sich für die Luminol-Methode, die am schnellsten geht, auch wenn er sie überhaupt zum ersten Mal verwendete. Alles kam dann wieder in meine Hände. Ich unterschrieb das Gutachten und legte es bei Gericht vor … das ist üblich so. Erst nach ein paar Monaten, als der Verhandlungstermin näherrückte, rief mich der beisitzende Richter des Gerichts an, das Magagnins Fall verhandeln würde. Er sagte mir,

daß er wegen der fundamentalen Bedeutung des Gutachtens ein paar Dokumente sehen wollte, die die Methode stützen könnten. Ich ließ mir von Ferrini die Kopien der Veröffentlichungen geben, die er konsultiert hatte, und auch die wurden bei Gericht deponiert. Wie üblich bekam auch der Sachverständige der Verteidigung eine Kopie davon, und nach ein paar Tagen kam er in mein Büro und wies mich darauf hin, daß die von meinem Mitarbeiter verwendete fotografische Technik nicht mit der vom *Journal of Forensic Sciences* beschriebenen übereinstimmte. Ich ließ Ferrini kommen und verlangte Erklärungen. Er sagte mir, er hätte, nachdem er das chemische Reagenzmittel zubereitet hatte, das Labor verlassen und alles einem technischen Assistenten übertragen ... das ist üblich so. Auf Befragen erklärte mir dieser, er habe eine etwas höhere Dosis Luminol genommen und die Negative extrem lang belichtet, damit die Fotos ja gut gelingen würden. Kurz, ein Schlamassel erster Güte, der meinen Ruf aufs Spiel setzte. Mit dem Sachverständigen der Verteidigung löste ich das Problem, indem ich ihn darauf hinwies, daß er dem Laborprotokoll zufolge bei der Durchführung des Tests hätte anwesend sein müssen, dabei wußten wir beide genau, daß er ganz woanders gewesen war, bei einer Autopsie nämlich ... aber das ist üblich so. Er verstand den Wink und machte weiter keine Scherereien. Da die Sache aber doch sehr heikel war, brauchte ich dringend einen Rat. Ich wandte mich an einen guten Freund von mir, Rechtsanwalt Alvise Sartori, der in diesem Prozeß Verteidiger war. Er hörte mich sehr aufmerksam an.

›Lieber Emilio‹, sagte er, ›wir kennen uns nun schon lange, und im Verlauf unserer Freundschaft haben wir uns schätzen gelernt. Glaub mir, wenn ich dir sage, daß du nichts zu befürchten hast und daß man die Dinge besser so beläßt, wie sie sind. Ich versichere dir bei meiner Ehre, dieser Magagnin ist schuldig und muß verurteilt werden. Ich garantiere dir, ich sag's noch mal, ich garantiere dir, bei Gericht wird es keine Probleme geben. An diesem Punkt, erinnere ich mich, stand Sartori auf und versetzte mir einen freundschaftlichen Schlag auf die Schulter. ›Und dann‹, schloß er, ›wird die Verteidigung dafür sorgen, daß Professor Ferrini, dein langjähriger Schüler, zum Sachverständigen der Verteidigung ernannt wird, und er wird dein Gutachten natürlich stützen.‹ Ein paar Tage später trafen wir uns wie gewöhnlich bei der Zusammenkunft der Ritter vom Orden der Heiligen Konstanze, dem wir beide angehören. Sartori kam noch einmal auf die Sache zu sprechen und bat mich um eine Unterredung am folgenden Tag. Ich ging in seine Kanzlei, und dort versicherte er mir ohne Umschweife, daß er sowie die Familie des Opfers nach Abschluß des Prozesses nicht verfehlen würden, mir ihre Dankbarkeit zu erweisen. Ich sei von zu vielen Konkurrenten umgeben, die meine Karriere behinderten, ich bräuchte dringend Unterstützung. Da brachte Sartori den Namen Carlo Ventura ins Spiel, den zweiten Ehemann der Ermordeten, der, so sagte er, alle meine Probleme lösen konnte. Ich fühlte mich geschmeichelt. Ich sagte ihm, wie erleichtert und dankbar ich war über die angebotene Unterstützung. Der Prozeß lief, wie er laufen mußte, und von dem Zeitpunkt an wurde ich in immer angesehenere Stellungen befördert. Um mögliche Rückschläge zu vermeiden, versuchte ich, auch Ferrini und den Sachverständigen der Verteidigung an meinem Aufstieg teilhaben zu lassen. Alles ging gut bis vor drei Jahren, als ich zum Direktor des Zentrums für Kriminologische Forschung ernannt wurde. Sofort nach meiner Amtseinsetzung kam Piera Belli auf mich zu. Sie gab mir zu verstehen, daß sie etwas über dieses verdammte Gutachten wußte. Ich erinnerte mich sofort, daß sie in dem Prozeß Geschworene gewesen war, aber ich dachte, sie könnte nicht so gut informiert sein, und machte mir keine Sorgen. Wenn schon hauptamtliche Richter nichts von Gutachten verstehen, wieso sollten es dann Geschworene ... aber offenbar hatte ich mich getäuscht. Eines Tages bekam ich per Post die Fotokopie eines Gegengutachtens zu dem unseren, verfaßt von einem großen englischen Hämatologen, Professor Nigel Cook. Anbei

lag ein Brief von der Belli, die mich auf ein Plauderstündchen zu sich nach Hause einlud. Ich ging hin, und sie benahm sich sofort in der widerwärtigsten Manier. In diesen drei Jahren hat sie mit meinem Leben gespielt, mit meinem Körper und meinem Geist. Ich bin sicher, wenn sie genug gehabt hätte, hätte sie mich vernichtet … sie zu ermorden war eine Befreiung.«
»Wann haben Sie beschlossen, sie zu beseitigen?«
»Als sie Magagnin mit hineinzog. Sie und ihr Freundchen mußten um jeden Preis unschädlich gemacht werden … ich hatte keine anderen Wahl, verstehen Sie das?«
»Suchen Sie bei uns kein Verständnis«, herrschte ich ihn an. »Verlieren Sie keine Zeit und erzählen Sie lieber von dem Mord.«
»Vor einem Jahr habe ich angefangen, ihn detailliert zu planen. Als Freigänger hatte Magagnin einen genau festgelegten Stundenplan, es war nicht schwer, den Tod von Piera Belli mit seiner Anwesenheit zusammenfallen zu lassen. Montag, den 26. Juni, bin ich gegen 18 Uhr zum Haus der Frau gegangen. Sie ärgerte sich, als sie mich sah: ›Du sollst nur kommen, wenn ich dich rufe. Jetzt habe ich keine Zeit, ich bin auf dem Sprung, um Alberto abzuholen.‹ – ›Ich weiß‹, antwortete ich. ›Es dauert nur einen Moment. Ich muß dir etwas Wichtiges sagen.‹
Sie ließ mich ins Haus, und ich zog die Pistole. ›Gib mir sämtliche Fotos und die Briefe‹, befahl ich. Statt Angst zu bekommen, fing sie an, sich über mich lustig zu machen. Ihr Tonfall … und dieses Lachen, sie sind noch hier drinnen, in meinem Kopf. Aber ich durfte mich nicht gehen lassen, ich mußte meinen Plan durchführen. Alles war bis ins kleinste Detail festgelegt. Die Pistole brauchte ich jetzt nicht mehr, das Käsemesser mußte her, das ich am Tag zuvor aus ihrer Küche mitgenommen hatte … der Tag zuvor war ein Sonntag gewesen, und wir hatten uns zu einem unserer üblichen Treffen gesehen. Ich holte eine Gummischürze für Obduktionen aus der Tasche und band sie rasch um. Da erkannte sie meine Absichten und floh die Treppe hinauf. Während ich hinter ihr

herlief, zog ich auch die Handschuhe an, dann blockierte ich sie im Arbeitszimmer.

›Ich bitte dich, beruhige dich‹, flehte sie. ›Ich kann dir die Fotos und Briefe nicht geben, ich vernichte sie nach jedem Mal. Du wirst doch nicht glauben, daß ich derart kompromittierendes Material im Haus behalte. Schau selbst nach, wenn du's nicht glaubst.«

›Das werde ich tun‹, antwortete ich. ›Gib mir erst mal das Original des Gegengutachtens von Nigel Cook.‹

Sie bewahrte es in einer Schublade ihres Schreibtisches auf, und als sie es mir gegeben hatte, fing ich an, sie zu verletzen, ich zählte die Stichwunden und zügelte die Wucht der Stöße, damit die Vorgehensweise so weit wie möglich dem Mord an der Mocellin Bianchini ähnelte. Sie fiel zu Boden, und ich stach weiter zu. Sie wollte und wollte nicht sterben, sie sah mich aus weit aufgerissenen Augen an, also nahm ich die Kissen vom Sofa und deckte sie zu. Ich mußte die Polaroidkamera und die Briefe finden, aber mit diesem Blick auf mir hätte ich das nicht geschafft. Ich fand nichts und war also davon überzeugt, daß sie die Wahrheit gesagt hatte. Ich verließ das Haus und achtete darauf, die Haustür offen stehen zu lassen, falls Magagnin keinen Schlüssel hätte. Ich fuhr ins Institut, stopfte Schürze und Handschuhe in den Entsorgungsbehälter und erschien pünktlich auf einer Versammlung. Mittwochs war das Verbrechen noch nicht entdeckt worden. Vorsichtig erkundigte ich mich, ob Magagnin sein normales Leben als Freigänger fortsetzte, und vom Gefängnisdirektor erfuhr ich, daß er nicht mehr in Gewahrsam zurückgekehrt war. Ich begriff, daß er die Leiche entdeckt hatte und geflohen war. Damit hatte ich nicht gerechnet. Ich hatte erwartet, daß er einen Schock erleiden und dann in verwirrtem Zustand durch die Stadt irren würde, bereit, festgenommen zu werden. Jetzt wurde mir klar, daß der Verwesungszustand der Leiche es unmöglich machen würde, Tag und Stunde des Todes exakt zu bestimmen, und daß der mit der Autopsie beauftragte Kollege sicher eine Untersuchung der

Uhr verlangen würde, und das hätte Magagnin entlastet. Ich vermutete, daß er gegen 19 Uhr 30 gekommen war, die Belli war dagegen wenige Minuten nach 18 Uhr gestorben. Diese anderthalb Stunden würden ihn retten. Seine Fingerabdrücke und die Vorgehensweise bei dem Verbrechen würden für eine Anklage nicht ausreichen. Ich mußte etwas tun. Ich beschloß, an den Ort des Verbrechens zurückzukehren und die Zeiger der Uhr drei Stunden vorzustellen, um Magagnin endgültig festzunageln. Als es dunkel war, fuhr ich mit dem Wagen in die Via Torlonga und beobachtete das Haus aus der Ferne. Kurz vor Mitternacht sah ich jemanden über die Einfahrt zum Haus gehen. ›Ich bin erledigt, jetzt ruft er die Polizei‹, dachte ich. Der Mann kam aber nach etwa zwanzig Minuten wieder heraus und machte sich schnell davon. Das war bestimmt Magagnin ...«

»Das war ich«, unterbrach ich ihn. »An diesem Punkt haben Sie, glaube ich, das Recht zu erfahren, wo Ihr Plan gescheitert ist. Ich suchte Magagnin, fand hingegen die Leiche von Piera Belli. Zufällig schaute ich auf die Uhr ... ich weiß auch nicht, warum ... vielleicht, weil ich's im Kino gesehen hab ... Jedenfalls fiel mir ein paar Tage später ganz zufällig der Bericht des Gerichtsmediziners und der Spurensicherung in die Hände, und da war ein Foto von der Uhr dabei. An den verstellten Zeigern erkannte ich, daß hier jemand die Karte des perfekten Verbrechens ausspielte.«

Artoni schlug die Hände vors Gesicht. »Der Zufall. Der Zufall hat mich ruiniert«, murmelte er untröstlich. Eine Weile lang schien er sprachlos.

»Wo hielt sie die Fotos und Briefe versteckt?« fragte er schließlich.

»In dem Raum, wo Sie sie ermordet haben, im Arbeitszimmer, in einem Kämmerchen hinter der Bücherwand.«

Er sprang auf und fing an zu schreien: »Diese dreckige Hure hat sich über mich lustig gemacht, selbst dann noch, als sie begriff, daß ich sie umbringen würde. Sie wußte, daß jemand die Fotos finden und mich fertigmachen würde ...«

Er hatte die Kontrolle verloren, man würde sein Geschrei womöglich im ganzen Haus hören. Der alte Rossini löste die Situation auf seine Art: Er nahm die Telefonbücher wieder in die Hand und schlug sie ihm so lange auf den Kopf, bis Artoni auf dem Schreibtisch zusammensackte.
Dann drehte er sich etwas atemlos zu mir: »Schnell, nimm den Recorder, und hauen wir ab.«
Ich war schon im Begriff, das Polaroidfoto wieder einzustecken, aber ich überlegte es mir anders und steckte es Artoni in die Jackentasche.
»Betrachten Sie es als Geschenk, Herr Professor, zum Andenken an unsere Begegnung«, verabschiedete ich mich von ihm, während wir hinausgingen.

Ich versuchte gerade, mich bei den Tönen von *Coming Home* von Fleetwood Mac zu entspannen, als Benjamino den Knopf drückte, um die Kassette aus dem Recorder des Autoradios zu nehmen. »Ich will mir noch einmal das Band mit dem Geständnis von Artoni anhören.«
»Ausgerechnet jetzt«, protestierte ich. »In knapp dreißig Kilometern sind wir bei dir zu Hause.«
»Jetzt, Marco. Ich habe das Gefühl, es ist uns da was Wichtiges entgangen.«
Ehrlich gesagt hatte ich überhaupt keine Lust, mir das, was im Büro des Gerichtsmediziners gesagt und getan worden war, ohne die beruhigende Wirkung einer anständigen Dosis Calvados noch einmal anzuhören. Übrigens hatte ich erreicht, was ich wollte, der Mörder war identifiziert, blieb nur noch zu entscheiden, wie wir die Sache zum Abschluß bringen wollten. Wie wir Artoni bestrafen und die Leiche Magagnins auftauchen lassen konnten.
Ich war mit Recht zufrieden. Noch wußte ich nicht, wie sehr ich mich täuschte.
Besonders peinlich war es, Benjamino noch einmal *Crapa Pelada* singen zu hören. Mein Freund nestelte verlegen an

seinen Armkettchen am linken Handgelenk, und zum Schluß platzte er heraus: »Verdammt, Marco, du hättest den Recorder ruhig ausschalten können in dem Moment!«
Das Band lief weiter. Artoni hatte soeben vom Auftreten und der Rolle des Anwalts der Verteidigung und des zweiten Ehemanns des Opfers erzählt, als mein Freund sagte: »Spul ein Stück zurück, ich will diesen Teil noch mal hören.«
»Warum?« fragte ich verwundert.
»Kommt dir das nicht merkwürdig vor, daß Sartori und Ventura sich Artoni gegenüber so ins Zeug gelegt haben? Es wäre doch völlig ausreichend gewesen, ihm zu versichern, daß sie ihn wegen des falschen Gutachtens nicht bloßstellen würden. Statt dessen haben sie ihm versprochen, ihm bei seiner Karriere weiterzuhelfen – und so ist es auch gekommen –, sie haben ihn auf ihren Karren gehievt, und er seinerseits hat den Sachverständigen der Verteidigung und diesen Ferrini mitgezogen. Und all das bloß, um diesen Prozeß mit einem schönen, schweren Deckel zu versehen. Eine etwas komplizierte Vorgehensweise, wenn man bedenkt, daß lediglich ein Irrtum vertuscht werden sollte, findest du nicht auch?«
»Kann sein. Es könnte sich aber auch um ganz alltägliche Vorgänge handeln. In diesen Kreisen tun die doch ohnehin nichts anderes, als Lobbys, Seilschaften und Freimaurerlogen zu gründen oder sich in Organisationen wie der der Ritter vom Orden der Heiligen Konstanze zusammenzuschließen.«
»Nein. Da täuschst du dich. Meiner Ansicht nach ist der wahre Grund, daß Sartori und Ventura wußten, daß Alberto Magagnin unschuldig war.«
»Willst du damit sagen, daß sie in dieses Verbrechen verwickelt sind?«
»Genau, Sherlock Holmes.«
Noch drei Mal hörten wir uns diesen Teil der Aufnahme an. Dann legte ich wieder die Blues-Kassette ein und sagte: »Sieht ganz so aus, als hättest du recht. An diesem Punkt würde ich

mich nicht wundern, wenn Artoni sie schon verständigt hätte und sie gebeten hätte, ihm zu helfen, damit seine Karriere und sein Leben nicht den Bach runtergehen. Weißt du, was ich dir sage ... morgen geht's von vorne los, Watson.«

In dieser Nacht konnte ich nicht schlafen. Ich wälzte mich im Bett herum, mehrmals stand ich auf, um ein Gläschen zu trinken. Im Morgengrauen sah ich auf die Uhr: Samstag, der 15. Juli. Achtzehn Tage seit Beginn der Ermittlungen und noch kein Ende in Sicht. Im Gegenteil, es sah so aus, als sollte das nie ein Ende nehmen. Jedesmal, wenn man zu einer Wahrheit vordrang, entdeckte man sofort, daß sich dahinter eine andere verbarg. Wie eine russische Puppe.

Als erstes mußten wir die Aufzeichnung Giovanni Galderisi in die Hände spielen. Der Skandal würde Artoni erledigen und jeden Versuch, seine einflußreichen Beziehungen spielen zu lassen, zunichte machen.

Wir fuhren zeitig los, und in der Nähe von Padua rief ich den Journalisten an.

»Dottor Galderisi, guten Tag. Im Lauf des Vormittags schicke ich Ihnen etwas ...«

»Heute nicht, ich habe keine Zeit, ich muß vor Ort. Der Chef will sofort Informationen aus erster Hand.«

»Was ist denn passiert?«

»Ja, wissen Sie das nicht? Haben Sie's heute morgen nicht im Radio gehört? Professor Emilio Artoni, der Direktor des Instituts für Kriminologische Forschung, hat sich in seinem Büro erhängt.«

»Das konnten wir nicht vorhersehen«, kommentierte Benjamino.

»Allerdings, wenn man's recht bedenkt ... die Vermutung lag nicht so fern: Er hatte begriffen, daß er am Ende war.«

»Er auch, wie Magagnin. Ein Mord, zwei Selbstmorde ... nicht schlecht für eine Geschichte, die mit der Suche nach einem entflohenen Häftling begann. Aber wir müssen unbedingt her-

ausfinden, ob Artoni eine Notiz, einen Brief hinterlassen hat. Wenn er unseren Besuch publik gemacht hat, müssen wir das Band vernichten.«
Wir gingen in die übliche Bar und verfolgten sämtliche Nachrichtensendungen des Tages. Die Notiz hatte noch einmal das Interesse der nationalen Medien geweckt: Sie wurde an zweiter Stelle gebracht, gleich nach der neuesten Regierungskrise. Nach den ersten Erkenntnissen hatte sich Professor Emilio Artoni mit der Krawatte am Leuchter seines Büros erhängt, kurz nach 21 Uhr des vorherigen Abends.
Die Leiche war vom Hausmeister gefunden worden, den die Ehefrau des Gerichtsmediziners alarmiert hatte, als ihr Mann nicht zum Abendessen erschienen war. Die verschiedenen Reporter beschrieben Artoni als einen Mann, der seine wissenschaftliche Arbeit ganz dem Kampf gegen das Böse geweiht hatte und Mitglied in renommierten Vereinigungen und internationalen Stiftungen war. Unerklärlich die Motive der Tat: Der Tote hatte keinen Abschiedsbrief hinterlassen, wie es sonst in solchen Fällen üblich ist.
Professor Ferrini unterdessen wiederholte unter Tränen immer wieder, er könne es einfach nicht fassen.
Artonis Frau, eine unscheinbare, grauhaarige Person, zeigte sich sehr würdevoll. In ruhigem Ton beantwortete sie die zahlreichen Fragen und vertrat die Meinung, die Gründe für die Tat seien in der unvorstellbaren Menge an Arbeit zu suchen, die ihren Mann völlig überfordert habe. Rechtsanwalt Sartori schließlich, der in seiner Eigenschaft als Freund des Opfers befragt wurde, bestätigte, daß er ihn in den letzten Monaten eher deprimiert erlebt habe.
Ein attraktiver Mann, dieser Alvise Sartori: Ungefähr 55, etwas übergewichtig, mit dichtem, schwarzem Haar, wahrscheinlich gefärbt. Zwei boshafte Äuglein in einem blühenden, rosigen Gesicht.
»Die reinste Klapperschlange«, bemerkte Rossini.
»Ja, als Typ wirkt er eher gefährlich. Er spielt die Rolle des

trauernden Freundes, aber meiner Meinung nach ist er besorgt, man könne zu gründlich in Artonis Leben nachforschen.«
»Wir können von Glück sagen, daß er nichts Schriftliches hinterlassen hat.«
»Das ist nicht gesagt. Wir sind gegen halb neun weggegangen, und er hat erst dreißig, vierzig Minuten später das Zeitliche gesegnet. Er hatte alle Zeit der Welt zum Telefonieren.«
»Kann sein. Und was machen wir jetzt? Verfolgen wir die Spur Sartori weiter?«
»Ehrlich gesagt, ich weiß es nicht. Wir geraten da mit unseren Nachforschungen in Bereiche hinein, die von den sogenannten angesehenen Leuten kontrolliert werden, von denen, die wirklich was zählen in der Stadt. Ich glaube, wir müssen uns erst mal einen Überblick über die Gesamtsituation verschaffen, bevor wir was unternehmen. Ich möchte nicht, daß uns dann plötzlich der Boden unter den Füßen weggezogen wird.«
»Ah, willkommen in der Wirklichkeit! Vom ersten Augenblick an habe ich dich vor diesen Ermittlungen gewarnt, und endlich gibst du mir recht.«
»Komm, Benjamino, sei nicht immer so polemisch. Derartige Entwicklungen waren überhaupt nicht vorauszusehen. Apropos«, sagte ich mit einem Blick auf die Uhr, »was hältst du davon, wenn wir eine Kleinigkeit essen gehen?«
Wir gingen ins *No Se No,* einen Club auf dem Corso Trieste, in der Absicht, dort den Großteil der Nacht zu verbringen. Und da machte uns Barbara Foscarini ausfindig.
»Täusche ich mich, oder wollten Sie nichts mehr mit uns zu schaffen haben?« fragte ich.
Sie setzte sich an den Tisch und bestellte einen Gin Tonic. Sie fuhr sich mit der Hand übers Gesicht.
»Jetzt wißt ihr alles, nicht wahr?« fragte sie niedergeschlagen.
»Was alles?«
»Ihr wißt ganz genau, was ich meine.«
»Nein, wissen wir nicht, Frau Foscarini. Sagen Sie es uns«, schaltete Benjamino sich ein.

»Artoni, ich rede von ihm. Ihr seid hingegangen und habt mit ihm geredet, und dann hat er sich erhängt.«
Wir verzogen keine Miene. Irritiert durch unser Benehmen, fing sie fast schon flehend wieder an.
»Hört mal, ich will nur wissen, was er euch über den Prozeß um den Mord Mocellin Bianchini gesagt hat ...«
»Ach, und am Tod von Piera Belli und am Schicksal von Alberto Magagnin haben Sie wohl jedes Interesse verloren?« konterte ich.
»Ich bitte Sie, machen Sie nicht alles noch schwerer ... ich will nur wissen, ob er Ihnen etwas über die Rolle von Anwalt Sartori erzählt hat.«
Benjamino und ich sahen uns an. Ich näherte mich dem Gesicht der Frau.
»Frau Anwältin, ich denke, der Zeitpunkt ist gekommen, uns alles zu sagen, was Sie uns bisher verschwiegen haben. Und wenn wir es dann für richtig halten, bekommen Sie die Informationen, auf die Sie so scharf sind.«
»Einverstanden, Buratti«, sie stieß einen tiefen Seufzer aus und leerte gut die Hälfte von ihrem Drink. »1974 heiratete ich den Anwalt Piero De Curtis und wurde Partnerin in seiner Kanzlei. Wenige Monate später lernte ich bei einem Prozeß Anwalt Alvise Sartori kennen. Wir wurden sofort ein Liebespaar. Als Alberto Magagnin mit der Anklage auf Mord verhaftet wurde, fragte mich Alvise, der von der Familie des Opfers engagiert worden war, ob ich die Verteidigung übernehmen wollte. Bis dahin hatte ich noch nie vor dem Schwurgericht verteidigt, aber er drängte mich anzunehmen, mit dem Hinweis, dieser Prozeß könnte ein gutes Training sein ... und obendrein eine gute Tat. Der Angeklagte sei ein armer Schlucker ohne eine Lira, ich würde ihm eine gute Verteidigung gewährleisten, besser als die des Pflichtverteidigers, dem das Gericht den Fall schon übertragen hatte. Dennoch gebe es keinen Zweifel an seiner Schuld ... Außerdem wäre es eine gute Gelegenheit, sich öfter zu sehen.« Sie trank den restlichen

Gin Tonic aus und fuhr dann fort: »Ich sagte ihm, mein Mann würde nicht einverstanden sein, derartige Fälle lagen nicht auf der Linie seiner Kanzlei, aber da erwiderte er, mein Mann bräuchte das gar nicht zu wissen, weil er persönlich die Kosten für die Verteidigung übernehmen würde und über ein paar inhaftierte Mandanten von ihm Magagnin dazu bewegen würde, mich zum Verteidiger zu nominieren. Der Vorschlag klang verführerisch, dieser Prozeß wurde von der Presse beachtet, und mein Name würde in den Zeitungen stehen ... eine einmalige Chance für meine Karriere. Also nahm ich an ...«

Benjamino und ich spendeten ihr einen fingierten Applaus.

»Bravo, Frau Anwältin«, rief mein Freund aus.

»Wann haben Sie bemerkt, daß der gute Alvise Sie in den Prozeß hereingezogen hatte, um die Kontrolle über die Verteidigung zu haben?« fragte ich.

»Zwei Jahre später, unmittelbar vor der Verhandlung vor dem Berufungsgericht. Ich war bei ihm zu Hause, und zufällig hörte ich auf einem Nebenapparat ein Telefongespräch zwischen ihm und Carlo Ventura mit. Letzterer fragte ihn, ob ich Probleme machen könnte. Alvise antwortete, er könne ganz beruhigt sein, die Situation sei unter Kontrolle. Da hörte ich den anderen, wie er voller Genugtuung sagte: ›Das war wirklich eine geniale Idee, diese dumme Schnepfe zu überreden, die Verteidigung des Junkies zu übernehmen ...‹«

»Und was passierte dann?« drängte ich sie.

»Ich tat, als wäre nichts gewesen. Vor Gericht versuchte ich mit allen Mitteln, Magagnin herauszuholen, aber das Gericht bestätigte das Urteil, wie zu erwarten war. Natürlich beendete ich die Beziehung mit Alvise. Er rächte sich, indem er meinen Mann über alles aufklärte, was zwischen uns gewesen war ... Piero verlangte die Trennung. Er hat mir nie verziehen. Sartori setzte mir noch lange zu, er betrachtete mich als sein Eigentum. Er hat nie geheiratet, hatte verschiedene Geliebte, die alle völlig zerstört aus diesen Beziehungen hervorgingen.«

Ein längeres Schweigen trat ein. Ich brach es: »Was wollen Sie wissen?«
»Alles, was ich noch nicht begriffen habe.«
Ich sah Benjamino an, und er gab ein Zeichen der Zustimmung.
»Kommen Sie mit, im Wagen haben wir eine Kassette, die Sie anhören sollten.«
Rossini fuhr und spielte wie üblich mit seinem Kettchen; ich hingegen beobachtete die Frau im Rückspiegel: Als sie *Crapa Pelada* hörte, hielt sie sich die Ohren zu.
Sobald das Band aus war, bat sie uns: »Ich möchte, daß Sie Alberto sagen, daß es mir leid tut. Von dem Moment an, als mir klar wurde, daß ich benutzt worden war, habe ich versucht, ihm zu helfen, daß seine Strafe so milde wie möglich ausfallen sollte ... ich hoffe, er kann mir verzeihen.«
»Gut Süßholz geraspelt, Frau Anwältin«, erwiderte Benjamino hart. »Haben Sie vielleicht vergessen, daß Magagnin fünfzehn Jahre lang im Gefängnis geschmort hat, während Sie sich von demjenigen vögeln ließen, der das ganze Spiel so gezinkt hatte, daß Magagnin verurteilt wurde? Beweisen Sie doch wenigstens jetzt so viel Geschmack, keinen Schwachsinn von sich zu geben.«
»Aber was wollen Sie jetzt tun? Alvise festnageln?«
»Benjamino, halt an«, schaltete ich mich ein. »Die Signora steigt hier aus. Adieu, Rechtsanwältin Foscarini. Ab jetzt treten Sie von der Bühne ab. Und ab jetzt sollten Sie den Mund halten. Allen gegenüber, vor allem aber gegenüber Sartori. Wenn er Sie fragen sollte, leugnen Sie alles, auch das Offensichtliche. Das sage ich nur zu Ihrem Besten.«
Ich hörte die Wagentür hinter mir zuschlagen. Nach diesem kurzen Halt fuhr der Wagen mit quietschenden Reifen wieder an.

Als Rossini am nächsten Morgen aufstand, fand er mich in einem Sessel im Wohnzimmer zusammengekauert: auf einer Armlehne einen Aschenbecher voller Zigarettenkippen, am Boden eine leere Flasche Calvados.

»Deine Augen sind rot, Marco. Du siehst aus wie ein Kolumbianer nach einer Koka-Orgie. Willst du einen Kaffee?«
Ich folgte ihm in die Küche.
»Benjamino, wir müssen einen Analytiker konsultieren.«
»Einen Seelenklempner?«
»Sehr witzig.«
»Marco, Unterweltanalytiker sind keine sehr empfehlenswerten Leute: Sauberes Vorstrafenregister, gute Ausbildung und verquere Denke. Wenn wir zu einem von denen hingingen, weißt du, was der tun würde, nachdem wir ihm diese Geschichte erzählt haben? Er würde unseren Tod in Auftrag geben, anfangen, die Foscarini zu erpressen, Giusy Testa und ihre netten Freunde zwingen, das Kokain für den Eigenbedarf zu importieren, seine Hand auf die Prostituiertenkette legen ... und vor allem: Er würde sich mit Sartori einigen. Solche Leute können die immer brauchen.«
»Ich dachte nicht an einen aus der Unterwelt.«
»An wen dann?«
»An Max, ›das Gedächtnis‹.«
»Der Name ist mir nicht neu. Ich habe ihn einige Male von den Brigatisten im Gefängnis nennen hören. Ist er Terrorist?«
»Nicht im gängigen Sinn des Wortes. In den siebziger Jahren organisierte er für eine Gruppe der außerparlamentarischen Linken den Bereich Gegeninformation. Er hatte ein Netzwerk von unverdächtigen Informanten auf die Beine gestellt, und er spionierte alles und jeden in dieser Stadt aus. Vor einigen Jahren haben reumütige Terroristen ihn beschuldigt, Informationsmaterial an Gruppen im bewaffneten Kampf weitergegeben zu haben, und seither ist er untergetaucht. Aber ich weiß, daß er sich hier in Padua versteckt hält und weiter spioniert, sein Netzwerk ist nie zerschlagen worden. Es ist nicht gesagt, daß die Sache ihn interessiert. Er ist ein Einzelkämpfer, der das, was er weiß, im Sinne einer ganz persönlichen Strategie verwendet: Er verkauft oder verschenkt Informationen nur, wenn

der Gebrauch, der davon gemacht wird, seinen politischen Absichten entspricht.«

»Der spinnt ja. Bist du sicher, daß es eine gute Idee ist, sich an einen solchen Typen zu wenden?«

»Ja. Er ist der einzige, der uns helfen kann, Tatsachen und Personen miteinander in Verbindung zu bringen, und uns raten kann, wie wir am besten vorgehen.«

»Was wird er dafür wollen?«

»Ich glaube, er wird sich mit einer Kopie der Bänder in unserem Besitz zufrieden geben. Jedenfalls dachte ich, sie ihm auf alle Fälle zukommen zu lassen, um sein Interesse zu wecken.«

»Welchen Gebrauch wird er davon machen? Wir haben Giusy Testa unser Wort gegeben ...«

»Erpressungen sind nicht seine Sache. Die Informationen, die ihn interessieren, wird er in seinen Karteikasten stecken, und sich wie ein Kind freuen, daß er wieder in den Besitz von ein paar Paduaner Geheimnissen gekommen ist.«

»Aber wenn er untergetaucht ist, wie willst du dann Kontakt zu ihm aufnehmen?«

»Über seine Frau. Sie heißt Marielita, ist eine Südamerikanerin, vielleicht Uruguayanerin. Sie ist Straßenmusikantin und nicht schwer zu finden.«

»Eine Pennerin?«

»Mh, würde ich nicht gerade sagen. Sie stellt sich zum Spielen immer in der Nähe von bestimmten Gebäuden auf, wie Parteilokale, Finanzämter, Militärkommandos ... sie ist seine beste Informatin.«

Am frühen Nachmittag hatten wir sie in der Nähe der Präfektur entdeckt. Wir blieben stehen und sahen ihr von ferne zu. Sie sang ein sanftes Wiegenlied aus den Anden. Die Musikbegleitung kam von einem Charango, dessen Saiten die junge Frau sanft zupfte. Sie mochte dreißig sein. Die langen, schwarzen Haare rahmten ein Gesicht mit feinen Zügen, die ihre Herkunft nur eben erahnen ließen. Sie trug ein gelbes T-Shirt und ein paar enge, grüne Tuchhosen. Während ich zu ihr hinüberging,

betrachtete ich eingehend ihren schmalen Körper und den nur angedeuteten Busen. Als ich ihrem Blick begegnete, befand ich mich zwei nachtschwarzen und messerscharf durchbohrenden Augen gegenüber.
»Hübsch«, dachte ich, und im Kopf hörte ich die Strophe eines alten Lieds:

I can see your bright, bronze skin
at ease with all the flowers
and the centipedes.

Ich gab ihr zwei Kassetten, eingewickelt in einen Zehntausend-Lire-Schein.
»Blues?« fragte sie mich mit einem Lächeln, wodurch sie mir zu verstehen gab, daß ich kein Unbekannter für sie war.
»Diesmal nicht, Marielita. Aber Max das Gedächtnis wird sie auf jeden Fall interessant finden. Sag ihm, daß ich morgen eine Antwort erwarte.«

Ich traf sie an derselben Stelle wieder. Sie genoß die glühend heiße Mittagssonne.
»Wie eine Eidechse«, dachte ich und fühlte, wie mir das Hemd lästig am Rücken klebte.
»Heute abend um zehn an der Ecke Via Martiri della Libertà und Via San Fermo. Nur du, deinen Freund laß zu Hause«, dann streckte sie mir die offene Hand entgegen.
»Ist gut«, antwortete ich. Ich gab ihr tausend Lire und ging davon in der Gewißheit, daß sie mir mit Blicken folgte.

Sie kam pünktlich, am Steuer eines dunklen Lieferwagens. Sie kurbelte das Fenster herunter. »Steig hinten ein, schnell.« Ich gehorchte. Als ich die Tür wieder schloß, stellte ich fest, daß die Fenster verdunkelt waren. Max das Gedächtnis wollte offenbar kein Risiko eingehen. Aus den Fahrbewegungen schloß ich, daß wir verschlungene Wege fuhren, offenbar,

damit ich die Orientierung verlor. Das einzige, was ich erkennen konnte, war das Summen eines automatischen Gartentors, und zwar erst, als die Reise praktisch zu Ende war. Dann fuhr der Lieferwagen in einen Keller hinunter.
»In einer Villa«, dachte ich, als die Frau mich aussteigen ließ.
Ich ging hinter ihr die Treppe hinauf und bemerkte, daß sie elegant gekleidet war, mit einem weiten, geblümten Rock und einer blauen Seidenbluse. Sie begleitete mich bis an die Schwelle zu einem halbdunklen Raum und verschwand, noch bevor ich mich an die Dunkelheit hatte gewöhnen können.
Vor mir in einem Sessel sah ich die Umrisse eines Mannes, der beim Betrachten eines Schwarzweißfilms aus vollem Halse lachte.
»Komm näher, Alligator, willkommen in meiner bescheidenen Hütte. Kennst du diesen Film?«
»Ich glaube nicht.«
»Das ist *Tote tragen keine Karos* von Carl Reiner, mit Steve Martin. Eine echte Augenweide: Es wurden Stücke aus alten Filmen mit einmontiert, so daß es aussieht, als würden die Schauspieler sich mit echten Stars aus den vierziger Jahren unterhalten. Burt Lancaster ist dabei, Alan Ladd, Humphrey Bogart. Und weißt du, was der Held ist?«
»Nein.«
»Privatdetektiv. Wie du. Ich habe ihn mir dir zur Ehre angesehen und hoffe, du erlaubst, daß ich dir die Videokassette schenke. Du wirst ihn vielleicht lehrreich finden.«
Er schaltete den Videorecorder aus und machte das Licht an. Ich sah mich einem großen, beleibten Mann gegenüber, mit dem typischen Bauch des Biertrinkers, der viel sitzt. Er hatte einen kurzen, graumelierten Bart und zwei große blaue Augen, die dem gutmütigen Eindruck, den sein Körper machte, widersprachen, denn sie verrieten die ganze Gerissenheit und Intelligenz der Person.
Er zündete sich eine Zigarette an. Er hatte die typischen gelben

Finger von Kettenrauchern. Unwillkürlich dachte ich an meine eigenen, ebenfalls gelbfleckigen.
»Was trinkst du? Ah, was für eine dumme Frage. Calvados, natürlich«, er schlug sich mit der flachen Hand auf die Stirn, womit er den Schauspieler Tino Buazzelli im Reklamespot für einen Aperitif nachahmte.
»Wenn du mir Eindruck machen willst, Max, mußt du mir schon mit etwas weniger Abgedroschenem kommen. Das weiß doch in Padua jeder Barmann, daß ich ausschließlich Cidre-Destillat trinke.«
»Ich hab ja nur Spaß gemacht, Alligator, nur Spaß gemacht. Interessant, die Aufnahmen, die du mir da geschickt hast«, sagte er, plötzlich ernst. »Erzähl mir alles von Anfang an. Ich bin echt gespannt.«
Ich sprach lange, ohne auch nur das kleinste Detail auszulassen. Einem Analytiker darf man nichts verbergen.
»Da hast du dich ja in einen schönen Schlamassel hineingeritten, Alligator. Es wird nicht leicht sein, da wieder herauszukommen. Komm mit.«
Er betrat einen anderen großen Raum. In der Mitte ein Tisch mit Computer, an den Wänden drei große Karteischränke und ein Regal mit den kompletten Jahrgängen der lokalen Tageszeitungen.
Er setzte sich auf den Sessel hinter dem Schreibtisch und wies mir den Stuhl gegenüber an.
»Setz dich, Alligator, und laß uns die ganze Geschichte noch einmal durchgehen. Es fängt alles an mit deiner eher tollkühnen Entscheidung – du hättest dich sofort an mich wenden sollen –, die Unschuld des Strafgefangenen und Freigängers Alberto Magagnin nachweisen zu wollen. Seit deine Ermittlungen in Gang gekommen sind, bist du auf Milieus gestoßen, die nicht immer in einer direkten Verbindung zu dem Fall standen. Ich beziehe mich natürlich auf die Sadomasochisten im Umkreis von Giusy Testa, auf den Kokainhandel und die Prostitution in gehobenen Kreisen. Erst als du bei Artoni angelangt

bist, haben deine ermittlerischen Tätigkeiten ihr erstes bedeutendes Ergebnis gebracht, denn gleichzeitig hast du neben Tatmotiv und Mörder im Fall Piera Belli entdeckt, daß der Prozeß Mocellin Bianchini getürkt war, eben genau um den armen Magagnin zu verurteilen. Den Grund wissen wir nicht, aber Artoni hat verraten, wer da hinter den Kulissen die Fäden gezogen hat: der namhafte Strafrechtler beim Gerichtshof Padua Alvise Sartori und der Textilunternehmer Carlo Ventura, Exehemann der unglücklichen Evelina Mocellin Bianchini. Jetzt können wir unserem Puzzle ein weiteres Stück hinzufügen: Es liegt auf der Hand, daß Professor Artoni diesen beiden Herren nie etwas von der Erpressung gesagt hat, der er ausgesetzt war, denn in diesem Fall hätte man sofort eine Reaktion gesehen. In der Tat hätten die beiden umgehend dafür gesorgt, daß die Frau unschädlich gemacht wird, und das wäre ihnen bestimmt auch besser gelungen als ihm, weniger stümperhaft. Der betrauerte Kriminologe hingegen zog es vor, die Quälereien, denen er ausgesetzt war, drei Jahre hindurch zu ertragen, da er sehr wohl wußte, daß seine einflußreichen Freunde, wenn sie erst einmal die Wahrheit erfahren hätten, ihn als nicht verläßlich eingestuft und folglich fallengelassen hätten. Und so hätten sich all seine beruflichen Erfolge von einem Moment auf den anderen in nichts aufgelöst. Er war also allein mit seinem Problem und nervlich mittlerweile fast völlig zerrüttet, und so traf er die einzige Entscheidung, die ihm einleuchtend schien: zum Killer zu werden. Er hat einen Plan ausgeheckt, den er bis zu eurem Treffen für perfekt hielt. Wir können uns also ausmalen, wie niedergeschmettert er nach eurem kleinen Besuch gewesen sein muß, und wir können davon ausgehen, daß er keinen Augenblick gezögert haben wird, sich mit Sartori in Verbindung zu setzen. Dieser weiß nun die ganze Wahrheit über die Erpressung und über den Mord und ist im Bilde darüber, daß in der Stadt zwei üble Gestalten umgehen, die imstande sind, Personen mit Polizeimethoden zum Reden zu bringen, und im Besitz einer kompromittierenden Tonband-

aufnahme sind. Der Herr Anwalt ist mit Sicherheit auf Kriegsfuß und bereit, jedes Mittel einzusetzen, um denjenigen zu zerstören, der versucht, ihn in Schwierigkeiten zu bringen. Alligator, du bist bei diesen Ermittlungen vorgegangen«, einen Moment lang schallte sein Gelächter durch den stillen Raum, »wie ein Elefant im Porzellanladen. Wie ein Stier mit gesenktem Kopf bist du losgeprescht und hast das erreicht, was Richter ›Geständnisse in Serie‹ nennen. Ein gutes Ergebnis, ohne Zweifel, aber gleichzeitig hast du jede Menge Spuren hinterlassen, die zu deiner Identifizierung führen können. Und zu der Rossinis.«
Max redete weiter, während er im Raum auf und ab ging. Er erklärte mir, daß ich nicht erwarten dürfe, daß Sartori und Ventura nicht Zeit und Gelegenheit gefunden hätten, die Suche nach uns effizient zu organisieren. Bei so kaltblütigen und überall bestens eingeführten Typen mußte man selbstverständlich davon ausgehen, daß sie sich des Falles angenommen hatten, sobald die Leiche der Belli entdeckt und gleich danach Magagnin beschuldigt wurde.
»Denn siehst du, Alligator, daß du die Beziehung entdeckt hast zwischen dem Unschuldigen, den sie hatten verurteilen lassen, und einer der Geschworenen, muß ihnen nicht wenig Kopfzerbrechen bereitet haben. Aus den Artikeln Galderisis haben sie entnommen, daß der Freigänger von jemandem unterstützt wird, der in jeder Hinsicht in der Lage ist, ihm zu helfen und ihn zu beschützen, und dabei so gerissen ist, daß er die Ermittler lächerlich macht, indem er in der Öffentlichkeit Zweifel an Magagnins Schuld verbreitet. Von dem Moment an war ihnen klar, wie wichtig es ist, vor der Polizei an Magagnin – sie wissen ja nicht, daß er tot ist – und an seine Komplizen heranzukommen. Da haben sie ihrerseits ihre Ermittlungen angestellt. Wenn sie es nicht schon getan haben, dann dauert es nicht mehr lange, bis sie auf Baldan und Giusy Testa stoßen und deine Spur rekonstruieren können. Sie sind dir auf den Fersen, Alligator, und wenn sie dich haben, vernichten sie dich.«

»Aber wer ist denn dieser Sartori überhaupt? Kann der vielleicht zaubern?« scherzte ich in dem Versuch, die Spannung abzubauen, die mir den Magen schnürte.
Max das Gedächtnis schaltete den Computer ein, gab einige Buchstaben ein und begann, Infos vorzulesen, die mir vor Augen führten, in was für arge Schwierigkeiten ich mich gebracht hatte.
»Alvise Sartori ist 1935 in Padua geboren. In seiner Jugend zeichnet er sich durch hervorragende Leistungen auf akademischem und sportlichem Gebiet aus, erweist sich als große Verheißung im Rudersport. Nach einem Hochschulabschluß mit Summa cum laude beginnt er eine brillante Karriere als Strafrechtler. Ende der sechziger Jahre wird er der Anwalt des korrupten Padua. Ein regelrechtes Sprungbrett, das ihm die Möglichkeit gibt, seine Aktivitäten auf viele – nicht immer legale – gesellschaftliche Bereiche auszudehnen. Er übernimmt sogar die Rolle des Vermittlers bei Entführungen, just zu der Zeit, als die erste Frau von Carlo Ventura entführt wird. Die Frau kommt aus einer sehr renommierten Textilunternehmerfamilie, und ihre Eltern hatten nie einen Hehl daraus gemacht, daß sie ihren Ehemann, der von allen für einen Parvenu gehalten wurde, nicht schätzten. Sartori bietet an, die Verhandlungen zu führen. Er und Ventura verstehen sich auf Anhieb und beschließen, einen beträchtlichen Teil des Lösegelds zu unterschlagen. Von da an sind sie unzertrennlich. Sie treten den exklusivsten Clubs und Vereinigungen bei, wie den Rittern vom Orden der Heiligen Konstanze, um hier nur den wichtigsten zu nennen. Mit dem Segen und dem – ich schätze unwissentlichen – Schutz eines Teils des Klerus ist dieser Verein in Wirklichkeit Sammelbecken für alles, was faul ist in dieser Stadt. Da sind alte faschistische Haudegen, die in Gladio und sonstige braune Machenschaften verwickelt sind, oder korrupte Exponenten des politischen Lebens, der Finanzwelt, der Justiz und des Militärs; andererseits ist der Verein mit anderen Strukturen, wie Freimaurerlobbies und -logen, verbunden, sogar im Aus-

land. In dieser kriminellen Vereinigung wurden unsere beiden ›Ritter‹ jeweils Rechts- und Finanzberater. Sie haben sämtliche Skandale unbeschadet überstanden, einschließlich der großen Schmiergeldskandale Anfang der neunziger Jahre. Alles Prozesse, in denen Sartori – was für ein Zufall – dem Verteidigerkollegium angehörte. Das bedeutet Wissen, und Wissen ist Macht. In dieser Stadt ist Erpressung in bestimmten Kreisen gang und gäbe, und unser Freund ist Meister in diesem Fach. Im Lauf der Jahre hat er sich seinen Hofstaat aus Polizisten, Carabinieri, Beamten, Gerichtsschreibern, aber auch Kriminellen jeden Kalibers aufgebaut. Es wäre ein Klacks für ihn, deine und Rossinis Beseitigung anzuordnen, oder, wenn dir der Gedanke lieber ist, in eurer Wohnung oder eurem Auto ein Kilo Herion zu plazieren und euch so für runde zwanzig Jährchen in den vaterländischen Gefängnissen einbuchten zu lassen.«

»Was rätst du mir?«

»Vor allem taucht unter, alle beide. Laßt euch nicht mehr blicken. Dann bemüht euch, die Wahrheit über den Tod der Mocellin Bianchini herauszufinden, und wenn euch das gelingt ... verhandelt.«

»Verhandeln?«

»Ja, mit Sartori, er ist der Wichtigere von den beiden. Euer Schweigen gegen eine ruhige Zukunft. Ihr habt keine andere Wahl. Je mehr ihr herausfindet, desto größer die Möglichkeiten, euch da herauszuziehen.«

»Schwachpunkte?«

»Ein einziger: Sex. Bei Gericht kursiert das Gerücht, er sei schwul, weil er nicht geheiratet hat, aber das entspricht nicht der Wahrheit. In Wirklichkeit gefallen ihm die Frauen, Professionelle eingeschlossen. Augenblicklich hat er eine Affäre mit der jungen Frau eines Mandanten von ihm, der wegen eines bewaffneten Raubüberfalls in San Remo einsitzt. In der zweiten Instanz hat er ihm das Strafmaß verdoppeln lassen ... aber ich rate dir, verlier deine Zeit nicht mit dieser Spur, konzentrier dich auf dieses Verbrechen.«

»Irgendeine Idee?«
»Eine, ist doch klar: Sie wollten jemand aus ihren Kreisen decken.«
Ich stand auf. »Danke für die Beratung, Max. Wieviel oder was kostet mich das?«
»Ich will sämtliche Informationen, die du zusammentragen kannst. Seit Jahren schon versuche ich diesem Klüngel auf die Schliche zu kommen: Wenn ich ebenfalls in Verhandlungen treten kann, könnte ich einen von unseren Leuten aus dem Knast holen.«
Er stand auf, die Unterredung war beendet. Er begleitete mich zur Treppe zurück, die zur Garage hinunterführte. »Unten ist Marielita, sie erwartet dich. Viel Glück.«
Während ich hinunterging, fügte er noch hinzu: »Mir sind da Verse in den Sinn gekommen, die zu deiner Situation passen. Sie sind von Massimo Salvagnini, dem verruchten Dichter dieser Stadt:

Wie ein Bus gingst du in die Stierkampfarena
Mit geballten Fäusten kamst du heraus in die Pampa.«

Ich hörte ihn noch lachen, bis der Schlag des Lieferwagens geschlossen war.
Marielita fuhr zügig und sicher. An einem bestimmten Punkt bemerkte ich, daß wir bergauf fuhren. Ich schloß daraus, daß wir in den Euganischen Hügeln sein mußten, und fragte mich nach dem Grund für diesen weiten Umweg.
Als sie mich aussteigen ließ, befand ich mich auf dem Gipfel eines Hügels, man erkannte die Lichter von Padua und der umliegenden Ortschaften. Sie kam auf mich zu, stellte sich auf die Zehenspitzen und küßte mich auf den Mund.
»Das finde ich keine gute Idee, Marielita.«
»Ich schon«, antwortete sie, und leckte mir die Nasenspitze.
»Ich habe geschäftlich mit Max zu tun, er könnte was dagegen haben.«
Sie drückte mir noch einen dicken Kuß auf den Mund. »Wenn

du mir jetzt damit sagen willst, du kannst nicht mit mir schlafen, weil ich die Frau von Max dem Gedächtnis bin, dann mach dich auf einen Tritt in die Eier gefaßt. Ich bin nicht sein Eigentum.«
Ich setzte mich ins Gras, holte die Zigaretten aus der Tasche.
»Das wollte ich nicht sagen. Nur, daß die Situation verzwickt ist und jedes Mißverständnis das Ganze nur noch verschlimmern würde.«
»Keine Sorge, Alligator. Du brauchst nur zu entscheiden, ob du mit einer schönen südamerikanischen Frau vögeln willst oder nicht. An alles weitere denke ich.«
»Deine Argumentation ist einleuchtend«, kommentierte ich, und streichelte ihre Haare.
Auf der Rückfahrt erlaubte sie mir, neben ihr in der Fahrerkabine zu sitzen. Unter dem Sitz holte sie einen kleinen Flachmann hervor.
»Einen Schluck, Alligator?«
»Eine willkommene Aufmerksamkeit, Marielita«, dankte ich ihr und schraubte den Deckel auf.
»Du und Max habt etwas gemeinsam.«
»Wirklich? Und was?« fragte ich erstaunt.
»Ein Feuer, das in euch brennt und euch verzehrt. Das Herz ist euch darüber ganz klein und schwarz geworden und hart wie eine Faust.«
»Jeder hat so seine Sorgen«, sagte ich abgeklärt, um das Thema zu beenden.
»Ihr könntet neue Wege beschreiten, ein neues Leben anfangen, aber ihr kommt nicht von eurer Vergangenheit los. Ihr habt alte Rechnungen zu begleichen, vor allem mit euch selbst, und jeder Tag, der vergeht, ist eine neue Wunde ...«
»Das ist der Fluch unserer Generation, Schwester« scherzte ich.
»An dem Punkt allerdings«, setzte ich gleich wieder ernst hinzu, »begreife ich nicht, wieso du mit Max zusammen bist und mit ihm zusammenarbeitest. Du riskierst das Gefängnis ... und da werden Wunden am Fließband fabriziert.«

»Gefangenschaft ist mit einkalkuliert. Seit jeher. In Wirklichkeit verdanke ich ihm alles, und er leidet unter der Einsamkeit wie ein Kind. Und dann, Max ist eine Wette mit der Geschichte, und wir Südamerikaner lieben Wetten.«
»Mir dagegen kommt er vor wie einer dieser japanischen Soldaten, die sich jahrelang auf irgendwelchen Inselchen im Pazifik verkrochen haben, weil sie nicht glauben konnten, daß der Kaiser sich ergeben hatte.«
»Sei nicht zynisch, Alligator. Er hilft einer Menge Leuten und glaubt aufrichtig an das, was er tut. Das eigentliche Problem ist, daß er nie an sich selber denkt.«
Ich streichelte ihr Gesicht. »Entschuldige, ich hab' Blödsinn geredet. Er hilft auch mir sehr, und ich schätze ihn deswegen. Ich meine, er kann sich glücklich schätzen, dich an seiner Seite zu haben. Du bist eine großartige Frau, Marielita.«
»Meinst du das im Ernst?«
»Ja.«

»Du hast Gras im Haar«, sagte der alte Rossini und zwinkerte mir zu.
Ich fuhr mir mit der Hand über den Kopf. »Max das Gedächtnis hat mir nichts Gutes sagen können. Die Lage ist ernster, als wir dachten.«
»Dann laß mich erst hinsetzen«, murmelte er resigniert.
Während er meiner Erzählung lauschte, wurde seine Miene zusehends finsterer, und am Schluß resümierte er: »Wir stecken wirklich in der Patsche, Marco. Wir haben keinen Moment Zeit zu verlieren.«
Mit penibler Umsicht, so als wäre uns Interpol auf den Fersen, plante er unser Untertauchen.
Er verbreitete das Gerücht, wir würden nach Dalmatien fahren und längere Zeit wegbleiben. Mit meiner Hilfe staffierte er das Motorboot mit allem Nötigen für die Reise aus. Wir nützten das Hin und Her der Reisevorbereitungen, um einen zuverlässigen Schmuggler unbemerkt unter Deck zu bringen. Dann schloß mein Freund das Haus ab, ließ unsere beiden Autos gut sichtbar im Garten geparkt stehen, und dann brachen wir endlich auf. Kaum waren wir weit genug vom Ufer entfernt, übergab er das Kommando dem dritten Mann und befahl ihm, uns zum Lido zu bringen. Von dort gelangten wir mit einem Vaporetto zum Bahnhof von Venedig, und im Schutz der Touristenmassen erreichten wir Padua, sicher, unbemerkt geblieben zu sein.
Mit zwei Telefonaten beschaffte uns Rossini ein Motorrad, unser neues Transportmittel, und ein sicheres Quartier, eine Wohnung, die von einer bergamaskischen Einbrecherbande

zur Verfügung gestellt wurde. Für unsere Ausgaben verwendeten wir das Geld von Piera Belli, das Magagnin uns vererbt hatte.
»So, jetzt kann man anfangen, vernünftig nachzudenken«, sagte er, kaum daß wir das kleine Appartement in dem Wohnviertel Città Giardino bezogen hatten, das von nun an unsere Unterkunft sein würde.
»Ich habe nicht die geringste Ahnung, wie man Ermittlungen durchführt und sich dabei versteckt hält.«
»Das sind keine Ermittlungen mehr, Marco. Das ist ein Bandenkrieg: Die von Sartori gegen unsere.«
»Wir zwei wären eine Bande? Das italienische Gesetzbuch legt aber fest, daß eine kriminelle Vereinigung aus mindestens drei Personen bestehen muß ...«
»Zum Henker mit dem Gesetz. Der Herr Anwalt will uns beseitigen lassen: tot oder im Gefängnis. Sobald er uns aufgespürt hat, braucht er nur noch die passende Methode zu wählen, und ich habe überhaupt keine Lust, der nächste Magagnin zu werden. Der Analytiker hat es dir klipp und klar gesagt: Der einzige Weg, um zu verhindern, daß die anderen uns reinlegen, ist, ihnen zuvorzukommen. Dann werden Verhandlungen aufgenommen, wie in allen Kriegen zwischen Banden, die was auf sich halten.«
»Beruhige dich, Benjamino ...«
»Nein, ich beruhige mich nicht. Es sollte ein Kinderspiel werden, und nun stecken wir bis zum Hals in der Scheiße. Und das ist alles nur deine Schuld. Und sag bloß nicht, ich hätte dich nicht gewarnt. Aber von jetzt an wird es so gemacht, wie ich sage. Du bist gut im Verhandeln, das ist deine Spezialität, aber Kriegführung mit Bullen und Gangstern, das ist meine Sache.«
»Schon gut, schon gut. Was hast du vor?«
»Ich will herausfinden, ob Sartori dich schon identifiziert hat. Um das rauszubekommen, brauchen wir bloß eine Runde durch die Lokale zu drehen, in denen du gewöhnlich verkehrst.«

»Gute Idee«, stimmte ich begeistert zu. Ich bekam nämlich schon Depressionen beim Gedanken, wer weiß wie lang in diesem Bau hocken bleiben zu müssen.
»Aber«, bemerkte ich, »das reicht nicht, Benjamino. Ich brauche die Prozeßakten im Mordfall Evelina Mocellin Bianchini.«
»Barbara Foscarini?«
»Sie ist die einzige, die sie uns geben kann.«
»Vor drei Tagen haben wir sie verabschiedet, Marco.«
»Ich weiß, aber wir haben keine andere Wahl. Ich bin sicher, aus diesen Unterlagen läßt sich ableiten, wen Sartori und Ventura gedeckt haben.«
»Also gehe ich hin. Warte hier auf mich.«
Um mir die Wartezeit zu vertreiben, sah ich mich an meinem neuen Aufenthaltsort etwas genauer um, auch aus Neugier, wie wohl der Unterschlupf von Einbrechern aussieht. Die Küche war mit kunststoffbeschichteten, gelben Einbauschränken eingerichtet, Hocker und Stühle der einfachsten Art, mit Stahlrohrbeinen. Im Wohnzimmer ein leeres Bücherregal, ein Tisch und ein Sofa, die wirkten, als kämen sie vom Ausverkauf eines Möbellagers. An den Wänden hingen hier und da Porträts von Kindern mit traurigen Gesichtern, großen, hellen Augen und rosigen Wangen, auf denen stets eine Träne lief. Entschieden Kitsch. Um so mehr war ich überrascht, einen alten Geloso-Plattenspieler zu finden, samt einer bescheidenen Sammlung von Platten von Mina. Die wollte ich mir aber nicht anhören.
Eine Stunde später war Benjamino zurück. »Die Anwältin war nicht da, aber es ist mir trotzdem gelungen, mir von der Sekretärin die Akte geben zu lassen. Besser so, ich habe ein Treffen vermieden, auf das ich überhaupt nicht scharf war. Ich habe auch eine Flasche Wodka und eine Flasche Calvados mitgebracht.«
Letztere stellte ich neben Aktenordner, Zigaretten, Feuerzeug und Aschenbecher; ich machte mich auf mehrere Stunden Lektüre gefaßt.
Ich begann beim Urteil.

Gegen Magagnin, Alberto, geboren in Saonara, Provinz Padua, ohne festen Wohnsitz, angeklagt des Verstoßes gegen die §§ 575, 577 Absatz 4 und 61, Absatz 1 und 4 des italienischen Strafgesetzbuches, da er wiederholt, mit Gewalt und aus niederen Beweggründen auf den Körper der Mocellin Bianchini, Evelina eingestochen hat und so deren Tod verursacht hat.

Auf 62 Seiten erklärten die Richter, wie und weshalb sie dahin gelangt waren, eine Haftstrafe von achtzehn Jahren zu verhängen, und die Argumentation war über jeden Zweifel erhaben.

Der erste Teil trug den Titel *Tatsachenerhebung und Prozeßverlauf.*

Am 19. Juni 1976 drang ein Einsatzkommando der Quästur von Padua in das Haus Via Mascagni 129 ein, wo wenig zuvor die Leiche einer Frau aufgefunden worden war, die umgehend als Mocellin Bianchini, Evelina, identifiziert werden konnte, verheiratete Hausfrau, 46 Jahre alt und wohnhaft ebendort, aufgefunden im zweiten Stock des Einfamilienhauses, das im Besitz derselben ...

Die Leiche wies zahlreiche Stichwunden auf und lag im vorderen linken Viertel des Schlafzimmers, den Kopf zur linken und die Füße zur (von der Tür aus gesehen) rechten Wand ausgestreckt ...

Vor Abtransport der Leiche um 20 Uhr 45 wurde Professor Emilio Artoni zugezogen, dem später das gerichtsmedizinische Gutachten anvertraut wurde ...

Am selben Abend gegen 22 Uhr nahmen Carabinieri-Soldaten Alberto Magagnin fest, da dieser in verwirrtem Zustand durch die öffentlichen Parkanlagen an der Piazza Garibaldi irrte. Sein Benehmen hatte die Patrouille vermuten lassen, er habe ein Übermaß an Rauschmitteln eingenommen. Als er in die Kaserne von Prato della Valle abgeführt wurde, stellte sich heraus, daß die Kleidungsstücke des Mannes blutbefleckt waren. Dazu befragt, gab Magagnin, wenn auch in unzusammenhängender Weise, an, er sei durch Einschlagen eines Fen-

sters in ein Haus eingedrungen, das er für vorübergehend leerstehend gehalten hatte, eben jenes Haus in der Via Mascagni 129, um einen Einbruch durchzuführen. Auf der Suche nach Geld oder anderen Wertgegenständen sei er, berichtete er weiter, auf die Leiche einer Frau gestoßen. In der Annahme, sie sei lediglich verletzt, habe er sich ihrem Körper genähert und sie berührt, und auf diese Weise habe er sich die oben erwähnten Blutflecken zugezogen. Die aufnehmenden Beamten verständigten den Haftrichter, der, nachdem er seinerseits Magagnin verhört hatte, dessen Festnahme als Tatverdächtigen anordnete ...

Im Zuge der behördlichen Ermittlungen wurden zahlreiche Zeugenaussagen aufgenommen sowie die Durchführung einer hämatologischen Untersuchung an den Kleidungsstücken des Verdächtigen angeordnet, die dem Gerichtsmediziner Emilio Artoni anvertraut wurde ...

Mit Verordnung vom 21. Juni 1976 verfügte der Untersuchungsrichter die Eröffnung des Verfahrens vor dem Schwurgericht von Padua ...

Im Lauf der Verhandlung wurde der Angeklagte befragt, und man schritt zur Vernehmung der Zeugen und des Sachverständigen ...

Nach Abschluß der Vernehmungen zog sich das Gericht zur Beratung zurück, um das Urteil zu fällen.

Ich setzte meine Lektüre mit dem zweiten Teil fort: *Begründung der Entscheidung.*

Jede Beweiswürdigung, will sie relevant sein, d. h. für den Inhalt der Entscheidung Bedeutung haben, muß überprüfbar sein: Eine Tatsache zu beweisen ist daher die abgekürzte Formel für »das Urteil über eine Tatsache mit Hilfe einer gewissen Methodik überprüfen«. Eine derartige Anforderung erhebt sich angesichts solcher Aussagen, die, da sie weder der Kategorie des sicher Wahren noch der des sicher Falschen angehören, mithin als wahrscheinlich eingestuft werden müssen, mit anderen Worten, deren experimentelle Überprüfung denkbar ist. Erkenntnisse

eines Richters sind also ausnahmslos empirische Erkenntnisse: Moralische Gewißheiten sind nicht zulässig.
Im vorliegenden Fall ist das beweiskräftige Motiv die Frage, ob Magagnin, Alberto, den Tod der Mocellin Bianchini, Evelina, verursacht hat, oder ob vielmehr seine Behauptung der Wahrheit entspricht, derzufolge er sie schon als Leiche aufgefunden habe und sich bei einem so ungeschickten wie überflüssigen Versuch der Hilfeleistung mit Blut befleckt habe.
Die Aktenlage zeigt eindeutig, daß jeder Hinweis und jede nur denkbare Möglichkeit in Betracht gezogen worden sind und daß die Beweiserhebung mit äußerster Gewissenhaftigkeit und Gründlichkeit durchgeführt wurde, wie unter anderem aus der ausführlichen Zeugenvernehmung, der akribischen Spurensicherung, den Experimenten und dem – teils über das gerichtlich Erforderliche hinaus – detaillierten Gutachten ersichtlich …
Im Rahmen dieser Beweislage erlauben die im hämatologischen Gutachten festgestellten Daten den zunächst logisch, sodann wissenschaftlich zwingenden Schluß, daß es sich nicht um den zögernden, flüchtigen, ungeschickten Kontakt eines zu Hilfe Eilenden gehandelt hat, sondern eindeutig um die Tathandlung eines Aggressors, der entschlossen war zu töten …
»Na sehr schön!« rief ich laut aus und zog Benjaminos Aufmerksamkeit auf mich.
»Was gefunden?« fragte er.
»Nein. Ich hab das Urteil gelesen in der Hoffnung, dabei auf irgendein wichtiges Element zu stoßen, das der Aufmerksamkeit der Richter seinerzeit entgangen ist, dagegen sehe ich, daß die sich ausschließlich auf das Gutachten von Artoni gestützt haben und damit in die von Rechtsanwalt Sartori gestellte Falle gegangen sind. Es lohnt sich nicht weiterzulesen«, sagte ich und warf die Akte auf den Tisch. »Vielleicht mit den Ermittlungsprotokollen …«
»Laß das erst mal, es ist Zeit rauszugehen, in welche Kneipe willst du?«
Die Wahl fiel aufs *Mezzocono.* Es war ein eher kleines Lokal,

wenn also hier jemand Ungewöhnliches aufgetaucht war, so war das bestimmt bemerkt worden. Ubaldo, der Koch, hatte jahrelang in einem besonders turbulenten Viertel der Stadt eine Bar betrieben und hatte ein geschultes Auge für ungewöhnliche Situationen.

Wir bestellten zweimal Bigoli in Sauce, die Spezialität des Hauses, und er trug selbst auf.

»Hallo Chef.«

»Ich grüße dich, Alligator. Gestern sind hier drei Typen aufgekreuzt und haben gefragt, ob du dich hast blicken lassen, womöglich in Gesellschaft eines Mailänders«, betonte er, aus den Augenwinkeln nach Rossini schielend. »Zwei davon kenne ich, das sind die Brüder Caruso. Den anderen hatte ich noch nie gesehen, er trug ein Pflaster auf der Nase und machte den Eindruck, als säße er auf Kohlen ... als ob er in der Gesellschaft überhaupt nicht glücklich wäre.«

»Danke für die Information, Chef. Ich bin in deiner Schuld.«

Als er ging, bemerkte Benjamino: »Der dritte Mann, der mit dem Wehwehchen an der Nase, das war sicher Bepi Baldan. Kennst du die anderen?«

»Ja, die unzertrennlichen Alfredo und Ugo Caruso. Sie kontrollieren die Gegend um die Piazza Mazzini: Drogen und Prostitution. Sie befehligen eine veneto-kampanische Bande, die mit der Camorra zusammenhängt. Sie sind auch Informanten erster Güte, aufs engste mit einem Carabinieri-Marschall aus der Quästur verbandelt. Wenn sie sich höchstpersönlich in Bewegung gesetzt haben, heißt das, daß die Angelegenheit für sie sehr wichtig ist.«

»Weißt du, wo wir sie finden können?«

»Sicher, üblicherweise halten sie sich in einer Bar an der Piazza Mazzini auf. Das ist ihr Büro.«

»Gehen wir also, ich zeig dir, wie man einen Bandenkrieg eröffnet.«

Unkenntlich unter den großen Sturzhelmen, gelang es uns, völlig unbemerkt an der Bar *Jamaicana* vorbeizukommen. Benjamino fuhr die japanische Maschine, als wäre er damit auf die Welt gekommen. Dann wendete er und machte unter den Lauben auf der gegenüberliegenden Seite des Platzes halt.

»Hast du sie gesehen?«

»Ja, auch Bepi Baldan ist da. Sie sitzen an einem Tisch im Freien und essen Eis.«

»Ruf jetzt in der Bar an und verlang nach dem Dealer. Und dann fragst du ihn, warum sie dich suchen.«

»So beginnt ihr Gangster also eure Kriege, mit einem Anruf. Ich dachte, mit einer netten Schießerei ...«

»Marco, tu, was ich dir sage, und mach keinen Zirkus«, befahl er autoritär.

Ich holte das Handy aus der Jackentasche.

»Wer ist da?«

»Schmeckt das Eis, Bepi?«

»Du bist's, Alligator, seit gestern suche ich dich ... die Carusos suchen Magagnin. Sie wollen ihn an die Bullen ausliefern, weil sie sagen, diese Geschichte hat zu viel Staub aufgewirbelt, die Geschäfte leiden darunter ... sie sind zu Marietto Carraro gegangen und haben ihn gefragt, ob er was wüßte, aber der war vollgepumpt wie ein Autoreifen und hat sie zum Teufel gejagt. Sie haben ihn in den Wagen gepackt und ihn ordentlich in die Mangel genommen. Jetzt liegt er im Krankenhaus ... jedenfalls hat er meinen Namen genannt, und da sind die bei mir zu Hause aufgekreuzt. Ich habe sie in das Haus in Abano gebracht, aber das war leer ... ich mußte von deinem Besuch erzählen ... sag das deinem verrückten Freund ... das sind Viecher, weißt du ... jetzt lassen sie mich nicht eine Minute aus den Augen, weil ich euch kenne ... warum lieferst du ihnen Magagnin nicht aus, so könnten wir alle in Ruhe wieder zu unseren Geschäften zurückkehren?«

»Vergiß nicht Luft zu holen«, unterbrach ich ihn, »du redest zu viel, und ich kann dir nicht folgen. Wiederhol noch mal alles ganz von vorne.«

Ich gab das Handy an Rossini weiter, damit auch er die Neuigkeiten hören konnte. Ich entfernte mich etwas und lehnte mich an eine Säule; ich war außer mir vor Wut, weil sie Marietto verprügelt hatten, einen armen Junkie, der nie irgendwem was zuleide getan hatte.

Ich fühlte, wie die Wut in mir hochstieg, ich ging zurück und riß meinem Freund das Handy aus der Hand.

»Gib mir einen dieser zwei Ärsche.«

»Sofort, Alligator. Seid brav … und einigt euch …«

»Mach schon!« brüllte ich.

Nach ein paar Sekunden hörte ich eine schleimige und zugleich arrogante Stimme.

»Herr Alligator, welches Vergnügen.«

»Bist du Dick oder Doof?« fragte ich.

»Ich kenne keinen von beiden.«

»Offensichtlich doof also. Mit wem spreche ich, Alfredo oder Ugo?«

»Für Sie immer noch Herr Ugo Caruso.«

»Du bist bloß ein Stück Scheiße, ein erpresserischer Mistkerl.«

»Kommen Sie doch her und sagen Sie mir das persönlich.«

»Die Gelegenheit dazu wird sich bestimmt ergeben. Es war überhaupt nicht nötig, Marietto krankenhausreif zu schlagen.«

»Oh, der Herr Alligator hat ein weiches Herz«, frotzelte er. »Sich so aufzuregen wegen einem Junkie, der sowieso am Ende ist …«

»Was willst du?«

»Ein freundschaftliches Gespräch. Auch mit Magagnin und seinem Mailänder Freund.«

»Warum?«

»Wir müssen die Sache mit Magagnin lösen. Er muß sich stellen. Mit euren Geschichten zieht ihr die Aufmerksamkeit der Journalisten auf Padua. Die Geschäfte liegen lahm, ihr stört eine Menge rechtschaffener Leute.«

»Sonst noch was?«
»Nur das.«
»Erklär mir doch bitte, warum ich dir kein bißchen glaube.«
»Weil Sie mißtrauisch sind, Herr Alligator. Ich gebe Ihnen mein Ehrenwort ...«
»Ugo?«
»Ja?«
»Dein Ehrenwort kannst du dir in den Arsch stecken«, und damit unterbrach ich die Verbindung.
Ich bebte vor Wut, und Benjamino legte mir eine Hand auf die Schulter.
»Bravo, Marco, du lernst schnell.«
»Ich will ins Krankenhaus und sehen, wie es Marietto geht.«
»Nein. Das ist zu vorhersehbar.«

Am nächsten Morgen stand ich zeitig auf und vertiefte mich wieder in die Lektüre der Prozeßakten. Ich hatte das Gefühl, wieder Student zu sein, wie damals, als ich mir den Wecker stellte, um die Prüfungen vorzubereiten.
Ich nahm die Akte mit der Aufschrift *Vernehmung der Zeugen* in die Hand.
Am 19. Januar 1976 um 21 Uhr 15 erschien in den Räumen der Mordkommission der Quästur von Padua vor mir, dem unterzeichneten Kriminalkommissar und Angehörigen der genannten Kommission, Dal Bianco, Daniela, ledige Hausangestellte, geboren am 22. Mai 1956 in Papozze, Provinz Roverto, wohnhaft ebendort, und erklärte folgendes:
Ich arbeite seit vier Jahren bei der Signora Evelina Mocellin Bianchini als Hausangestellte, in dem ihr gehörigen Haus in der Via Mascagni Nr. 129. Heute um 16 Uhr, vielleicht 16 Uhr 10 wurde ich von der Signora gerufen und gebeten, Lebensmittel einkaufen zu gehen. Das kam mir ungewöhnlich vor, da solche Einkäufe gewöhnlich vormittags erledigt werden. Mit dem Einkaufszettel, den die Signora mir gegeben hatte, ging ich also in den Supermarkt in der Via Bellini. Nach ungefähr zwei Stunden

kam ich wieder zurück. Nachdem ich vergeblich darauf gewartet hatte, daß mir die Signora die Tür öffnete, nahm ich die Hausschlüssel aus meiner Tasche und schloß selbst auf. Als ich die Signora Evelina nicht sah, begann ich nach ihr zu rufen und sie in den verschiedenen Räumen zu suchen. Als ich im zweiten Stock des Hauses in das Zimmer der Signora trat, fand ich die Leiche derselben, am Boden ausgestreckt und blutüberströmt …

Staatsanwalt Padua. Ermittlungsbericht des Staatsanwalts im Sinne des Artikels 232 des italienischen StGb.
Vor mir erschien am 25. Februar 1976 Ventura, Carlo, verwitweter Unternehmer, geboren am 4. April 1930 in Padua, wohnhaft ebendort, Via Mascagni 129.
Auf Befragen antwortete er: »Ich bin vom Verbrechen an meiner Frau gegen 18 Uhr 45 benachrichtigt worden, und zwar von einer gewissen Dal Bianco, Daniela, Hausangestellte. Sie erreichte mich in der mir gehörigen Fabrik, die in Zenson di Piave in der Provinz Treviso liegt.«
Aus Befragen antwortete er: »Ich habe einen gewissen Magagnin, Alberto, nie kennengelernt und kann auch ausschließen, daß es sich dabei um eine Bekanntschaft meiner Frau gehandelt hat.«
Auf Befragen antwortete er: »Ich habe Evelina am 28. März 1973 in zweiter Ehe geheiratet. Ich war geschieden, sie verwitwet.«
Auf Befragen antwortete er: »Aus unserer Verbindung sind keine Kinder hervorgegangen. Beide hatten wir Kinder aus erster Ehe. Evelina war Mutter eines Jungen und eines Mädchens, des Namens Francesco, 24 Jahre alt, und Selvaggia, 22 Jahre alt. Beide leben seit Jahren, seit dem Tod ihres Vaters, in den USA. Ich bin Vater eines Jungen namens Marco, der 20 Jahre alt ist.«
Auf Befragen antwortete er: »Mein Sohn lebt bei seiner Mutter in Treviso.«

Am 2. März 1976 um 11 Uhr erschien vor mir, Untersuchungsrichter beim Amtsgericht Padua, nachfolgend genannte Zeugin, die ich zunächst ermahnte, die ganze Wahrheit zu sagen und nichts als die Wahrheit, und über die Strafen belehrte, die über diejenigen verhängt werden, die sich der falschen Zeugenaussage schuldig machen. Nach ihren Personalien befragt, gab sie folgendes an:
Mein Name ist Barbara Anelli Bucellati, genannt Bibi, verheiratete Hausfrau, geboren am 26. Oktober 1940 in Padua, wohnhaft ebendort, Piazza dell'Insurrezione Nr. 3.
Auf Befragen antwortete sie: »Ich war die beste Freundin der armen Evelina Mocellin Bianchini. Wir sahen uns oft und telefonierten täglich miteinander. Wir hatten dieselben Freundschaften und Bekanntschaften, allesamt aus den besten Kreisen (die Zeugin nannte zahlreiche Familiennamen, auch Vereine und Zirkel usw.).«
Auf Befragen antwortete sie: »Ich schließe aus, daß meine Freundin den Angeklagten Magagnin, Alberto gekannt hat.«
Auf Befragen antwortete sie: »Ich schließe auch aus, daß es sich dabei um eine Bekanntschaft der Hausangestellten Dal Bianco, Daniela handeln könnte.«
Auf Befragen antwortete sie: »Die Kinder von Evelina, Francesco und Selvaggia, leben seit Jahren in den Vereinigten Staaten, wo sie die Universität besuchen.«
Auf Befragen antwortete sie: »Über Marco, den Sohn von Evelinas zweitem Mann, Carlo Ventura, kann ich nur wenig sagen. Ich habe ihn nie gesehen, und ich weiß, daß auch Evelina nur selten Gelegenheit hatte, ihn zu treffen, da er bei seiner Mutter lebt, die es nie gern gesehen hat, daß er mit der neuen Lebensgefährtin ihres Mannes Umgang hat.«

»Ciao Marco. Du bist früh aufgestanden.«
»Ja«, sagte ich, und räkelte mich. »Ich will heute die Lektüre der Prozeßakten zu Ende bringen. Aus dem, was ich gelesen habe, geht nichts Interessantes hervor. Ich muß zugeben, wüßte ich

nicht mit Sicherheit, daß Alberto unschuldig ist, an diesem Punkt wäre auch ich, wie die Richter, von seiner Schuld überzeugt.«

»Halt durch, Partner. Nicht locker lassen, wir haben keine andere Spur.

»Das weiß ich sehr wohl. Gehst du weg?«

»Ja, ich geh einkaufen, vor allem aber zwei Ventilatoren besorgen: Man kommt ja um vor Hitze in dieser Wohnung. Ich nehm auch das Handy mit. Wenn ich die Brüder Caruso wieder in dieser Bar seh, dann ruf ich sie noch mal an. Wir müssen Zeit rausschinden, deshalb will ich sie in dem Glauben lassen, daß wir unsere Meinung geändert haben und mit einem Treffen einverstanden sind. Dann füge ich aber hinzu, daß wir ihnen nicht trauen und Garantien wollen. Das wird uns erlauben, die Verhandlungen in die Länge zu ziehen.«

»Meinst du, die haben vor, Bepi Baldan auch zu erledigen?«

»Ja. Vorerst halten sie ihn sich warm, weil er der einzige ist, der uns identifizieren kann, aber wenn er seinen Zweck erfüllt hat, dann ist er für sie nur noch ein lästiger Zeuge.«

»Sollte man ihn nicht warnen?«

»Wenn er das selbst noch nicht kapiert hat, dann ist er wirklich ein Trottel. Aber ich glaube nicht, daß man es ihm sagen sollte, er würde bloß in Panik geraten. Die beiden Brüder würden kapieren, daß wir ihre Absichten durchschaut haben, und wir hätten keine Möglichkeit mehr, Zeit zu schinden. Er muß das alleine schaffen, und zwar noch vor einem eventuellen Zusammenstoß: Danach wäre er für alle lästig. Auch für uns.«

Ich setzte die Lektüre der Protokolle der Zeugenaussagen fort. Freunde und Bekannte der Ermordeten hatten ähnliche Erklärungen abgegeben wie Barbara Anelli Bucellati. Auch in puncto Kosenamen: Es war eine einzige Folge von genannt Toto, genannt Fefi, genannt Billo, genannt Duda …

Entschieden anders klangen dagegen die Zeugenaussagen zur Persönlichkeit des Angeklagten.

Eine Tante. *Nach dem Tod der Eltern beschlossen wir, ihn in ein Heim zu geben. Wir Verwandten konnten nicht für ihn aufkommen ...*
Die ehemalige Direktorin des Waisenheims San Luigi, eine geistliche Schwester. *Ich erinnere mich gut an ihn. Er war ein aufsässiges Kind, neigte zum Ungehorsam und nahm das Studium des Katechismus nicht ernst. Er wurde häufig bestraft ...*
Die Lehrerin. *Er hatte Lernschwierigkeiten und ein schlechtes Betragen in der Klasse. Es wundert mich nicht, daß er so geendet ist ...*
Ein Erzieher in der Jugendhaftanstalt. *Er wurde in unser Institut eingewiesen, weil er eine Haftstrafe wegen Diebstahls zu verbüßen hatte. Während der Haft begann er Drogen zu nehmen. Wir versuchten auf alle Arten und Weisen, sein Verhalten zu bessern ...*
Ein Sozialarbeiter. *Ich gab die Arbeit mit ihm auf, denn wenn er keine Drogen nahm, wurde er gewalttätig. Einmal hat er versucht, mich anzugreifen ...*
Eine Psychologin. *Ein hoffnungsloser Fall von sozialer Verwahrlosung ...*
Man brauchte sich nicht zu wundern, daß Magagnin sich an eine so seltsame und gefährliche Person wie Piera Belli angeschlossen hatte. Im Grunde war sie der einzige Mensch, der, wenn auch auf ganz eigene Art, ihm etwas gegeben hatte, was man für Zuneigung halten konnte.
Ich legte auch diese Mappe beiseite. Dann las ich noch die *Verhandlungsprotokolle, das Urteil, die Berufungsbegründung, das Urteil des Berufungsgerichts* und die *Aufzeichnungen der Verteidigung und der Anklage*. Nichts. Ich war niedergeschlagen und schon bereit, die Ermittlungen aufzugeben. Daher nahm ich das letzte Konvolut, auf dem handschriftlich *Verschiedenes* geschrieben stand, mit einem tiefen Gefühl der Aussichtslosigkeit in die Hand.
Darin waren Kopien der Schreiben aufbewahrt, in denen An-

wältin Foscarini darum ersuchte, ihren Mandanten im Gefängnis besuchen zu können, außerdem der Briefwechsel zwischen den beiden und anderer bürokratischer Papierkram.
Es war auch die Fotokopie eines Briefes dabei, den Rechtsanwalt Alvise Sartori an den Richter geschickt hatte, datiert vom 8. März 1976.
Von meinem Mandanten Dott. Carlo Ventura habe ich erfahren, daß Sie die Absicht haben, Francesco und Selvaggia, die Kinder der verstorbenen Evelina Mocellin Bianchini, und Marco, den Sohn aus der ersten Ehe des Ventura, einzuvernehmen.
So verständlich und lobenswert die ermittlerische Sorgfalt auch ist, die dieser Absicht zugrunde liegt, erlaube ich mir doch in meiner Eigenschaft als Vertreter der Anklage, Sie darauf hinzuweisen, daß diese Vernehmungen im Hinblick auf die Verfahrensziele als unnütz anzusehen sind, da sie dem Beweismaterial zu Lasten des Angeklagten sicher kein signifikativ neues Element hinzufügen würden, auch und gerade wegen des Umfanges, den dieses im Lauf der Ermittlungen schon angenommen hat.
Des weiteren wird darauf hingewiesen, daß die Kinder der Ermordeten nach dem Begräbnis in die Vereinigten Staaten zurückgekehrt sind, wo sie leben, und daß ihre Vorladung mittels des internationalen Rechtshilfeabkommens eine erhebliche Verzögerung des Verfahrens mit sich bringen würde, während es Anliegen meines Mandanten (und auch des Oberstaatsanwalts) ist, so schnell wie möglich zur Verhandlung vor dem Schwurgericht zu schreiten, damit die Gerechtigkeit ihren Lauf nehmen kann.
Im übrigen glaubt die Anklage behaupten zu können, daß solche Verhöre vom psychologischen Standpunkt aus einen negativen Einfluß auf die drei jungen Leute haben könnten – die ja durch den schmerzlichen Verlust schon genug betroffen sind –, vor allem, wenn sie sich dann vor Gericht wiederholen sollten.

Insbesondere der junge Marco, der durch die Trennung der Eltern emotional ohnehin schon stark angegriffen ist, hat sich durch den verbrecherischen Akt so erschüttert gezeigt, daß seine Einweisung in die Klinik Santa Lucia in Padua erforderlich wurde. Die behandelnden Ärzte geben bekannt, daß sie entschieden gegen eine Vernehmung des Patienten sind, weil das mit Sicherheit eine Belastung mit schädlichen Konsequenzen für das ohnehin schon leidende Subjekt darstellen würde.
Im Vertrauen auf Ihr Verständnis ...
Ich las den Brief noch ein paar Mal durch. Dann holte ich noch einmal die Zeugenaussage von Barbara Anelli Bucellati hervor: Ich erinnerte mich an eine Passage, wo sie von den Kindern sprach.
Auf Befragen antwortete sie: »Die Kinder von Evelina, Francesco und Selvaggia, leben seit Jahren in den Vereinigten Staaten, wo sie die Universität besuchen.«
Auf Befragen antwortete sie: »Über Marco, den Sohn von Evelinas zweitem Mann, Carlo Ventura, kann ich nur wenig sagen. Ich habe ihn nie gesehen, und ich weiß, daß auch Evelina nur selten Gelegenheit hatte, ihn zu treffen, da er bei seiner Mutter lebt, die es nie gern gesehen hat, daß er mit der neuen Lebensgefährtin ihres Mannes Umgang hat ...«
Ich zündete mir eine Zigarette an, goß mir Calvados nach und schob eine Blues-Kassette in die Stereoanlage. Als Zora Young die zweite Strophe von *Make me feel real good tonight* anfing, wurde mir allmählich klar, was bis dahin nur eine vage Empfindung gewesen war. Der explizite Hinweis auf den Oberstaatsanwalt, der denselben Wunsch wie Carlo Ventura äußerte, den Fall so schnell wie möglich zum Abschluß zu bringen, hatte mich unweigerlich hellhörig gemacht: Mehr noch als ein Appell an das Verständnis des Richters, an den der Brief adressiert war, schien es die unmißverständliche Aufforderung zu sein, eine bestimmte Entscheidung zu fällen – eine Art von versteckter Drohung, keine Probleme zu machen.
Sartoris Brief war scheinbar formlos, in der Tat trug er keinen

der Eingangsstempel und Registriernummern, mit denen Prozeßakten gewöhnlich gekennzeichnet werden (man konnte daher annehmen, daß die Kopie, über die die Foscarini verfügte, durch den Übereifer eines Gerichtsschreibers in ihre Hände gelangt war), aber es schien, als handelte es sich dabei um den abschließenden Akt eines gründlich durchdachten Plans.

Die Absicht lag auf der Hand: die drei jungen Leute aus dem Fall herauszuhalten und sie nicht aussagen zu lassen, vor allem nicht öffentlich, vor dem Schwurgericht, wo sie mit der Presse in Kontakt gekommen wären.

Ich fragte mich, ob sie den Verhandlungen trotzdem beigewohnt hatten, und machte mir eine Notiz, um nicht zu vergessen, Galderisi zu fragen, was er darüber wußte, auch wenn ich mir hundertprozentig sicher war, daß sie ihren Fuß nie in den Gerichtssaal gesetzt hatten. Francesco und Selvaggia lebten in den USA und hätten sich nicht länger als nötig in Italien aufgehalten, gerade so lange, um am Begräbnis teilzunehmen. Das erschien mir wirklich nicht gerade das Verhalten von zwei tieftrauernden Kindern; im übrigen schien die Anklageerhebung und die Nominierung von Anwalt Sartori mehr ein Akt der Pflichterfüllung als der Ausdruck eines realen Willens zu sein, den Mörder der Mutter bestraft zu sehen.

Normalerweise versuchen die Anwälte der Opfer, ein für den Angeklagten ungünstiges Klima zu schaffen, indem sie das Gericht durch erschütternde Zeugenaussagen rühren. Die Aussage zweier Kinder, die von Vaterseite her ohnehin schon verwaist sind und sich im Zeugenstand daran erinnern, wie zärtlich sie ihre Mutter geliebt haben, hätte das Strafmaß für Magagnin garantiert erhöht. Sartori dagegen hatte nicht mal gewollt, daß sie per Rechtshilfe aussagten.

Noch weniger verständlich erschien die Reaktion von Marco, dem zwanzigjährigen Sohn von Carlo Ventura. Man konnte sagen, daß er die Ermordete kaum kannte, in der Tat war er ausdrücklich am Umgang mit ihr gehindert worden; deswegen

war es schwer zu glauben, daß die affektive Bindung an sie so intensiv gewesen war, daß der Junge nach ihrem Tod in eine schwere Krise verfallen war, die sogar die Einweisung in eine Klinik erforderlich machte.
Je mehr ich darüber nachdachte, um so absurder erschienen mir die Gründe, die Sartori anführte, sie waren unlogisch und anmaßend. So war's. Ich begann, nervös auf der Unterlippe herumzukauen. Na klar! Zwischen den Zeilen dieses Briefes, der nichts weiter war als der taktisch geschickte Schachzug eines gewieften Anwalts, verbarg sich des Rätsels Lösung: die Wahrheit.
Die Situation verdiente gebührend gefeiert zu werden. Ich stand auf, packte das Glas und die Calavadosflasche: »Francesco, Selvaggia und Marco, ich setze auf euch. Ihr werdet das Rennen machen. Das spüre ich«, sagte ich laut, und goß mir großzügig ein.

Als mein Freund zurückkam, fand er einen angesäuselten und zufriedenen Menschen vor.
»Was feierst du denn da?«
»Meine Findigkeit als Privatdetektiv.«
»Hast du was entdeckt?«
Ich setzte ihm meine Theorie auseinander. Wie üblich überzeugte sie ihn nicht.
»Von den dreien sind zwei am anderen Ende der Welt, und einer ist durchgeknallt. Und mit einer solchen Fährte willst du uns aus dem Schlamassel herausholen?«
»Es sind fünfzehn Jahre vergangen, es ist nicht gesagt, daß das Geschwisterpaar in den USA geblieben ist, und der Durchgeknallte könnte mittlerweile geheilt sein ... Sei doch nicht immer so pessimistisch.«
Er sah mich skeptisch an. »Ich habe mit Alfredo Caruso gesprochen«, teilte er mir mit und ging damit zu einem anderen Thema über. »Ich habe mich bemüht, so aalglatt zu sein wie sie, und habe den Köder ausgeworfen. Ich glaube, sie haben angebis-

sen, aber besser, man traut ihnen nicht: Bei diesen Leuten weiß man nie.«

»Wie lange, meinst du, können wir sie hinhalten?«

»Nicht länger als eine Woche. Mehr Zeit ist nicht drin, wenn wir uns diesen Ärger vom Hals schaffen wollen.«

»Und wenn es uns nicht gelingt?«

»Dann sind wir gezwungen zu fliehen. Weit weg, sehr weit weg, und die Vorstellung gefällt mir überhaupt nicht, Marco. Ich bin zweiundfünfzig ...

Demonstrativ hielt ich mir die Ohren zu, und er warf eine leere Kaffeetasse nach mir, samt Untertasse und Löffelchen.

Ich schlief zwei Stunden. Beim Erwachen war ich eher benommen, aber als ich unter der Dusche stand, legte ich mir einen Plan zurecht. Eine Woche war zu kurz, es war einfach unvorstellbar, es innerhalb dieser Zeit allein zu schaffen. Wir brauchten also Hilfe. Aber an wen konnten wir uns wenden? Barbara Foscarini war aus dem Spiel, noch einmal Kontakt zu Max dem Gedächtnis, aufzunehmen, wäre zu langwierig und umständlich gewesen. Blieb nur noch Giovanni Galderisi. Ich mußte ihn unbedingt überzeugen.

Das Gespräch begann nicht unbedingt glücklich.

»Was soll ich mit diesem Handy machen?« fragte er, sobald er mich erkannte.

»Ist das nicht unser Kommunikationsmittel?«

»Das war es. Unsere Zusammenarbeit ist hiermit beendet.«

»Warum?«

»Ich habe Ihnen vertraut, ich habe Ihre Bedingungen akzeptiert, habe die Artikel veröffentlicht, ich habe Ihnen Informationen zukommen lassen und mich so weit exponiert, daß ich polizeilich observiert wurde ... aber ich weiß noch immer nicht, was eigentlich vor sich geht, und um dem Ganzen eins draufzusetzen, die Informationen, die Sie mir versprochen hatten, sind nie angekommen.«

»Sie müssen noch ein bißchen Geduld haben.«

»Nein. Ich lasse mich von niemandem benützen, und schon gar nicht von einem völlig Unbekannten.«
»Hören Sie, Dottor Galderisi. In den letzten Tagen habe ich keine Gelegenheit gehabt, mich mit Ihnen in Verbindung zu setzen. Ich stecke bis über beide Ohren in Schwierigkeiten, wegen dem, was ich entdeckt habe, Sie könne sich ja gar nicht vorstellen ...«
»Geschwätz.«
»Nun gut. Sie wollen Informationen? Sie sollen sie haben. Erinnern Sie sich noch an Professor Nigel Cook, an die Nachforschungen bei der Bank, die uns auf seine Spur gebracht haben?«
»Ja und?«
»Der Engländer wurde engagiert, um ein Gegengutachten zu dem hämatologischen Gutachten von Artoni aufzustellen, aufgrund dessen Magagnin verurteilt worden war. Nun, dieses Gutachten war falsch. Nachdem sie es herausgefunden hatte, begann die Belli den Gerichtsmediziner zu erpressen: Sex und Geld. Am Ende war er es leid und hat sie umgebracht. Sein Plan sah auch die Anklageerhebung gegen den Freigänger vor ...«
»Was erzählen Sie denn da?« fragte er ungläubig.
»... der auch an der Ermordung von Evelina Mocellin Bianchini nicht schuldig ist. Der Prozeß wurde von Rechtsanwalt Sartori und Carlo Ventura, dem untröstlichen Witwer, mit Hilfe von Artoni getürkt.«
»Sie spinnen ja wohl«, schrie er. »Überall Komplotte zu vermuten, ist zwar in Italien ein Nationalsport, aber ich bin immun dagegen, ich glaube Ihnen ganz einfach nicht.«
Ich beachtete den Wutausbruch nicht. Mit ruhigen Worten versuchte ich ihn wieder zur Vernunft zu bringen.
»Dottor Galderisi, Sie sind schon lange in dem Metier, rechnen Sie doch mal zwei und zwei zusammen ...«
Er sagte lange nichts.
»Ich glaube Ihnen nicht«, wiederholte er, aber schon weniger überzeugt.

»Ich mache Ihnen einen letzten Vorschlag. Geben Sir mir weitere Informationen. Dafür bekommen sie in maximal einer Woche die ganze Story. Der Gebrauch, den Sie davon machen, ist Ihre Sache.«
»Bevor ich annehme, sagen Sie mir erst, was Sie wissen wollen.«
»Informationen über Francesco und Selvaggia Mocellin Bianchini. Und über Marco Ventura, Sohn von Carlo. Was sie machen und wo sie sind.«
»Und dann?«
»Ob sie bei den Gerichtsverhandlungen anwesend waren. Und dann, ob es stimmt, daß Marco Ventura nach dem Verbrechen in die Santa Lucia Klinik eingeliefert wurde.«
Wieder langes Schweigen.
»Wirklich ein verführerischer Köder, den Sie mir da hinwerfen: Ich rieche da eine von den Geschichten, die einen Journalisten über Nacht berühmt machen, oder seine Karriere ein für allemal versauen. Die Presse hat Sartori, Ventura und Co. immer mit Samthandschuhen angefaßt.«
»Also?« drängte ich ihn.
»Einverstanden. Rufen Sie mich morgen nachmittag an, da kann ich Ihnen schon was sagen, aber in einer Woche will ich die ganze Geschichte.«
Ich schaltete das Handy aus. Die Woche würde am Mittwoch, dem 26. Juli, um sein. Genau einen Monat nach dem Mord an Piera Belli.

Kurz vor Mitternacht wollte Benjamino noch einmal auf die Piazza Mazzini, um die Brüder Caruso zu beobachten und ihnen gegebenenfalls zu folgen. Hinter einer Reihe geparkter Autos versteckt, beobachteten wir sie, wie sie an dem üblichen Tisch im Freien saßen, ihr übliches Eis aßen und ihr Reden und Gestikulieren dabei auch nicht einen Augenblick lang unterbrachen. Bepi Baldan saß abseits hinter ihnen und schaute sich unentwegt um.
Er war nicht der einzige. In geringem Abstand voneinander

hielten drei Leibwächter den Platz mit professionellem Blick unter Kontrolle, sie gaben sich völlig natürlich, waren aber extrem wachsam. Trotz der Hitze trugen sie Jacketts, was hieß, daß sie schwer bewaffnet waren. Offenbar fiel ihnen in den Plänen des Brüderpaars die Aufgabe zu, uns zu beseitigen.
Alfredo und Ugo sahen sich ziemlich ähnlich. Sie waren klein und korpulent und trugen bunte Hemden, die über der Brust offenstanden, so daß die unfehlbaren Goldkettchen zum Vorschein kamen, im Camorra-Milieu das Zeichen für Reichtum und Macht.
Als sie aufstanden, taten die drei Gorillas es ihnen sofort nach; einer von ihnen ging zu Baldan, packte ihn freundschaftlich beim Kragen und hob ihn aus dem Stuhl heraus. Sie verteilten sich auf zwei Wagen. Die Bosse stiegen in eine enorme, metallic-graue Volvo-Limousine, die anderen in einen Opel Omega in derselben Farbe.
Es war leicht, ihnen zu folgen. Wir hielten uns in ungefähr hundert Metern Abstand und fuhren im selben Tempo wie sie; die hielten sich strikt an das Tempo-Limit. Da sie bewaffnet waren, wollten sie nicht das Risiko eingehen, womöglich wegen eines dummen Verstoßes gegen die Verkehrsregeln von der Polizei angehalten zu werden.
In der Gegend des Hauptfriedhofs in der Via Dini bog der Wagen der Carusos an einem bestimmten Punkt in die Einfahrt eines Mietshauses ein, der andere Wagen fuhr noch ungefähr zwanzig Kilometer weiter, bis zu einem Nachtklub an der Bundesstraße nach Rovigo.
Wir machten kehrt. Jetzt, da wir keine Autos mehr zu verfolgen brauchten, konnte ich die Motorradfahrt durch die laue Sommernacht voll genießen. Vor dem Schlafengehen hatten wir aber noch etwas zu regeln.
Wir fuhren noch einmal vor das Haus der Carusos und überprüften die Klingelknöpfe: Ugo wohnte im vierten, Alfredo im fünften Stock.
Zufrieden grinste Benjamino mich an.

»Jetzt können wir schlafen gehen.«
»Willst du sie morgen auch noch beobachten?«
»Nein. Was ich heute abend gesehen habe, reicht mir.«
»Mir auch. Ich habe fünf gefährliche Typen gesehen, die keine Schwierigkeiten haben werden, uns zu Mus zu machen. Natürlich immer vorausgesetzt, daß sie uns finden ...«
»Ich habe aber ein paar Schwachpunkte in ihrem Sicherheitssystem entdeckt. Sie sind zu leichtsinnig und bewegen sich mit übertriebener Sorglosigkeit.«
»Das würde ich auch tun, wenn ich an ihrer Stelle wäre: Sie haben Sartori im Rücken und wissen, daß sie es nur mit zwei Personen zu tun haben ... nein, drei, da sie ja nicht wissen, daß Magagnin tot ist und tiefgefroren wie eine Flunder.«
»Wenn sie wüßten, wer ich bin, würden sie sich mehr Sorgen machen.«
»Für so bescheiden hätte ich dich gar nicht gehalten. Komm, Clausewitz, führ deine müden Truppen heim«, sagte ich und stieg wieder aufs Motorrad.

Als ich am nächsten Morgen aufstand, war der alte Rossini schon ausgegangen. Er kam am frühen Nachmittag wieder, mit zwei Plastikköfferchen, die sahen aus wie Aktenkoffer.
»Ich wette, ich weiß, was da drin ist«, sagte ich. »Hättest mir aber wenigstens Bescheid sagen können, daß du weggehst. Ich fing schon an, mir Sorgen zu machen.«
Wortlos drehte er mir den Rücken zu, legte die Koffer auf den Tisch und ließ die Schlösser aufschnappen. Ich sah ihn ein paar Minuten lang herumhantieren.
»Schön, nicht?« Er drehte sich um und zeigte mir voller Stolz zwei Maschinengewehre deutschen Fabrikats, mit aufgeschraubten Schalldämpfern.
»Gefährliches Eisen. Bring es dahin zurück, wo du's her hast.«
»Eisen?« wiederholte er empört. »Das hier«, fuhr er fort, und fuchtelte mir damit unter der Nase herum, »sind die besten

überhaupt. Mel Gibson gebraucht sie in *Zwei stahlharte Profis* und Steven Segal in *Alarmstufe Rot*.«

»Beste Referenzen, wirklich«, erwiderte ich. »Ausgerechnet einen Fetischisten-Gangster mußte ich als Partner bekommen«, rief ich aus und verdrehte die Augen.

»Komm, Marco, komm her, ich zeig dir, wie man sie benutzt.«

»Kommt überhaupt nicht in Frage. Du weißt, daß ich mit diesem Zeug nichts zu schaffen haben will.«

»Mensch, mit denen da gehen wir schließlich nicht zu einem Raubüberfall oder zu einem Attentat. Sie sind dazu da, unsere Haut zu retten, und wir werden sie nur benützen, wenn es unbedingt notwendig ist. Aber eins schreib dir hinter die Ohren: Du kannst mich mit dem ganzen Kram nicht allein lassen. Und zwar aus zwei Gründen. Der erste: Wenn du mir nicht hilfst, haben wir keine Chance, es zu schaffen; der zweite und viel wichtigere: Wenn man sich schon die Hände schmutzig machen muß, dann tut man das wenigstens gemeinsam.«

»Ich kenne die Regel. Im Knast seid ihr mir schon genug auf den Keks gegangen mit diesen Parolen.«

Ich goß mir zu trinken ein. Benjamino spielte liebevoll mit den Gewehren und wartete auf meine Entscheidung.

»Na gut«, maulte ich. »Im Grunde ist das meine Schuld, wenn du in dieser Scheiße steckst. Aber versprich mir, daß wir nur zu den Waffen greifen, wenn wir absolut sicher sind, daß kein Verhandlungsspielraum mehr da ist … und ausschließlich, um die eigene Haut zu retten.«

»Jetzt wiederholst du wie ein Papagei, was ich vor einer Minute gesagt habe. Auch ich hoffe, daß es nicht so weit kommt. Glaub bloß nicht, die Vorstellung gefällt mir, zusammen mit einem Anfänger, der einen solchen Bammel vor Waffen hat, in eine Schießerei zu geraten … jedenfalls hab ich diese Waffen ausgesucht, weil sie einfach zu handhaben sind.«

Ich rief Giovanni Galderisi an und hielt dabei den Daumen der rechten Hand in ein Glas mit Eiswasser. Bei dem Versuch, eines der beiden »Eisen« zu laden, hatte ich ihn mir gequetscht.
»Neuigkeiten?« fragte ich mit einer gewissen Beklemmung.
»Ein paar. Ich hoffe, sie sind Ihnen nützlich. Ich habe mir noch einmal die Artikel durchgelesen, die ich zur Zeit des Prozesses geschrieben habe: Die drei Kinder sind nie erschienen. Ich erinnere mich, daß diese Tatsache uns Berichterstattern etwas merkwürdig erschien, so gab Carlo Ventura eine Stellungnahme ab, in der er erklärte, die Familien hätten vorgezogen, die Kinder dem Gericht fernzuhalten, ›damit sie nicht noch einmal den Schmerz und das Entsetzen‹, ich zitiere wörtlich, ›über das grauenvolle Verbrechen‹ durchmachen müssen. Was Francesco Mocellin Bianchini angeht, der heute neununddreißig Jahre alt ist, so habe ich erfahren, daß er in den Vereinigten Staaten lebt und Repräsentant einer bedeutenden italienischen Bekleidungsfirma ist. Selvaggia hingegen ist siebenunddreißig, ist nach Italien zurückgekehrt, hat einen Engländer geheiratet, einen ehemaligen Diplomaten, der zehn Jahre älter ist als sie, und leitet seit einigen Jahren ein Unternehmen. Das Paar ist kinderlos und lebt in Rom. Haben Sie etwas zum Schreiben zur Hand? Ich gebe Ihnen Adresse und Telefonnummer. Und nun kommen wir zu Marco Ventura. Er ist fünfunddreißig, und nach allem, was ich erfahren habe, scheint er eine labile, problematische Persönlichkeit zu sein, fängt viel an und bringt nichts zu Ende. Mit achtzehn war er eine Verheißung im Rugby – ich vergaß, Ihnen zu sagen, daß er eine Art Riese ist und Schuhgröße 46 trägt –, aber nach zwei Spielsaisons hat er den Sport aufgegeben. Dasselbe gilt für die Universität, für die Arbeit, die Ehe. In den letzten fünf Jahren ist er drei Mal mit der Justiz in Konflikt geraten. Versuchter Betrug und Scheckbetrug. Verfahren, die nie zur Verhandlung kamen, da die Klage zurückgezogen wurde. Raten Sie mal, wer sein Anwalt ist?«
»Alvise Sartori natürlich.«
»Genau. Er lebt immer noch bei seiner Mutter in Treviso, in

einem Traumhaus nahe der Piazza Signori. Diese Einweisung in die Klinik, habe ich festgestellt, war die erste, aber auch die letzte. Sein behandelnder Arzt war der Psychiater Agostino Andreose.«

»Der offizielle Grund für die Einweisung?« fragte ich.

»Weiß ich nicht. Die Klinik Santa Lucia ist ein äußerst diskretes Privatinstitut, wo vermögende Patienten behandelt werden und wo man jedes Aufsehen meidet. Marco Ventura war aber auch aus einem anderen Grund ein ›besonderer‹ Patient: Sein Vater und Anwalt Sartori sind die wichtigsten Aktionäre der Klinik. Das ist alles. Ach nein, noch etwas: Die Person, die mir diese Informationen gegeben hat, sagte noch, Marco und seine Mutter seien vor ungefähr zwanzig Tagen zu einer längeren Auslandsreise aufgebrochen.«

Ich nahm ein Blatt und schrieb alles auf, was der Journalist mir erzählt hatte. Beim nochmaligen Durchlesen dachte ich, daß diese Fährte viel zu ungewisse Anhaltspunkte aufwies. Wieder steckte ich in einer Sackgasse. Ich schloß die Augen und lehnte den Kopf gegen die Sessellehne: In Gedanken kehrte ich zu dem Moment zurück, als Barbara Foscarini mich beauftragt hatte, Magagnin zu suchen, und davon ausgehend betrachtete ich in aller Ruhe noch einmal eins nach dem anderen, jedes Element in der Angelegenheit. Zum Schluß gelangte ich zu der Überzeugung, daß ich mich, um der Wahrheit auf die Spur zu kommen und den Fall definitiv abzuschließen, auf den Brief stützen mußte, den Sartori dem Untersuchungsrichter geschrieben hatte.

War eines der drei Kinder der Mörder von Evelina? In diesem Fall konnte der einzig wirklich Verdächtige nur Marco Ventura sein? Das Motiv? Eifersucht oder Wahnsinn. Er bringt die Stiefmutter um, der Vater will ihn schützen und wendet sich an Sartori. Sie beschließen, ihn verschwinden zu lassen und sperren ihn in eine Klinik. Unterdessen entpuppt sich ein unglaublicher Zufall als unverhofftes Glück: Ein drogenabhängiger

Gelegenheitsdieb taucht zufällig am Tatort auf, entdeckt die Leiche und beschmiert sich mit deren Blut. Völlig schockiert flieht er und läßt sich wie ein Idiot verhaften. Von da an wird alles ganz einfach, man braucht nur hier und da etwas zurechtzurücken. Die Justiz kann nun einen Unschuldigen verurteilen, und den Weg dazu ebnen ihr die Richter selbst, die in diesem armen Kerl aus Oberflächlichkeit und aufgrund von Vorurteilen den idealen Angeklagten sehen.

Nur so konnte das gewesen sein. Nicht nur meine Intuition sagte mir das, sondern auch die Tatsache, daß Artoni beim Mord an Piera Belli haargenau das Szenario von 1976 nachgestellt hatte. Offenbar war er sich sicher, daß er Magagnin hereinlegen würde, daß dieser also wie vor fünfzehn Jahren kurz nach der Tat auftauchen, die Leiche der Lehrerin finden und in verwirrtem Zustand davonlaufen würde, direkt in die Arme der Polizei. So erklärte sich auch die Überraschung des Gerichtsmediziners, als er feststellen mußte, daß Magagnin sich anders verhalten hatte. Trotz lebenslangen Studiums der Kriminologie hatte er einige Elemente unterschätzt, allen voran die fünfzehn Jahre Gefängnis, in denen Magagnin ständigen Kontakt zu Kriminellen gehabt hatte, die sich die Zeit mit Gesprächen über Frauen, Fußball und Verbrechen vertrieben. Über vergangene und zukünftige Verbrechen. Das war ein effektiver Grundkurs in Kriminalität gewesen. Wenn er auch keine Leuchte war, etwas hatte der Freigänger Magagnin doch dazugelernt. In der Tat hatte er, im Unterschied zum ersten Mal, nach der Entdeckung des Verbrechens daran gedacht, sich Geld und einen sicheren Unterschlupf zu besorgen.

Daß außerdem Frau Ventura und ihr Sohn Marco das Land verlassen hatten, als das Verbrechen an Piera Belli entdeckt wurde, bestätigte meine Vermutungen.

Alles paßte zusammen. Nun, doch nicht so ganz. Warum deckt Carlo Ventura seinen Sohn, als er herausfindet, daß dieser seine zweite Frau ermordet hat? Warum liefert er ihn nicht der Polizei aus? Und welche Rolle spielen Francesco und Selvaggia? Zwei weitere Fragen, auf die ich unbedingt eine Antwort finden mußte.

Ich hatte gehofft, der Journalist würde detaillierte Informationen über die Santa-Lucia-Klinik herausbringen können. Aber er hatte die Mauer des Schweigens nicht durchbrechen können. Die Hoffnung, es selber zu schaffen, war bloße Illusion und Zeitverschwendung. Also versuchte ich, mir einen Weg auszudenken, um an die Informationen heranzukommen, ohne die Klinik aufsuchen zu müssen, aber ich merkte sofort, daß das nicht möglich war: Die ersten Beweise für meine Vermutung, daß der junge Ventura der Mörder war, konnte ich nur dort finden.

Ich rief Benjamino her, erzählte ihm, was ich von Galderisi erfahren hatte, und teilte ihm auch meine labyrinthischen Gedankengänge mit.

»Die Klinik ist ein harter Brocken für uns, Marco. Wir kennen niemand in dem Milieu, und wir können schließlich nicht mit unseren indiskreten Fragen an der Tür klopfen. Bestenfalls enden wir dann in der Zwangsjacke.«

»Du hast recht, wir brauchen einen gut durchdachten Plan. Wir müssen uns an den Oberst wenden.«

»Oh nein. Noch so ein Spinner«, stöhnte er.

Camillo Piran, genannt der Oberst, war ein ehemaliger Terrorist, den wir im Gefängnis kennengelernt hatten, während er eine Haftstrafe von zwölf Jahren wegen Mitgliedschaft in einer terroristischen Vereinigung absaß. Ein echter Stratege: In seiner Bande war es seine Aufgabe gewesen, die Aktionen und Attentate zu planen und zu organisieren. Den Spitznamen hatten ihm die Mithäftlinge verpaßt wegen seiner Manie, jedes Thema mit militärischen Ausdrücken zu würzen. Er hatte seine Strafe bis auf den letzten Tag verbüßt, weil er sich geweigert hatte, Kronzeuge zu werden.

»Wenn du's nicht getan hast, wo du gar nichts mit der Sache

zu tun hattest, warum sollte ich es dann tun?« hatte er einmal zu mir gesagt.
Es war ihm schlechter ergangen als vielen anderen. Seine Frau hatte als Zeugin der Anklage ausgesagt und hatte ihre beiden Kinder so weit gebracht, jede Verbindung zu ihm abzubrechen. Darunter hatte er sehr gelitten, hatte es aber verstanden, seine Würde zu wahren. Er war mir sehr sympathisch gewesen, und ich hatte ihn oft in meine Zelle zum Essen eingeladen. Einmal, an meinem Geburtstag, hatte er im Augenblick des Zuprostens sein Glas gehoben und war mit einem »Hundert Tage wie diesen« dahergekommen, was allseits große Heiterkeit hervorrief. Ich wußte, daß er zwei Jahre zuvor entlassen worden war und jetzt in der Druckerei seines Schwagers arbeitete.
Wir fanden ihn damit beschäftigt, eine Blaupause zu überprüfen. Er hatte sich nicht verändert, seit ich ihn das letzte Mal gesehen hatte. Um die fünfzig, groß und spindeldürr, hatte er trotz der tintenfleckigen Hände noch immer das Aussehen des Universitätsdozenten, der er einst gewesen war.
»Herr Oberst, meine Empfehlung«, begrüßte ich ihn.
Er sah sich um, kam dicht zu uns heran und flüsterte: »Tut so, als wärt ihr Kunden. Mein Schwager kontrolliert mich, er fürchtet, irgendwelche alten Genossen könnten Kontakt zu mir aufnehmen und mich wieder in Schwierigkeiten bringen.«
Dann nahm er den Entwurf für ein Plakat und sagte laut, so daß alle es hören konnten: »Hier ... gehen wir gemeinsam noch einmal den Text durch, dann können wir es gleich in den Druck geben.«
Er bedeutete uns, uns über den Tisch zu beugen. Das Plakat kündigte ein Tanzturnier in einer bekannten Diskothek der Gegend an.
»Also, was wollt ihr?« fragte er.
»Du mußt uns einen Plan ausarbeiten«, antwortete ich.
Seine Augen leuchteten auf. »In einer Stunde bin ich fertig mit der Arbeit. Ich gehe zum Abendessen immer in eine Trattoria hier in der Nähe, *Bei Ennio*. Wir treffen uns dort.«

Diese Trattoria war in Wirklichkeit eine üble Kaschemme, die dringend eine ordentliche Grundreinigung gebraucht hätte. Der Besitzer wies uns mit einem Grunzen einen Tisch an und brachte uns, ohne auf eine Bestellung zu warten, einen Krug Weißwein und zwei Gläser.

Dann kam seine Frau, die, wie die Fettflecken auf ihrer Schürze verrieten, auch die Köchin war. Sie leierte die Speisekarte herunter.

Ich sagte ihr, daß wir noch einen Freund erwarteten, und sie zog sich in die Küche zurück.

Mit raschen Schritten trat der Oberst ein und kam zu unserem Tisch, wobei er sich die Hände rieb.

»Um welches Objekt geht es?« fragte er, kaum daß er saß.

Ich erzählte ihm von der Klinik und von der Art von Informationen, die wir haben wollten.

Die Köchin kam. Er bestellte Kutteln und Frikassee. Wir beschränkten uns darauf, Mineralwasser zu verlangen.

Er aß schweigend, gedankenversunken. Dann nahm er die Serviette, wischte sich sorgfältig den Mund ab und fragte: »Ist es wichtig, daß der Feind über diese Informationsbeschaffung im unklaren bleibt?«

»Ja«, antwortete ich.

»Schade«, meinte er. »Die einfachste Operation wäre nämlich eine nächtliche Besetzung des Objekts mit vorübergehender Aussperrung des Personals und gezielter Durchsuchung … Schade, wirklich schade … Nun, da bleibt keine andere Lösung als Infiltration in die Reihen des Feinds, Auskundschaftung und zuletzt Durchführung einer Reihe von Verhören.«

»Mit anderen Worten?« entgegnete Benjamino.

»Ihr gebt euch an der Klinikpforte als Inspektoren vom Amt für Berufssicherheit aus, ihr zeigt euren hübschen Ausweis vor – keine Sorge, um diese Details kümmere ich mich –, dann laßt ihr euch die Büros der Verwaltung zeigen … ihr sagt, ihr seid vom Landesamt für Berufssicherheit beauftragt, die Rechtmäßigkeit der Einstellungen zu überprüfen, und ihr verlangt, daß euch die Stellenpläne vorgelegt werden. Dann sucht ihr die Namen derjenigen Krankenschwestern und -pfleger heraus, die in dem Jahr, das euch interessiert, Dienst taten und in der Zwischenzeit in Pension gegangen sind. Anschließend wählt ihr diejenigen aus, die eurer Ansicht nach die brauchbarsten und gefügigsten sind, ihr nehmt Kontakt zu ihnen auf und versucht, euch mit den Mitteln eurer Wahl Zugang zu ihrem Gedächtnis zu verschaffen.«

Er sah uns an und bemerkte unseren überraschten und verdutzten Gesichtsausdruck.

Mit der geduldigen Freundlichkeit, die man Geisteskranken entgegenbringt, fragt Benjamino: »Entschuldige, Oberst, aber wozu soll ein solcher Plan gut sein?«

»Los, Jungs, ein bißchen Phantasie«, forderte er uns auf. »Wenn ihr euch an das heute diensthabende Personal wendet, ob Ärzte oder Pflegepersonal, bekommt ihr gar nichts heraus. Die Angst, den Arbeitsplatz zu verlieren, ist heute als Abschreckmittel äußerst wirksam. Die Pensionierten hingegen haben die Brücken zur Arbeitswelt abgebrochen, sie haben nichts mehr zu verlieren, und es geht ihnen wirtschaftlich schlecht«, sagte er, und rieb Zeigefinger und Daumen aneinander. »Krankenschwestern und -pfleger wissen alles, was in einer Klinik vor sich geht, besser noch als die Ärzte. Ihr habt gesagt, der Junge wurde von dem Psychiater Agostino Andreose behandelt, der heute ein hohes Tier ist: Von dem werdet ihr nie etwas erfahren. Nur die Krankenschwestern, die Zugang zum Patienten hatten, können euch die Informationen geben, die ihr braucht.«

»Glaubst du, die Geschichte mit den Inspektoren klappt?«

»Da bin ich sicher. Das ist ein Trick, den ich mehrmals verwendet habe, und er hat immer funktioniert. Er muß natürlich durch eine kluge Verkleidung unterstützt werden ... schauen wir mal ... es ist Juli, da rate ich zu kurzärmeligen Hemden in gedeckten Farben, dazu passende Hosen, schwarze Schnürschuhe. Nix da Ringe, Halskettchen oder Armkettchen«, wandte

er sich an Rossini, »oder enge Jeans, Schlangenlederstiefel und Ohrringe«, schloß er mit Blick auf mich.
»Kann er nicht allein gehen?« fragte mein Freund und wies auf mich.
»Nein. Inspektoren sind immer zu zweit unterwegs.«
Eine gute Stunde lang löcherten wir den Oberst noch mit Fragen, aber am Schluß waren wir von der Qualität seines Plans überzeugt. Ich war geradezu begeistert davon, und bevor ich ging, drückte ich ihm einen Kuß auf Stirn, begleitet von einem:
»Du bist ein Genie, Oberst.«
»Danke, Alligator. Wenn ihr mich noch braucht, kommt ruhig wieder vorbei. Nach dem Knast hat sich niemand mehr gemeldet ...«, murmelte er mit einem Anflug von Trauer. Dann packte er mich am Arm: »Diese Stadt ist ein Friedhof für jemand mit meiner Vergangenheit.«
»Warum gehst du nicht fort?«
»Eines Tages, Alligator, eines Tages. Wenn die anderen auch aus dem Knast raus sind.«
»Und dann?«
»Alle auf nach Mexiko. Anscheinend ist in Chiapas eine Gruppe dabei, den Aufstand der Indios zu organisieren.«
»Noch eine Revolution, Oberst?«
»Immer dieselbe, Alligator, immer dieselbe.«

Am nächsten Morgen gingen wir in ein Kaufhaus, um uns die Kleidung zu besorgen, die der Ex-Terrorist uns empfohlen hatte, und um Punkt drei Uhr nachmittags durchschritten wir die Pforte der Klinik Santa Lucia.
»Die Herren wünschen?« fragte die Dame am Empfang.
»Die Verwaltung?« fragte ich meinerseits.
»Im ersten Stock«, antwortete sie und deutete auf den Lift.
Wir wiesen die beiden gefälschten Ausweise vor, die der Oberst uns beschafft hatte. Unsere Anwesenheit in dem Büro löste eine gewisse Unruhe aus. Ein paar Augenblicke später näherte sich ein glatzköpfiger Typ mit Brille und ei-

nem unsympathischen Lächeln auf dem verschwitzten Gesicht.
»Irgendein Problem?« fragte er.
»Nur eine einfache Kontrolle. Reine Routinesache«, beschwichtigte ich ihn.
Wir baten darum, Einblick in die Dienstpläne nehmen zu können, und daß man uns einen abgeschlossenen Raum zur Verfügung stellte, wo wir in Ruhe arbeiten konnten. Sie erfüllten unsere Wünsche mit beflissenem Eifer. Nach ungefähr zehn Minuten tauchte, unter dem Vorwand, uns einen Kaffee anzubieten, dieser Typ von der Verwaltung wieder auf.
»Sollten Sie Hilfe brauchen, ich stehe ganz zu Ihrer Verfügung.«
»Danke schön«, antwortete Rossini in zuckersüßem Ton. »Aber wir werden Sie nicht brauchen ... wenn die Akten in Ordnung sind.«
»Gewiß doch«, räumte der Angestellte ein. »Ich habe das nur gesagt, damit Sie sich hier wohl fühlen. Sie kommen ja zum ersten Mal. Ihre Kollegen, die vor Ihnen da waren, Dottor Belelli und Herr Arfò, kannten uns gut ... mit ihnen hat es nie Probleme gegeben, und wir haben von Anfang an immer bestens zusammengearbeitet.«
»Ist gut«, erwiderte ich. »Wenn wir Sie brauchen, rufen wir Sie. Und jetzt gehen Sie.«
Wir fanden die Namen, die uns interessierten, und fotokopierten sie. Benjamino wollte um jeden Preis zwei Kopien machen. Eine steckte er in die Tasche. »Das erklär ich dir später«, sagte er kurz.
Als wir gehen wollten, bat der Glatzköpfige uns in sein Büro.
»Meinen Sie, Sie kommen wieder?« fragte er.
»Schon möglich. Es könnte sein, daß wir noch in andere Akten Einblick nehmen müssen«, antwortete ich.
»Das wird vielleicht nicht nötig sein.«
»Wenn Sie erlauben«, entgegnete Benjamino, »dann entscheiden wir das.«

»Vielleicht ist es auch nicht nötig, daß Sie die Dokumente mitnehmen, die Sie eben fotokopiert haben.«

»Genau deswegen sind wir aber gekommen«, erwiderte mein Freund.

»Hören Sie, meine Herren, ich möchte nochmals mit allem Nachdruck betonen, daß es mit Ihrer Behörde bisher noch nie Schwierigkeiten gegeben hat. Belelli, Arfò und ich haben uns immer wunderbar verstanden ... wissen Sie, in einer Klinik denkt man lieber an die Gesundheit der Patienten ... als an Verwaltungskram. Manchmal unterläuft einem da völlig unbeabsichtigt ein Versehen, es kommt zu Flüchtigkeiten ...«

Rossini nahm mir die Fotokopien aus der Hand. »Wieviel?« fragte er grob.

Der andere zog einen Umschlag aus der Tasche. »Fünf«, erwiderte er trocken.

»Abgemacht.«

»Aber Sie beide kommen nicht wieder. Beim nächsten Mal sollen wieder Ihre Kollegen kommen.«

»Darauf können Sie sich verlassen«, sagte ich beim Hinausgehen.

Benjamino kriegte sich gar nicht mehr ein vor Lachen. »Was für ein Tölpel, dieser Typ. Mein Leben lang habe ich mein Geld noch nicht so leicht verdient.«

»Wann hast du kapiert, daß er uns ein Schmiergeld anbieten würde?«

»Als er kam und uns fragte, ob wir Kaffee möchten. Die Botschaft war deutlich.«

»Jetzt verstehe ich, warum du zwei Fotokopien von allem machen wolltest. Er hat uns für zwei korrupte Beamte gehalten ... nach dem ganzen Zirkus um die Schmiergeldaffären in der italienischen Politik hätte ich mir wenigstens etwas mehr Heimlichtuerei erwartet, aber der ist ja schnurstracks zur Sache gekommen.«

»Marco, du bist wirklich ein Anfänger«, sagte er und versetzte mir einen Stubs auf den Kopf. »Nur die Tarife haben sich geändert. Sonst nichts.«

Von den elf Namen waren nur fünf Pflegepersonal: drei Frauen und zwei Männer.
»Bei wem fangen wir an?« fragte der alte Rossini.
»Ich weiß nicht«, antwortete ich. »Mir gefällt die Vorstellung überhaupt nicht, blind vorzugehen. Da besteht die Gefahr, daß wir an die falsche Person geraten und auffliegen.«
»Du erinnerst dich doch hoffentlich daran, daß heute schon der 21. ist ...«
»Ich weiß, welcher Tag ist ... laß mich nachdenken ... vielleicht gibt es einen Weg, das Hindernis zu umgehen.«
Ich rief in der Klinik an und verlangte die Sekretärin von Professor Andreose. Eine ziemlich jugendliche Stimme antwortete mir, und ich beschloß, das Risiko einzugehen.
»Guten Tag, hier spricht Pierro Martini, ein ehemaliger Patient von Professor Andreose. Erinnern Sie sich an mich?«
»Tut mir leid, im Augenblick kann ich mich nicht erinnern. Sie wünschen?«
»Ich wollte wissen, ob der Professor noch immer in der Santa Lucia arbeitet. Ich wohne schon eine Weile nicht mehr in Padua, und mein Analytiker ... ein Jungianer ..., ist letzte Woche gestorben ... Prostatakrebs ... Aber erinnern Sie sich wirklich nicht an mich?«
»Nein, ich bin erst seit vier Jahren die Sekretärin des Professors.«
»Ah, entschuldigen Sie. Klar, daß Sie sich dann nicht erinnern können ... wissen Sie, ich habe nur danach gefragt, weil mir Ihre Kollegin sehr sympathisch war, wir haben immer viel Spaß miteinander gehabt ... ich dachte, sie wäre es. Im Augenblick ist mir ihr Name entfallen ...«
»Claretta.«
»Nein, an den erinnere ich mich. Ich meinte den Familiennamen ...«
»Corò.«
»Richtig. Sehr gut.«
»Möchten Sie einen Termin bei Herrn Professor ausmachen?«
»Nein, wissen Sie, ich muß erst noch entscheiden, zu welchem

Spezialisten ich gehen will. Gegebenenfalls melde ich mich ... wissen Sie, ich bin noch in Trauer wegen des Todes von meinem Analytiker.«

»Bravo, Marco, wirklich«, lobte mich Benjamino. »Die Rolle des Bekloppten spielst du wirklich ganz ausgezeichnet. Irgendwie wirkt das völlig natürlich.«

»Red keinen Unsinn und gib mir die Liste. Schauen wir mal, ob diese Claretta Corò dabei ist.«

Ich fand sie auf der Liste der Angestellten. Zehn Minuten später waren wir auf dem Weg zu ihr.

Eine junge Frau mit einem Kind auf dem Arm öffnete uns und antwortete, sie sei die Tochter der Frau Corò. Sie bat uns, zu warten, während sie sie holen ging. Die Frau kam an die Tür. Sie hatte gefärbte Haare und ein jugendliches und energisches Auftreten.

»Ja?«

Ich hielt ihr den falschen Ausweis unter die Augen. »Landesamt für Berufssicherheit. Wir möchten einen Augenblick mit Ihnen sprechen.«

Sie führte uns in ein eher bescheidenes Wohnzimmer, das vollgestellt war mit Fotografien eines beleibten Herrn mit weißen Haaren, und bat uns, Platz zu nehmen.

»Mein Mann«, sagte sie. »Er ist letztes Jahr gestorben.«

»Hören Sie, gnädige Frau, waren Sie 1976 schon Sekretärin bei Professor Andreose?«

»Ja, aber ich verstehe nicht ...«

»Auch als Marco Ventura eingeliefert wurde?«

»Wer?«

»Sie haben richtig verstanden. Marco Ventura, der Sohn von Carlo, einem der Hauptaktionäre der Klinik Santa Lucia.«

»Sie haben gesagt, Sie sind vom Landesamt für Berufssicherheit?«

»Das haben wir gesagt.«

»Aber was Sie mich da fragen, was hat das mit dem Landesamt zu tun?«

»Nichts.«
»Ja, und was wollen Sie dann?«
»Antworten.«
Sie machte Anstalten aufzustehen. »Ich hole besser meine Tochter.« Benjamino, der ihr gegenüber saß, hielt sie mit einer Geste zurück und gab ihr zu verstehen, sie solle sitzen bleiben. Dann holte er eine Rolle von Hunderttausend-Lire-Scheinen aus der Tasche und breitete ganz behutsam einen davon auf das niedrige Tischchen zwischen ihm und der Frau aus.
»Was soll das heißen?« fragte sie beklommen.
»Daß wir keine schlechten Absichten haben. Wir wollen nur ein paar Dinge über Marco Ventura wissen, und dafür lassen wir ein hübsches Sümmchen springen, so daß Sie leichter für die Bedürfnisse ihres Enkelkinds sorgen können«, antwortete ich.
»Wollen Sie dem Professor Ärger machen?«
»Absolut nicht. Uns interessiert nur Marco Ventura.«
Sie warf mir einen Blick zu. Vielleicht dachte sie, daß sie uns vertrauen konnte, vielleicht war es aber nur der Anblick des Geldes. Ein paar Augenblicke später schien sie sich gefaßt zu haben. Sie wartete ab, bis Benjamino ungefähr dreißig Banknoten herausgezogen hatte, dann fragte sie: »Was wollen Sie wissen?«
»Erinnern Sie sich an den Grund für die Einlieferung von Marco Ventura?«
»Ich glaube, es handelte sich um eine depressive Krise.«
»Und stimmte das?«
»Ich weiß es nicht, ich denke ja. Ich habe den Patienten nie gesehen, weil er in der Abteilung B untergebracht war, bei den unruhigen Patienten ... aber Professor Andreose ist ein erstklassiger Psychiater, wenn er die Einlieferung angeordnet hat, dann wird es einen Grund dafür gegeben haben.«
»Erinnern Sie sich noch, wie lange der Junge in der Klinik geblieben ist?«
»Ungefähr einen Monat ... aber fragen Sie mich nicht nach genauen Daten ... es ist so viel Zeit vergangen.«

»Ist in dieser Zeit etwas Außergewöhnliches vorgefallen?«
»Tja, eigentlich schon, etwas Merkwürdiges ist passiert. Der Vater und die Mutter von Marco kamen jeden Tag und sprachen mit dem Professor. Sehr oft kamen sie in Begleitung eines anderen Inhabers der Klinik, Rechtsanwalt Sartori. Sie schlossen sich im Zimmer des Professors ein, und er schickte mich unter einem Vorwand weg.«
»Sonst nichts?«
»Eines Tages bat Natale Sperandio, ein Pfleger, der in der unruhigen Abteilung Dienst machte, mit dem Professor sprechen zu können. Es waren ungefähr zwei Tage seit der Einlieferung des Jungen vergangen. Von da an ließ er sich oft blicken und hatte mehrere Unterredungen mit Dottor Ventura und Rechtsanwalt Sartori.«
»Arbeitet dieser Kollege noch in der Klinik?«
»Nein, er ist vor mir in Pension gegangen, mit der Mindestrente.«
Bevor wir gingen, näherte Benjamino sich der Frau und flüsterte ihr etwas ins Ohr. Sie fuhr zusammen, starrte aber nach wie vor unverwandt auf das Päckchen Banknoten.
»Hast du ihr gedroht?« fragte ich.
»Ein bißchen. Ich habe sie daran erinnert, daß wir zwei wenig empfehlenswerte Typen sind.«
»Es ist zu spät, um zu Sperandio zu gehen«, sagte ich mit einem Blick auf die Uhr. »Wir könnten das morgen früh machen.«
»Einverstanden. Jetzt schauen wir mal nach, ob die Carusos in der üblichen Bar sind. Wir müssen die Verhandlungen um unser Scheintreffen fortsetzen.«
Die Brüder waren hocherfreut, die Stimme meines Freundes zu hören. Sie schlugen vor, uns noch am selben Abend auf einer Landstraße hinter der Pferderennbahn zu treffen. Rossini schlug dagegen ein Treffen am nächsten Tag um 18 Uhr in einer Bar im Geschäftsviertel vor. Die Verhandlungen zogen sich ungefähr zehn Minuten lang hin, dann verabschiedeten sie sich mit der Zusicherung, am nächsten Tag wieder voneinander zu hören.

»Sie wollen, daß das Treffen an einem ruhigen Plätzchen in der Nähe des Flusses stattfindet, so können sie unsere Leichen auch gleich entsorgen«, informierte mich Benjamino.
»Wie fürsorglich. Was, meinst du, tun sie, außer darauf zu warten, daß wir uns entschließen, sie zu treffen?«
»Sie haben bestimmt eine großangelegte Suchaktion eingeleitet, um uns zu orten, wobei sie dem, der uns als erster sichtet, ein hübsches Kopfgeld versprochen haben. Auch sie haben es eilig, zu einem Ende zu kommen.«
Wir kehrten in unser Quartier zurück. Benjamino kochte das Abendessen, ich schaltete den Fernseher ein und suchte auf einem Lokalsender die Nachrichten.
Kein Hinweis auf den Mord an Piera Belli, die Flucht von Magagnin oder den Selbstmord von Professor Artoni. Nur zum Schluß eine kurze Notiz zum Gesundheitszustand von Marietto Carraro, der noch nicht wieder zu Bewußtsein gekommen und daher nicht in der Lage war, den Ermittlern bei der Identifizierung seiner mysteriösen Aggressoren behilflich zu sein.
Mit einem Schlag war mir der Appetit vergangen, und ich verbrachte den Rest des Abends mit Trinken und Musikhören. Zu den Klängen von Jimmy Reed, der *Little Rain* sang, schlief ich ein.

Der ehemalige Krankenpfleger Natale Sperandio wohnte in einem Einfamilienhaus in der Umgebung von Monselice, einem Dorf in der Paduaner Tiefebene. Trotz aufwendiger Renovierungs- und Verschönerungsarbeiten ließ das von Weinstöcken umgebene Haus seine bescheidenen Ursprünge doch noch erkennen.
»Nicht übel die Hütte für einen, der mit der Mindestrente ausgeschieden ist«, bemerkte der alte Rossini, während er den Helm abnahm und ich vom Motorrad stieg.
»Genau. Was wetten wir, daß das Geld zum Aufmöbeln des Häuschens aus der Tasche von Carlo Ventura stammt? Ich

glaube nicht, daß unser Rentner begeistert sein wird, wenn wir ihn bitten, über seinen Wohltäter zu sprechen.«
»Vermutlich. Hier helfen uns unsere Ausweise nicht, ihn einzuschüchtern. Bringen wir die Polizistennummer?«
»Das scheint mir nicht ganz passend. Du kennst doch selbst den Paduaner Spruch: ›Ich bin so anständig, daß ich noch nie vor Gericht stand, nicht mal als Zeuge.‹ Die Aussicht, es mit dem Gesetz zu tun zu bekommen, würde ihn derart einschüchtern, daß er den Mund überhaupt nicht mehr aufmachen würde. Um ihn zum Reden zu bringen, müssen wir ihn davon überzeugen, daß wir seine kleinen Missetaten nicht an die große Glocke hängen, daß wir aber die Früchte seines opferreichen Lebens vernichten werden, wenn er sie uns nicht erzählt.«
»Also der Trick mit den Benzinkanistern?«
»Genau der.«
»Der ist mir der liebste. Er funktioniert immer.«
Eine Stunde später waren wir mit allem Nötigen zurück. An der Tür erschien eine Frau, sicher Sperandios Frau; bevor sie ein Wort sagen konnte, setzte Benjamino ihr die Pistole an die Stirn und schob sie hinein. Ich folgte ihm mit zwei Zwanzigliterkanistern Benzin.
Stotternd und im Paduaner Dialekt sagte sie, ihr Mann sei im Keller beim Weinabfüllen.
Als Sperandio unsere Anwesenheit bemerkte, wurde er bleich. Starr vor Schreck gaffte er uns mit offenem Mund an. Mein Freund schoß auf die Fässer. Mann und Frau hielten sich die Ohren zu und schauten ungläubig auf die rote, schäumende Flüssigkeit, die am Boden langsam eine Lache bildete.
Wie willenlose Puppen ließen sie sich ins Haus zurückführen. Die Frau sperrten wir in eine Kammer ein, den ehemaligen Krankenpfleger brachten wir ins Wohnzimmer und ließen ihn auf einem Sessel Platz nehmen. Der Raum lag im Halbdunkeln und roch arg muffig. Er wirkte, als würde er nur zu den hohen Feiertagen benützt werden. Die Stühle waren noch

mit der Plastikfolie überzogen, in der sie gekauft worden waren.
Sperandio versuchte zu reden, aber Rossini steckte ihm den Lauf der Pistole in den Mund, während ich einen Kanister aufschraubte und einige Liter Benzin über ein Sofa goß.
Dann nahm ich mir einen Sessel und setzte mich ihm gegenüber. Aus der Tasche zog ich das Tonbandgerät und eine Schachtel Streichhölzer.
Ein paar Minuten lang sah ich ihn schweigend und mit finsterer Miene an. Ich sah, wie sich ein dunkler Fleck auf seiner Hose ausbreitete.
»Das ist aber gar nicht schön, sich vor Gästen in die Hose zu machen«, verhöhnte ich ihn. »Allerdings hast du recht, Angst zu haben. Dieses Jahr wirst du deinen selbstgemachten Wein nicht trinken können und wirst bei der Gemeinde für dich und deine Alte um einen Platz im Obdachlosenheim betteln müssen, denn dieses Haus wird in Flammen aufgehen, und zwar in genau«, theatralisch sah ich auf die Uhr, »fünf Minuten. Es sei denn, du erzählst uns die Dinge, die wir wissen wollen … du weißt, worauf ich hinaus will, nicht wahr?«
Benjamino nahm ihm die Pistole aus dem Mund und wischte den Lauf am Stoff des Sessels ab.
»Bäh!« rief er aus. »Er hat sie mir ganz vollgesabbert.«
Trotz seiner sechzig Jahre hatte Natale Sperandio noch immer die kräftige Statur der Pfleger, die in psychiatrischen Kliniken in der Abteilung für unruhige Patienten arbeiten. Das venetische Bauerngesicht war zu einer Grimasse des Entsetzens verzerrt, Schweiß lief ihm in kleinen Rinnsalen von den Schläfen bis zum Hals herab und durchnäßte seinen Hemdkragen.
»Guck mal, Marco, Natales Schweiß ist braun.«
»Das ist die Haartönung, die da runterläuft.«
»Natale, du mußt unbedingt den Friseur wechseln«, tadelte ihn Benjamino und schüttelte den Kopf. »Der, zu dem du gehst, schmiert dir nur mieses Zeug drauf. Meiner zum Beispiel

verwendet nur Naturprodukte, die das Haar nicht angreifen, und außerdem ...«

»Soll ich dir einen Kaffee machen, während du liebenswürdig mit deinem Freund Natale über Herrenkosmetik plauderst?« fragte ich gereizt. »Also«, wandte ich mich an letzteren, »noch vier Minuten, dann stecken wir dein Haus in Brand.«

»Is' das wegen der Sache mit der Klinik? Wegen der Einweisung vom Sohn von ei'm der Chefs?« fragte der ehemalige Pfleger.

»Ja«, antwortete ich. »Wir wissen, daß du jeden Tag zu Andreose gegangen bist, um Bericht zu erstatten, und daß du dich mehrfach mit Ventura und Sartori getroffen hast.«

»Ihr wollt mich doch nicht anzeigen?«

»Nein. Wir wollen nur wissen. Dann kannst du dich wieder um deine Weinstöcke kümmern.«

An dem Punkt entschloß er sich zu reden. Als er mit seiner Erzählung dann begann, wirkte es, als hätte er sie jahrelang vorbereitet.

»Ich war Krankenpfleger und hatte Nachtdienst in der Abteilung für unruhige Patienten ... da ich der älteste und verläßlichste war, befahl Professor Andreose mir, mich allein um die Verabreichung der Medikamente und die Beaufsichtigung des Patienten zu kümmern ... er gab mir zu verstehen, ich sollte gut aufpassen, da es der Sohn von Dottor Ventura war. Der Junge war unruhig. Der Professor hatte ihm zwei Mal am Tag das sogenannte Trio verordnet – das sind zwei sehr starke Psychopharmaka, vermischt mit einer Phiole Valium. Das gibt man, um dem Kranken über die Krise hinwegzuhelfen und ihn vierundzwanzig Stunden ruhigzuhalten ... am zweiten oder dritten Tag vergaß der Pfleger im Tagesdienst, Mario Bisinella, ihm die Medikamente zu verabreichen ... er hatte es völlig vergessen, weil ein anderer Patient sich schwer verletzt hatte, als er mit dem Kopf gegen die Wand schlug ... Bisinella wurde auf der Stelle entlassen. Tatsache ist, daß Marco Ventura, im Unterschied zu sonst, ziemlich klar im Kopf war, als ich den Dienst antrat. Er fragte mich, ob ich Nachrichten von seiner

Mutter und seinem Vater hätte, und dann ... ob die Carabinieri schon dagewesen wären, um ihn zu holen. Ich antwortete, daß ich nichts davon wüßte, er solle sich keine Sorgen machen, er würde bestimmt bald wieder gesund. An dem Punkt fing er an zu schreien, er sei nicht verrückt, und diese Hure umgebracht zu haben – genauso sagte er – sei nur ein Akt der Gerechtigkeit gewesen, weil sie den Vater von zu Hause weggeholt hätte, und er und seine Mutter wären allein zurückgeblieben ... vor allem aber sei sie in der Ehe auch nicht einen Tag lang treu gewesen, weil sie nach wie vor die Geliebte von Rechtsanwalt Sartori gewesen wäre ...«

Benjamino und ich sahen uns an. Die Spur, die wir verfolgt hatten, war goldrichtig gewesen, wir bekamen hier erstklassiges Material, das uns eine optimale Verhandlungsposition sicherte.

»... am nächsten Morgen«, fuhr Sperandio fort, »ging ich zum Professor und erzählte ihm, was ich erfahren hatte. Andreose bat mich, das nicht herumzuerzählen, um den Jungen nicht in Gefahr zu bringen, da er nicht schuldig war. Er erklärte mir, der Junge sei von einem völlig grundlosen Schuldgefühl geplagt – die Polizei hatte den wahren Schuldigen schon verhaftet –, er leide unter einem Symptom – den Namen weiß ich nicht mehr ... dann kamen Sartori und Ventura und versprachen mir, sie würden mein Gehalt erhöhen, dafür wollten sie aber auf meine Verschwiegenheit zählen können.«

»Und dieses Häuschen hier hast du dir mit der Gehaltserhöhung hergerichtet?« fragte ich.

»Als ich in Pension ging, hat Dottor Ventura mir eine Prämie von achtzig Millionen Lire gegeben.«

»Ist dir nie in den Sinn gekommen, daß Marco Ventura wirklich schuldig gewesen sein könnte und daß durch dein Schweigen ein Unschuldiger verurteilt worden ist?«

»War ja nicht mein Bier«, antwortete er und senkte den Blick.

Ich nahm die Kassette aus dem Aufnahmegerät.

»Schau sie dir gut an, Sperandio. Wenn du in Versuchung

kommen solltest, irgend jemand von unserem Besuch zu erzählen, dann denk dran, daß wir diese Aufnahme jederzeit dem Staatsanwalt geben können, der Presse oder Sartori und Ventura. Und dann kommen wir mit mehr Benzin wieder. Du bist gewarnt ...«

»Ich bin müde, Marco, ich bin müde. Den ganzen Tag laufen wir rum und quetschen Leute aus, um Geständnisse zu sammeln. Letzte Nacht habe ich sogar geträumt, daß wir das Telefonbuch nehmen und sämtliche Einwohner dieser Stadt einen nach dem anderen zur Beichte zwingen. Ein echter Alptraum.«

»Wir sind fast fertig, Benjamino. Halt durch, bis wir noch ein, zwei Beweise gesammelt haben. Dann setz ich mich mit Sartori in Verbindung, und wir verhandeln.«

»Reicht dir das Geständnis von Sperandio nicht?«

»Leider nicht. Es fehlen noch ein paar Informationen.«

»Und wer ist jetzt dran?«

»Professor Agostino Andreose.«

»Noch ein Überfall?«

»Ich glaube, ein Anruf genügt.«

Ich verband das Mikrophon des Aufnahmegeräts mit dem Handy und gab die Nummer der Klinik ein.

Die Zentrale verband mich mit dem Vorzimmer des Professors, und es antwortete die Sekretärin, der ich die Rolle des Patienten vorgespielt hatte.

»Hier spricht Marco Ventura. Ich möchte mit dem Professor sprechen.«

»Einen Moment, bitte.«

Es vergingen ein paar Minuten, dann nahm die Sekretärin den Hörer wieder in die Hand.

»Der Professor ist im Augenblick beschäftigt. Er läßt Ihnen ausrichten, Sie sollen in ein paar Tagen wieder anrufen.«

»Nein. Ich will jetzt mit ihm sprechen.«

»Ich haben Ihnen doch gesagt, er ist beschäftigt ...«

»Dann sagen Sie ihm, ich habe die Absicht, mich zu stellen.«

Nach ein paar Sekunden fragte eine männliche Stimme: »Was sind das für Geschichten, Marco?«

»Guten Tag, Professor Andreose. Ich bin nicht Marco Ventura. Verzeihen Sie den Trick, aber ich hatte keine andere Wahl ...«

»Dann haben wir uns nichts zu sagen. Adieu.«

»Warten Sie noch, bevor Sie wieder auflegen, das könnte fatale Konsequenzen für Sie haben. Ich weiß alles über die falsche Einlieferung von Marco Ventura, Sie sollten mich lieber anhören. Ich habe mit Ihrer ehemaligen Sekretärin und mit Natale Sperandio gesprochen. Wenn Sie auflegen, garantiere ich Ihnen, daß Sie jede Menge Scherereien bekommen.«

»Aber wer sind Sie denn? Was wollen Sie?«

»Auskünfte. Seit fast einem Monat laufe ich nun schon durch diese Stadt und stelle Fragen, und ich bin müde. Müde und verärgert. Also versuchen Sie, vernünftig zu sein und mir entgegenzukommen. Ich versichere Ihnen, daß dieses Gespräch vertraulich bleibt und daß Sie von mir nichts zu befürchten haben. Ich habe keinerlei Interesse an Ihrer Person, auch wenn ich meine, Sie sollten dafür büßen, daß Sie zugelassen haben, daß ein Unschuldiger verurteilt wird, anstelle eines Sprößlings aus guter Familie.«

»Ich war durch die ärztliche Schweigepflicht gebunden.«

»Dann brechen Sie sie jetzt.«

»Es ist vielleicht nicht angebracht, am Telefon darüber zu reden. Sie können in die Klinik kommen ...«

»Versuchen Sie nicht, Zeit zu schinden. Sie haben keine Wahl: Entweder Sie reden, oder ich ruiniere Sie.«

»Ist gut, wie Sie wollen ... Ventura und Sartori baten mich, den Jungen in die Klinik aufzunehmen. Sie sagten, er hätte sich in Schwierigkeiten gebracht ... noch wußte ich nichts von dem Mord ... also willigte ich ein. Sie baten mich, ihn einer medikamentösen Behandlung zu unterziehen, die ihn daran hinderte, mit irgendwem zu kommunizieren. Dann kam Sperandio und erzählte mir, der Junge behaupte, einen Mord begangen zu haben. Ich rief sofort den Vater an, und der Anwalt und er sagten, ich solle beruhigt sein, der Junge glaube, ein Mörder zu sein, aber der wirkliche Täter sei schon im Gefängnis. Sie erklärten mir, sie wollten den Jungen von den Richtern, vor allem aber von der Presse fernhalten, um das Andenken der Toten vor seinen Phantastereien zu bewahren und den Gang der Justiz nicht zu behindern.«

»Und das haben Sie geglaubt?« fragte ich ironisch.

»Im ersten Moment ja. Ich wußte, daß Marco eine problematische Persönlichkeit war, deshalb fiel es mir nicht schwer, zu glauben, daß er sich mit einem Mörder identifiziert.«

»Und dann?«

»Nach ungefähr drei Wochen brach ich die medikamentöse Behandlung ab, und der Junge war in der Lage, Gespräche zu führen. Er beschrieb das Delikt mit einer solchen Fülle an Details, daß die Annahme, er könnte der Täter sein, absolut glaubwürdig wurde.«

»Und warum haben Sie ihn dann nicht angezeigt?«

»Das habe ich Ihnen doch schon gesagt. Da er mein Patient war, war ich an die Schweigepflicht gebunden. Und im übrigen verfolgte die Justiz schon eine andere Person, die dann im Prozeß auch verurteilt wurde. Ich bin Psychiater, nicht Richter …«

»Reden Sie keinen Scheiß«, unterbrach ich ihn. »Was hat er Ihnen sonst noch erzählt?«

»Ich bin der Sache auf den Grund gegangen, vom psychiatrischen Standpunkt aus, versteht sich, und bin zu dem Schluß gelangt, daß es eine Affekthandlung gewesen sein muß, die in einer Persönlichkeit mit obsessiven Tendenzen herangereift ist …«

»Hören Sie doch auf mit diesem hochtrabenden Gerede.«

»Gut. Marco haßte Evelina Mocellin Bianchini, weil sie ihm die Vaterfigur weggenommen hatte und so nicht nur ihn, sondern auch die Mutter in eine Krise gestürzt hatte; die Mutter litt nämlich noch stark unter den psychischen Folgen der Entführung, deren Opfer sie einige Jahre zuvor gewesen war. Wohlgemerkt, die Frau schürte den Haß des Sohnes, wo sie nur konnte, und das ging so weit, daß eine regelrechte Zwangsvorstellung in ihm heranreifte. Auslöser für den Mord war die Entdeckung der Beziehung, Evelinas mit Rechtsanwalt Sartori, eine Beziehung die noch vor der Eheschließung mit Carlo Ventura angefangen hatte und nie unterbrochen worden war.«

»Wußte Ventura darüber Bescheid?«

»Ja. Ich glaube, er hat es immer gewußt. Die Ehe war eine reine Geschäftssache. Fragen Sie mich nicht nach mehr, denn ich weiß nichts, aber ich kann Ihnen versichern, daß Gefühle dabei keine Rolle spielten.«

»Und wie hat Marco die Beziehung entdeckt?«

»Er hat es von Francesco und Selvaggia erfahren, den Kindern der Mocellin Bianchini. Marco erzählte mir, sie würden ihn häufig aus den USA anrufen und immer ziemlich abschätzig über die Mutter reden – sie nannten sie eine Schlampe –, und sie hätten die Sache mit dem Ehebruch immer wieder mit neuen Details ausgeschmückt.«

»Wollen Sie damit sagen, Francesco und Selvaggia hätten Marco Ventura die Hand geführt?«

»Gewissermaßen.«

»Warum?«

»Das weiß ich nicht. Das müßten Sie die beiden fragen. Ich kann lediglich vermuten, daß die Beziehungen zu ihrer Mutter sich aufgrund ihres ... eher lockeren Ehelebens immer mehr verschlechtert haben. Außerdem warfen sie ihr vor, sie hätte den Vater an gebrochenem Herzen sterben lassen. Wie dem auch sei, ein keineswegs nebensächliches Detail ist jedenfalls: Nach ihrem Tod haben die beiden ein beträchtliches Vermögen geerbt.«

»Eine letzte Frage. Warum hat Ihrer Meinung nach Ventura, als er entdeckte, daß der Sohn zigmal auf seine Frau eingestochen hatte, ihn nicht der Justiz ausgeliefert?«

»Um den Drohungen seiner Ex-Frau aus dem Weg zu gehen … vor mir, in meinem Ordinationszimmer hat sie wörtlich gesagt: ›Komm bloß nicht auf die Idee, meinen Sohn zu ruinieren, sonst plaudre ich nämlich all deine Machenschaften aus.‹ Aber ich glaube nicht, daß man ihn mit Drohungen überzeugen mußte. Ventura hätte seinen Sohn in jedem Fall gedeckt, denn ein Skandal von diesen Ausmaßen hätte auch für ihn den Ruin bedeutet.«

»Und Sie, als braver Seelenklempner der Reichen, haben auch mitgemacht. Sie haben noch ein hübsches Häufchen Sand draufgeschaufelt, um die Wahrheit begraben zu helfen.«

»Verschonen Sie mich mit Ihrer billigen Moral. Sie sind ja überhaupt nicht in der Lage, die Komplexität meiner Lage zu begreifen.«

»Lassen Sie mich bloß nicht bedauern, Ihnen Stillschweigen über Ihre Mauscheleien versprochen zu haben. Ich habe unsere Unterhaltung aufgenommen, und sollten Sie versuchen, irgendwelche Mätzchen zu machen, dann können Sie sich von Ihrer glänzenden Karriere verabschieden.«

Ich goß mir Calvados ein und trank einen kräftigen Schluck davon, dann nahm ich das Handy wieder zur Hand und wählte eine andere Nummer. Während ich wartete, spulte ich die Kassette zurück.

»Wer ist da?« fragte eine Frauenstimme mit ausländischem Akzent.

»Ich möchte mit der Signora sprechen, ich bin ein alter Freund von ihr.«

»Einen Moment bitte.«

»Hallo?« sagte eine andere Stimme in gedehntem und gelangweiltem Tonfall.

»Selvaggia?«

»Ja?«

»Du kennst mich nicht, aber ich habe dir eine interessante Geschichte zu erzählen.«

»Eine Geschichte? Ist das eine neue Form von telefonischer Belästigung?«

»Nein. Ich bin bloß einer, der Geschichten erzählt. Die heutige handelt von drei Sprößlingen aus gutem Hause, die in einen Mord verwickelt sind. Interessiert dich das?«

»Sicher. Ich liebe Krimis«, antwortete sie völlig cool.

»Und ich liebe deinen blasierten Tonfall. Das schafft die richtige Atmosphäre ... schauen wir mal ... man schrieb das Jahr 1976, zwei der drei Protagonisten dieser Geschichte studierten in den Vereinigten Staaten an renommierten Universitäten. Sie hatten Italien verlassen, weil sie sich mit ihrer Mama nicht vertrugen, die im übrigen seit kurzem verwitwet war. Sie vergötterten den Vater, und bei seinem Tod hatten sie sich geschworen, daß sie mit ihrer perversen Mutter nicht mehr unter einem Dach leben wollten. Die Zeit vergeht, und die Mama beschließt, sich wieder zu verheiraten, und bereitet den beiden Kindern damit schon wieder großen Kummer, da sie das als einen weiteren Verrat an dem verstorbenen Papa betrachten, dem schon zu seinen Lebzeiten nach Strich und Faden die Hörner aufgesetzt wurden – seine Seele ruhe in Frieden. In dem Wissen, daß der künftige Gatte ein lockerer Vogel ist, fürchten sie, ihre Mutter könnte ihm leichtsinnigerweise die Verwaltung des Vermögens anvertrauen, das ganz allein ihnen als den künftigen Erben zusteht. Da beschließen sie, die Mutter zu beseitigen. Und hier kommt der dritte Sprößling ins Spiel, Sohn des künftigen Gatten. Die beiden Geschwister wissen, daß er ein schwieriger Junge ist, mit einer problematischen Persönlichkeit, und vor allem, daß auch er diese Eheschließung überhaupt nicht gerne sieht. Wie sie, haßt auch er die Frau, die ihm den Vater weggenommen und sein Mütterlein unglücklich gemacht hat, wodurch die traute Harmonie der einstmals glücklichen Familie zerstört wurde. An diesem Punkt wittern die beiden Schlitzohren, daß der andere, entsprechend manipuliert, zu einer unüberlegten und extremen Tat fähig wäre. Sie fangen an, ihm zuzusetzen. Tag für Tag schüren sie seinen Haß bis zur Weißglut und pflanzen seinem kranken Gehirn die Idee ein, daß eine solche Frau nur den Tod verdient. Und am Schluß bringt der sie um. Sein Vater schaltet sich ein, zusammen mit einem Freund der Familie, einem einflußreichen Anwalt und zugleich verhaßten Geliebten des Opfers, und sie lassen den Jungen in einer Klinik verschwinden, deren Teilhaber sie sind.«

Ich machte eine kurze Pause. Keine Reaktion am anderen Ende der Leitung. Ich sprach weiter.

»Am anderen Ende der Welt reiben die beiden jungen Leute sich die Hände: Die Mutter hat die verdiente Strafe bekommen, und sie sind endlich reich. Ziemlich egal, was aus ihrem jüngeren Stiefbruder wird, soll sein Vater sich doch um ihn kümmern … aber da ereignet sich ein Glücksfall. Ein junger Mann ganz anderer sozialer Herkunft wird des Verbrechens angeklagt und dann verurteilt. Er wird fünfzehn Jahre lang im Gefängnis absitzen, während alle anderen Hauptdarsteller der Geschichte, ganz so, wie es sich für ein richtiges Märchen gehört, glücklich und zufrieden weiterleben.«

»Wirklich eine hübsche Geschichte«, lobte mich Selvaggia und brach das Schweigen, das ihre vornehme Selbstbeherrschung ihr auferlegte. »Ich würde hier und da noch ein paar Details einfügen, aber alles in allem ist es ein erstklassiger Thriller.«

»Freut mich, daß sie dir gefallen hat. Ich bin allerdings mit dem Schluß nicht so ganz zufrieden, ich würde ihn gerne ändern … so ist er mir zu zynisch … mir wäre es lieber, wenn ausnahmsweise mal die Gerechtigkeit siegen würde und die Bösen ihre Schuld büßen würden.«

»Dann würde es eine fade und vorhersehbare Geschichte«, erwiderte die Frau und unterstrich den gedehnten und gelangweilten Tonfall noch mehr. »Ich mag sie lieber so, wie sie ist, den Schluß kann man nicht ändern.«

»Bist du dir da wirklich sicher?«

»Ich habe nicht den geringsten Zweifel, Buratti.«

»Dann weißt du also, wer ich bin«, rief ich mit gespielter Überraschung.

»Seit Tagen verfolgen wir deine Taten mit regem Interesse. Es sieht ganz so aus, als wären Windmühlen deine Spezialität.«

»In diesem Fall bitte ich dich um einen Gefallen: Könntest du Anwalt Sartori anrufen und ihm sagen, daß ich ihn morgen um elf in seiner Kanzlei treffen will?«

»Es wird mir ein Vergnügen sein ... aber, mein Lieber ... morgen ist Sonntag.«

»Du hast recht. Sagen wir also um ein Uhr, nach der Messe.«

*M*it geschlossenen Augen und verschränkten Armen lauschte Benjamino den Tonbandaufnahmen. Am Schluß zündete er sich eine Zigarette an.

»Material, um mit Sartori zu verhandeln, haben wir jetzt im Überfluß«, stellte er fest. »Aber ich glaube nicht, daß er darauf einsteigt.«

»Ich versteh dich nicht. Du hast doch selbst gesagt, wir sollten ihn festnageln und dann verhandeln.«

»Das stimmt, aber Selvaggia klang zu sicher, so als ob sie nicht befürchten würden, nun den Rest ihres Lebens mit diesem Damoklesschwert über ihrem Haupt zubringen zu müssen. Weißt du was, meiner Ansicht nach werden sie so tun, als würden sie sich auf Verhandlungen mit uns einlassen, um den Carusos Zeit zu geben, uns ausfindig zu machen und aus dem Weg zu räumen, und falls ihnen das nicht gelingt, hetzen sie uns die Gesetzeshüter auf die Fersen.«

»Das ist mir noch nicht klar.«

»Sieh mal, Marco. Verhandlungen funktionieren nur innerhalb desselben Milieus. Wir gehören nicht zu ihren Kreisen, wir sind zwei ›halb illegale Randfiguren‹, um es mit ihren Worten auszudrücken, einfacher gesagt: Wir sind für sie nicht kontrollierbar. Sie sind der Meinung, daß wir eines schönen Tages auf die Idee kommen könnten, sie zu erpressen oder, wenn wir Ärger mit der Justiz haben, uns herauszuwinden, und die Machenschaften aufdecken, von denen wir wissen ... folglich können wir's vergessen, groß verhandeln zu wollen.

»Was schlägst du denn vor?«
»Ich weiß nicht. Ich bin noch etwas konfus, auf jeden Fall ist es wichtig, zu der Verabredung zu gehen, danach denken wir über alles Weitere nach. Erst einmal müssen wir einen sicheren Fluchtweg aus der Kanzlei des Anwalts ausfindig machen, denn sobald sich morgen deren Tür hinter dir schließt, wird dich die gesamte Caruso-Bande dort empfangen.«
»Ich hatte sie völlig vergessen.«
»Du bist wirklich ein Anfänger», stellte er fast resigniert fest. »Das nächste Mal, wenn du ein Treffen ausmachst, frag vorher Onkel Benjamino.«
Die Kanzlei lag, wie zu erwarten, in der Nähe des Gerichts, im obersten Stockwerk eines Gebäudes, in dem sich ausschließlich Büros befanden, die alle leer waren, da es Samstag nachmittag war und dazu noch Ende Juli.
Rossini brach das Schloß der Eingangstür mühelos auf, und wir gingen durch sämtliche Stockwerke. Als wir auf dem Dach angelangt waren, knackte er auch ein Eisentor, das auf eine große Terrasse führte.
»Morgen früh, knapp vor Sonnenaufgang, verstecken wir uns hier mit dem Motorrad.«
»Willst du die Maschine sechs Stockwerke hochschleppen?«
»Laß mich ausreden! Die Kanzlei ist ein Stockwerk tiefer, wenn die Carusos die Absicht haben, dir dort aufzulauern, dann sehen wir sie heraufkommen. Andernfalls brauchst du zum Zeitpunkt der Verabredung nur ein Stockwerk runterzugehen und zu klingeln. In der Zwischenzeit blockiere ich den Aufzug und behalte das Treppenhaus im Auge, von oben ist das einfacher ... dann, wenn du herauskommt, gehen wir in den Keller, holen das Motorrad und preschen mit Vollgas durch die Eingangstür. Damit überrumpeln wir sie, und sie werden nicht in der Lage sein, uns einzuholen.«
»Kannst du dir nicht etwas weniger anstrengende Pläne ausdenken? Die Aussicht, sechs, sieben Stunden auf einem Dach versteckt zuzubringen, macht mich überhaupt nicht an.«

»Das ist nur deine Schuld. Man vereinbart nicht einen Tag vorher ein Treffen, wenn man Killer auf den Fersen hat.«
»Okay. Und was machen wir bis zum Morgengrauen? Ich habe keine Lust, in diesem Loch zu hocken.«
»Wir können auch in ein Lokal gehen, vorausgesetzt, es ist voll. Die Carusos werden damit beschäftigt sein, sich auf morgen vorzubereiten, ich vermute mal, heute abend werden sie sich eher ruhig verhalten.«

Wir gingen ins *Porto*, ein nettes Lokal, das ein Freund von mir, Massimo Biondi, vor kurzem eröffnet hatte. An diesem Abend traten *Jojo and the blueshoes* auf, eine Bluesgruppe aus Padua, in der Luca Palmarin mitspielte, der frühere Schlagzeuger meiner Band.
Alle freuten sich, mich wiederzusehen und ein bißchen mit mir über die alten Zeiten zu plaudern. Nach dem Konzert verließ mich Benjamino, um eine Blondine aufzureißen. Während ich verärgert feststellen mußte, daß ich keine Zigaretten mehr hatte, hörte ich eine Stimme fragen: »Darf ich?«
Ich hob den Blick. Es war ein schnurrbärtiger Typ mit Brille und einer ruhigen Ausstrahlung. Er sah mich lächelnd an und wies auf einen Stuhl.
»Nein«, antwortete ich.
Er setzte sich trotzdem. »Die Person, die mich schickt, hat mir gesagt, ich soll dir das hier geben.«
Vom Format her zu urteilen, mußte es sich um eine LP handeln. Ich riß das Papier auf und blickte auf das Cover von *Last session* von Blind Willie McTell. Ich kannte die Platte, ein echtes Sammlerstück, 1956 in Atlanta aufgenommen. Seit Jahren war ich auf der Suche danach.
»Hast du einen Namen?« fragte ich neugierig.
»Alberto?«
»Mit Nachnamen?«
»Cabiddu.«
»Gut, Alberto Cabiddu, ich war knapp zwei Monate alt, als der

alte Blind dieses Meisterwerk aufnahm, einer der Meilensteine des Blues ... aber ich glaube nicht, daß dich das interessiert. Und nun zur nächsten Frage: Wer? Und vor allem: Warum?«
»Ich kann beide Fragen nur ganz vage beantworten, den Ort kann ich allerdings genau nennen: Sardinien. Dort gibt es jemanden, der ein Problem hat. Er hat mich beauftragt, dich aufzuspüren und zu fragen, ob du nicht Zeit und Lust hättest, hinzufahren und dich mit ihm zu unterhalten, da würdest du dann erfahren, worum es geht. Spesenfrei, versteht sich. Die Platte ist ein Geschenk, um dir zu verstehen zu geben, daß du es mit Leuten zu tun hast, die ... nun, zumindest einen guten Geschmack haben.«
Ich folgte seinen Worten nur zerstreut. Ich merkte, daß ich von seiner Art zu gestikulieren fasziniert war. Seine Hände begleiteten den Rhythmus jedes einzelnen Satzes. Es war, als würden sie Kalimbas zupfen, die Häute von Kongas oder arabischen Trommeln schlagen.
»Du bist Musiker!« rief ich aus und hielt ihm den Zeigefinger vor die Nase.
»Schlagzeuger. Und Sänger.«
»Was ist dein Genre?«
»Ich habe mein eigenes. Heiße Ethnorhythmen, geschickt kombiniert.«
»Von Blues keine Rede, nicht wahr?«
»Der Tango ist der schwüle und schmachtende Blues von Baires, und die Morna der melancholische und rebellische Blues der Kapverden. Ich benutze sie oft.«
Leise summte er mir *Vuelvo al Sur* von Astor Piazzolla und *Sodade* von Cesaria Evora vor, und der Calvados schmeckte plötzlich ganz anders.
In diesem Moment kam der alte Rossini zurück, und ich bedeutete ihm, er brauche sich keine Sorgen zu machen.
»Was trinkst du?« fragte ich.
»Sieben Jahre alten Havanna, ein Rum, den ich ganz besonders gern mag.«

»Immer nur den?«
»Nein, ab und zu auch Bier und guten Wein.«
»Der Rum ist wohl die einzige Erinnerung an eine Frau, die du auf Kuba verloren hast?«
»Gefunden, nicht verloren.«
Wir plauderten zwei Stunden lang. Über Frauen und über Musik. Er verstand was vom Trinken und war sehr unterhaltsam.
»Wie würdest du das Problem, um das ich mich kümmern soll, bezeichnen?«
»Heikel. Bei uns ist alles heikel. Was hast du beschlossen?«
»Vorerst nichts. Viel hängt vom Ausgang der vertrackten Geschichte ab, mit der ich mich in diesen Tagen herumschlage. Ich geb dir Bescheid.«
»Ich fahre morgen zurück«, sagte er und stand auf. »Wenn du mich finden willst, dreh nach Mitternacht eine Runde durch die Lokale von Cagliari.«
Ich schüttelte ihm die Hand. Er hielt die meine fest. »Soll ich dir einen Rat geben?«
»Nein.«
»Ich geb ihn dir trotzdem. Wechsle das Musikgenre. Der Blues hat deine Seele angegriffen.«
»Was wollte er damit sagen?« fragte Benjamino.
»Daß ich die Musik nicht mehr mit dem Herzen höre, sondern mit der Erinnerung.«
»Was?«
»Schon gut, nur so 'n Gerede unter Musikern.«

Um Punkt ein Uhr läutete ich an der Tür der Kanzlei von Rechtsanwalt Alvise Sartori. Eine halbe Stunde vorher hatten wir gehört, wie der Aufzug heraufkam. Es trat der Anwalt in Begleitung von Carlo Ventura heraus. Von den Carusos keine Spur. Ich war völlig steif, sämtliche Glieder taten mir weh, weil ich die feuchten Morgenstunden auf dem Zementboden der Terrasse zugebracht hatte. Ich habe lange wach gelegen, aber

dann hatten Müdigkeit und Alkohol die Anspannung, in der ich mich befand, besiegt, und so war ich für ein paar Stunden eingeschlafen. Als ich die Augen wieder aufschlug, hatte ich Benjamino neben mir sitzen sehen, er hatte das Maschinengewehr um den Nacken gehängt und hielt neben mir Wache.
Der Partner des Anwalts machte mir die Tür auf.
»Dottor Ventura, meine Verehrung«, begrüßte ich ihn.
Er würdigte mich keiner Antwort und führte mich in einen großen Raum, vermutlich das Konferenzzimmer der Kanzlei. An einem Ende eines großen, ovalen Tisches saß Sartori, der mich mit einem spöttischen Lächeln empfing.
»Marco Buratti, genannt der Alligator: gescheiterter Student, gescheiterter Musiker, gescheiterter Terrorist, gescheiterter Privatdetektiv ...«
»Mehr als mein eigenes Leben, scheint mir, schildern Sie hier das Leben von Marco Ventura. Auf keinem Gebiet hat er es zu etwas gebracht, außer im Morden. Apropos«, ich wandte mich an Ventura, »wo haben Sie ihn denn diesmal versteckt? In einer Schweizer Klinik vielleicht?«
Ventura strich sich mit der Hand über die Haare und sah mich haßerfüllt an.
»Hat es Ihrem Partner die Sprache verschlagen?« fragte ich den Anwalt.
»Setzen Sie sich, Buratti, und erklären Sie uns, weswegen Sie uns treffen wollten«, versetzte dieser knapp.
Bemüht, eine Ruhe vorzutäuschen, die ich nicht empfand, zündete ich mir eine Zigarette an.
»Ich will verhandeln. Ich biete Schweigen als Gegenleistung für den Abzug Ihrer Killerbande und die Garantie, daß Sie in Zukunft mich und meinen Partner in Frieden lassen. Für Alberto Magagnin will ich Rückzug der Anklage im Mordfall Belli und Aussetzung der Strafe auf Bewährung. Wir sind im Besitz einer Tonbandaufzeichnung mit dem Geständnis des betrauerten Professor Artoni, das sich nicht nur auf die Ermordung der nicht weniger betrauerten Piera Belli bezieht, sondern auch

auf Ihre Manipulation der Prozeßakten im Fall Evelina Mocellin Bianchini gegen Magagnin. Das ist nicht alles. Auf der Suche nach dem Motiv, das Sie bewegt haben könnte, einen Unschuldigen verurteilen zu lassen, haben wir den wahren Schuldigen entdeckt: Marco Ventura, Sohn des hier anwesenden Carlo; außerdem kennen wir sein Tatmotiv sowie all Ihre Machenschaften, um ihn zu decken. Auch in diesem Fall sind wir im Besitz von äußerst belastenden Aufzeichnungen, die Sie in erster Person betreffen. Damit meine ich insbesondere die Aussagen des ehemaligen Krankenpflegers Natale Sperandio, die von Professor Agostino Andreose, seiner Sekretärin und von Selvaggia Mocellin Bianchini. Schließlich haben wir Teile Ihrer Aktivitäten rekonstruiert und entdeckt, welche Rolle diese kriminelle Vereinigung spielt – nämlich die Ritter des Ordens der Heiligen Konstanze –, deren geschätzte Mitglieder Sie sind. Kurz und gut, Sie sind erledigt: Entweder Sie verhandeln, oder Sie sind erledigt.«

Die beiden Männer, die mich bis dahin absolut gleichgültig gemustert hatten, tauschten einen Blick.

»Apropos Aufnahmen, ich nehme an, Sie haben nichts dagegen, wenn Dottor Ventura nachsieht, ob Sie im Augenblick ein Aufnahmegerät bei sich haben.«

»Schiefgelaufen«, dachte ich, und wie ein kleiner Junge, der beim Marmeladestehlen ertappt wird, zog ich das Gerät aus der Jacke und stellte es auf den Tisch.

Ventura näherte sich, entnahm die Kassette und brach sie mit einer knappen Handbewegung entzwei.

»Sehr schön«, versetzte Sartoni ironisch. »Jetzt können wir in aller Ruhe miteinander plaudern. Sie sind überzeugt, gute Karten zu haben, um zu verhandeln, aber da irren Sie sich gewaltig. Die Geständnisse auf den Bändern haben Sie mit Gewalt und Drohungen erzwungen. Der arme Artoni hat mir die Methoden geschildert, mit denen Sie ihm sein Geständnis abgepreßt haben. De facto haben Sie ihn in den Selbstmord getrieben: nach unserem Strafgesetzbuch ein schweres Vergehen. Sie haben nichts in der Hand: Vom juristischen Standpunkt aus sind diese Aufzeichnungen völlig wertlos. Und selbst wenn die Richter in ihren Besitz gelangen sollten, würden sie sie doch nie und nimmer als Beweis in Betracht ziehen. Nicht einmal vor der Verurteilung in der Sache Belli können Sie Magagnin bewahren. Im übrigen, erst gestern bin ich von den Angehörigen der Professoressa mit der Verteidigung beauftragt worden ...«

»Da sieh einer an!« rief ich verächtlich aus. »Unter so vielen Winkeladvokaten hat man ausgerechnet Sie ausgesucht.«

»... und was den Prozeß von 1976 angeht«, fuhr er ungerührt fort, »da haben Sie noch weniger Chancen. Trotz sieben Jahren Haft haben Sie, werter Buratti, offenbar noch immer nicht begriffen, wie unsere Justiz funktioniert. Sie müßten das Gericht davon überzeugen, eine Wiederaufnahme des Verfahrens zuzulassen, auf der Basis von Beweisen, die aber keine volle Rechtsgültigkeit haben, da sie illegal beschafft wurden. Sie würden sich also belehren lassen müssen, daß es keine ›neu aufgetauchten‹ Beweise ›von ausschlaggebender Bedeutung‹ gibt, die zu einem abschließenden Freispruch führen könnten. Wogegen ja das frühere Beweismaterial, das im Verlauf des Strafverfahrens gewürdigt und ausgewertet wurde, zur Verurteilung geführt hat und deshalb die reine Wahrheit darstellt. Andere Wahrheiten würden niemals zugelassen. Sie könnten es über das falsche Gutachten versuchen und uns bezichtigen, den Prozeß in eine bestimmte Richtung gelenkt zu haben, aber auch in diesem Fall hätten Sie überhaupt keine Chance. Nicht nur wegen der Unrechtmäßigkeit des Beweismaterials, sondern vor allem, weil das Gericht nie und nimmer zugeben würde, manipuliert worden zu sein. Drei Knastbrüder wie Sie, Magagnin und Ihr Partner, dessen Identität wir nicht kennen, können überhaupt nicht daran denken, geschätzte Fachleute wie uns anzuklagen, die obendrein verdiente Mitglieder der Gemeinschaft sind, wie Sie soeben selbst sagten. Es dennoch zu tun würde heißen, sich sinnlos in die Rolle des Opfers zu begeben. Die Justiz ist ein Mechanismus, der die Verlierer zermalmt. Und ihr seid geborene Verlierer. Was könnten Sie sonst noch tun? Sie könnten in Versuchung kommen, die Informationen, die Sie gesammelt haben, publik zu machen. Ich gebe zu, in diesem Fall könnte es für uns ziemlich unangenehm werden. Unsere Feinde würden eine Chance wittern, aber wieder würde alles zerplatzen wie eine Seifenblase ... wir sind Experten für Seifenblasen. Unsere Freunde würden sich um uns scharen und uns Deckung bieten, und sie würden ihren Einfluß geltend machen, um uns zu verteidigen. Wir leben in einer Zeit, in der Skandale für die öffentliche Meinung wie das tägliche Brot sind: Sie reagiert darauf immer gelangweilter und zerstreuter. Mein lieber Buratti, geben Sie's auf, Sie und Ihre Freunde sind die Verlierer, nicht wir.«

Schweigen senkte sich auf den Raum, nur unterbrochen vom Klicken meines Feuerzeugs, mit dem ich mir eine Zigarette anzündete. Ich war verwirrt. Ich hatte gedacht, Trumpfkarten in der Hand zu haben, aber mit der Raffinesse und Geschicklichkeit eines Staranwalts war es Sartori gelungen, die Situation zu kippen. Ich beschloß, noch höher zu setzen.

»Meiner Meinung nach bluffen Sie und versuchen, mir Angst einzujagen. Sie mögen ja recht haben, was den juristischen Aspekt der Sache angeht, aber ich bin überzeugt, Sie machen einen großen Fehler, wenn Sie die öffentliche Meinung unterschätzen. Die Leute sind überhaupt nicht dumm, und nicht die gesamte Presse ist käuflich. Im übrigen, ihr seid nichts weiter als Parasiten, die einer Lobby angehören, die zwar alle gesellschaftlichen Bereiche durchdringt und sehr mächtig ist, aber nicht unbezwingbar. Obendrein haben Sie durch Ihre Megalomanie den Sinn für die Realität verloren. Ihr dürft nicht glauben, immer weiter Herren über das Schicksal anderer zu sein. Die Schmiergeldskandale der letzten Jahre sollten Sie doch etwas gelehrt haben.«

Beide brachen in schallendes Gelächter aus. Und zum ersten Mal ergriff Ventura das Wort.

»Wenn Sie meinen, das sei ein Bluff, dann brauchen Sie ja nur abzuwarten, Sie werden schon sehen«, forderte er mich heraus. »Aber verschonen Sie uns wenigstens mit Ihren Naivitäten eines APO-Anhängers der siebziger Jahre. Die Operation ›Saubere Hände‹ war nur dazu da, ganz schnell diejenigen auszuschalten, die nicht einsehen wollten, daß endlich ein Machtwechsel angesagt war. Schauen Sie doch in den Spiegel, Buratti, Sie sind es, der außerhalb der Realität lebt, wir dagegen *sind* die Realität ... gehen Sie, und lassen Sie sich nie wieder hier blicken.«

Ich rührte mich nicht und drückte die Zigarettenkippe auf der Mahagoni-Tischplatte aus. Ich kochte vor Wut, zwang mich aber, ruhig zu wirken.

»Ich glaube zu verstehen, daß ihr keinerlei Absicht habt zu verhandeln. Um so schlimmer für euch. Eure Strategie ist sehr vorhersehbar. Ihr spielt die Rolle der Sieger, weil ihr sicher seid, uns auszuschalten; ihr wollt uns entweder von der Caruso-Bande ermorden lassen oder uns irgendeine erfundene Straftat anhängen. Die Mittel dazu habt ihr, das weiß ich wohl. Zu den Rittern des Ordens der Heiligen Konstanze gehören schließlich auch Geheimagenten, Bullen und Richter. Aber auf eines solltet Ihr euch gefaßt machen: Wir werden unsere Haut teuer verkaufen.«

Ich stand auf und ging zum Ausgang. Draußen stand Benjamino mit seinem Maschinengewehr.

»Wie ist es gelaufen?« fragte er.

»Schlecht. Sehr schlecht.«

»Von der Terrasse aus habe ich die Carusos gesehen. Sie haben zwei Autos rechts und links vom Eingang postiert. Ein Fehler, wir überrumpeln sie ganz leicht.«

Wir liefen in den Keller hinunter, um das Motorrad zu holen. Ich öffnete die Tür, und als er den Motor anließ, sprang ich auf den Hintersitz. Er gab Gas: Mit einem Satz nahmen wir die drei Stufen, die uns von der Straße trennten.

Mein Freund hatte recht. Die Bande stand vollzählig da und starrte uns mit offenem Mund hinterher, als wir nur einen Meter von ihnen entfernt vorbeipreschten. Sobald wir in Sicherheit waren, wandte ich mich um und zeigte ihnen den Mittelfinger. Kaum waren wir in unserem Quartier angekommen, war meine erste Geste der Griff zum Calvados: Ich kippte ihn direkt aus der Flasche hinunter.

»Ruhig, Marco. Setz dich und erzähl mir, was passiert ist.«

Das tat ich und wiederholte dabei jedes einzelne Wort, das gesprochen worden war.

»Hab ich's doch geahnt«, kicherte er. »Sie unterschätzen uns. Und das ist ein Fehler, den sie teuer bezahlen werden.«

»Ich verstehe nicht, wie du so siegessicher daherreden kannst. Was mich betrifft, sehe ich nur eine Lösung: noch vor heute abend über die Grenze abzuhauen.«

»Nicht heute abend, sondern Dienstag nacht. Vorher haben wir noch einiges zu tun.«

»Willst du damit sagen, du hast einen Plan?« fragte ich fassungslos.

»Schon seit drei Tagen geht er mir im Kopf herum. Wir können hier nicht mit eingekniffenem Schwanz die Zelte abreißen, das wäre, als würden wir den Kopf in die Schlinge stecken. Wir müssen diesen Herrschaften zu verstehen geben, daß sie uns besser in Ruhe lassen.«

»Zelte? Schlinge? Was redest du denn da?«

Er erklärte mir ungefähr eine Stunde lang seinen Plan. Mehrmals stellte ich Fragen und machte Gegenvorschläge. Zum Schluß schwiegen wir beide und sahen uns an.

»Das klappt, du wirst sehen«, versicherte er mir.

»Das erinnert mich an einen Film, *Heißes Eisen* von Fritz Lang. Aber wenn was schiefgeht, dann spielen wir das Finale von *Wild Bunch – Sie kannten kein Gesetz* nach.«

Den Rest des Tages und einen Teil der Nacht brachte ich mit Schreiben zu. Eine Zusammenfassung der Ereignisse für Giovanni Galderisi und eine detaillierte Schilderung für Max das Gedächtnis; dem zweiten Brief fügte ich eine Kopie der letzten Tonbandaufnahmen hinzu.

Montag war der einzige Regentag des Monats, deshalb brauchten wir fast den ganzen Vormittag, um Marielita, die Frau von Max, aufzutreiben.
»Was machst du heute abend, Alligator?« fragte sie mich, während ich ihr den Umschlag hinhielt.
»Ich bin beschäftigt – mit dem Versuch, meine Haut zu retten.«
»Gut. Falls es dir gelingen sollte«, sie warf mir einen halb ironischen, halb belustigten Blick zu, »dann melde dich.«

»Wie sagtest du, heißt dieser Typ?« fragte der alte Rossini.
»Luther Blisset.«
»Den Namen hab ich doch schon mal gehört ... na klar: So heißt ein berühmter Mittelstürmer aus Jamaica. In der Meisterschaft 83/84 hat er beim FC Mailand gespielt.«
»Auch. Aber jetzt ist Luther Blisset ein *multiple name*, ein kollektiver Name. Es ist eine Bewegung, in der alle Mitglieder so heißen.«
»Bewegung? Was für eine Bewegung?« fragte er alarmiert.
»Für kulturellen Terrorismus. Ihr Ziel ist es, sämtliche kommunikativen Netzwerke zu infizieren, indem sie das kollektive Bewußtsein mit verwirrenden Codes und Praktiken durchsetzen, wie beispielsweise erfundene Religionen, Pseudokulte, Parawissenschaften und Antiphilosophien, vor allem aber, indem sie unkontrollierbare Gerüchte in die Welt setzen, die Unzufriedenheit und Rebellion stiften ... Sie verwenden alle denselben Namen, um nicht identifiziert werden zu können und damit es den Anschein hat, als wäre Luther Blisset so eine Art großer Guru, der hinter allen Lehren, Komplotten und Verschwörungen steckt ...«
»Ich habe kein Wort verstanden von dem, was du da erzählst. Außer der Tatsache, daß wir uns wieder an so einen Ausgerasteten wenden. Wie ist das nur möglich, daß du keine normalen Leute kennst, jemand, der richtig tickt?«
»Nur ruhig, Partner. Luther ist auf Draht und gefällt dir bestimmt, da bin ich mir sicher.«

Die Person, zu der wir unterwegs waren, wohnte auf dem Land bei Mestre, auf einem großen renovierten Bauernhof, wovon ein Teil als Tonstudio diente.
Ich hatte Rossini nicht gesagt, daß Blisset in Wirklichkeit eine Blondine mit sehr schönen Beinen war. Daher war er von ihrem Anblick dermaßen verblüfft, daß er gleich zuckersüß wurde und alle kurz vorher geäußerten Zweifel auf der Stelle vergaß. Während wir noch mit dem Austausch von Höflichkeiten beschäftigt waren, schenkte er ihr die ganze Zeit sein breitestes Lächeln.
Ich hatte sie kennengelernt, als ich noch mit meiner Band auftrat. Sie arbeitete als Tontechnikerin und war sehr gefragt. Ein paar Jahre lang hatte sie in Deutschland mit einer Frauenrockgruppe gearbeitet, und nach ihrer Rückkehr hatte sie sich selbständig gemacht und ein kleines, unabhängiges Label gegründet.
Unsere Beziehung hatte genau eine Woche gedauert, gerade die Zeit einer kurzen Tournee der *Old Red Alligators* durch Ligurien, und später hatte sich eine schöne Freundschaft daraus entwickelt.
»Wir stecken in Schwierigkeiten, Luther«, fing ich an. »Wir brauchen deine Hilfe.«
Ich erzählte ihr nur einen Teil der Geschichte, aber das genügte schon, damit sie begriff, in wie großen Schwierigkeiten wir steckten.
»Was willst du genau?« fragte sie.
»Deine Hilfe als Magierin der Tonkunst, um unsere Stimmen vom Originalband zu löschen, von dem ich dir erzählt habe, spurlos, so daß es sich anhört wie ein Monolog. Wir haben einen Plan, wie wir uns retten können, und diese Aufnahme spielt eine sehr wichtige Rolle dabei.«
»Wollt Ihr die Medien mit einbeziehen?«
»Ja. Sie sind unsere letzte Hoffnung.«
»Auf welche Weise?«
Ich erklärte es ihr. Zum Schluß stand sie auf und fing an, nervös im Raum auf und ab zu gehen.

»Keine schlechte Idee«, pflichtete sie bei. »Aber das genügt nicht, um den Einfluß von Sartori, Ventura und Co. auf die Presse zunichte zu machen. Wenn ihr sie wirklich erledigen wollt, dann müßt ihr auf einer anderen Ebene agieren, ihr müßt das Verhältnis zwischen Information und öffentlicher Meinung umkehren. Kurz gesagt, für die Informationen auf dem Band müßt ihr einen Multiplikator finden und gleichzeitig für Desinformation und für die Diskreditierung der beiden Personen sorgen. Ihr Image muß einen Kurzschluß erfahren.«
Sie sah unsere ratlosen Gesichter und lächelte.
»Ihr müßt ein ›Event‹ schaffen«, verkündete sie. »Und da fällt mir grad' was Nettes ein.«
Sie erklärte uns ihren Plan und ging auch ausführlich auf die Reaktionen ein, die das bei der Presse und in der Öffentlichkeit auslösen würde.
Sie schloß mit den Worten: »... man muß die Mächtigen mit einer gut dosierten Mischung aus Tod, Geheimnis, Sex, Intrigen und Korruption darstellen und so das Publikum beeindrucken. Das sind Themen, die die Einschaltquoten und Verkaufszahlen in die Höhe jagen. So erreicht man ein positives Zusammenspiel zwischen dem ökonomischen Bedürfnis der Medien, ihre Nachrichten zu verkaufen, und dem Wunsch eines Großteils des Publikums, sich an Skandalen zu ergötzen. In solchen Fällen verschmelzen Wirklichkeit, Klatsch und Gerüchte zu Legenden, von denen die Protagonisten für den Rest ihres Lebens gezeichnet bleiben.«
»Wenn ich recht verstehe«, griff ich ein, »würde es Sartori und Ventura auf diese Weise unmöglich sein, die Informationen über ihre Personen zu beeinflussen oder sich adäquat zu verteidigen.«
»Nicht nur das«, bemerkte Blisset. »Wahrscheinlicher ist, daß sie gezwungen sein würden, sich aus dem öffentlichen Leben und aus den Geschäften zurückzuziehen. Sie würden in ihren Kreisen nicht länger als vertrauenswürdig gelten.«
»Luther, du bist ein Genie!« rief Benjamino aus und nutzte die Gelegenheit, um sie zu küssen.

»Wir müssen auf die Idee des Jahrhunderts anstoßen«, schloß ich mich an.
»Später«, bremste mich die Frau. »Jetzt präparieren wir erst mal das Band.«
Sie führte uns ins Tonstudio. Es war ein großer Raum voller Geräte, der durch sechzig Zentimeter dicke Türen und Wände schalldicht gemacht wurde. Als erstes spulte sie das besprochene Band auf eine Tonspule, dann begann sie, unsere Stimmen zu löschen und die Übergänge der anderen Stimme fließender zu machen. Sie brauchte sechs Stunden dazu. Erschöpft und zufrieden überreichte sie uns schließlich das Band.
»So, das wär's«, erklärte sie. »Jetzt hört es sich so an, als hätte Professor Emilio Artoni vor seinem Selbstmord beschlossen, seine Erinnerungen für die Nachwelt aufzuzeichnen. Selbst der CIA würde nicht merken, daß das Band manipuliert wurde.«
»Ich weiß gar nicht, wie ich dir danken soll, Luther.«
»Ich hab's gern gemacht, aber ich hoffe, nie wieder mit Material dieser Art arbeiten zu müssen ... ich muß mich entspannen, wie wär's mit einem Kaffee?«
Wir gingen in die geräumige Küche, die im Stil der sechziger Jahre eingerichtet war.
»Hast du je daran gedacht, wieder zu singen?« fragte sie, während wir uns an den Tisch setzten.
»Nein, Luther. Ich habe keine Lust mehr.«
»Schade. Ich hätte gern die Platte mit dem großen Comeback des Alligators gemacht. Und die anderen Musiker, was ist aus denen geworden?«
»Einige spielen noch, andere haben eine Familie gegründet und arbeiten bei der Bank oder in Papas Tabakladen ... Musiker kommen und gehen ... aber du, wie geht es dir?«
»Alles in allem gut. Das Studio läuft, und das Label verkauft sich einigermaßen.«
»Bist du mit jemand zusammen?«
»Willst du mir den Hof machen?« scherzte sie.
»Nein, das haben wir doch schon probiert, erinnerst du dich?«

Sie lachte. »Sicher, sicher ... ich lebe mit einem amerikanischen Kontrabassisten zusammen, einem Jazzer aus Denver ... Jetzt ist er in Florenz, gibt dort 'ne Reihe von Konzerten. Ich weiß nicht, ob ich ihn liebe, aber im Augenblick ist das in Ordnung so.«
Sie schaute mir in die Augen. »Du dagegen bist noch immer allein, vermute ich. Du hast diese Art von Trauer im Blick, an der man gebrochene Herzen erkennt.«
»Ja, genau so ist es. Die letzte Frau, mit der ich zusammen war, hat mir gesagt, mein Herz sei schwarz und hart wie eine Faust ... vielleicht bin ich ein hoffnungsloser Fall.«
Sie streichelte mir die Hand. »Du hast ein dickes Fell, Alligator, die Zeit wird das schon richten.«
»Und die Bewegung?« fragte ich, um das Thema zu wechseln.
»Sie wächst. Wir sind die Großstadtlegende der Jahrtausendwende. Ein Piratenschiff sozusagen, das auf dem weiten Ozean der Information kreuzt und hier und da einen Schuß abfeuert, in der Hoffnung, daß die virtuelle Welt der realen Welt wieder ihren angestammten Platz einräumt. Du könntest auch ein guter Luther Blisset sein ...«
»Nein, danke. Ich bin nicht für die großen Ideale gemacht ... vermutlich nicht mal für die kleinen«, sagte ich und stand auf.

Gegen zehn Uhr abends waren wir zurück in Padua, völlig durchnäßt vom Regen. Wir fuhren zu unserem Quartier, um uns umzuziehen und das Band in Sicherheit zu bringen.
Ich hatte mich soeben mit einem Glas Calvados und einer Zigarette in einen Sessel gesetzt und versuchte, mich mit geschlossenen Augen zu den Tönen von Taj Mahal zu entspannen, der *Statesboro blues* sang, als der alte Rossini meinen Arm berührte.
»Der Tag ist noch nicht zu Ende, Marco. Jetzt müssen wir uns um Bepi Baldan kümmern.«
»Aber es regnet doch immer noch«, protestierte ich.
»Besser so. Dann fallen wir nicht so auf.«

Piazza Mazzini lag im strömenden Regen völlig verlassen da. Wir eilten unter die üblichen Lauben und näherten uns zu Fuß der Bar *Jamaicana*. Die Caruso-Bande war vollzählig im Lokal versammelt, man konnte sie durch die Fensterscheiben gut beobachten. Ugo und Alfredo spielten Karten, ihre Leibwächter eine Partie Billard, und Bepi Baldan, der immer deprimierter und besorgter wirkte, starrte in den Regen hinaus.
»Sie müssen ganz schön schlecht gelaunt sein nach dem Schnippchen, das wir ihnen gestern geschlagen haben«, grinste Benjamino. »Schau mal, sie haben nicht mal Lust, Eis zu essen.«
»Stimmt. Sartori wird die beiden Brüderchen ganz schön zusammengestaucht haben.«
»Und jetzt werden wir sie zur Weißglut bringen.«
Ich holte das Handy aus der Tasche, wählte die Nummer der Bar und verlangte den Dealer. Ich sah, wie die anderen ihm mit den Augen folgten, während er zum Telefon ging.
»Bepi, tu so, als würdest du mit einem Informanten von dir reden, sie sollen nicht wissen, daß ich am anderen Ende der Leitung bin.«
»Ciao, Carmine«, begrüßte er mich, er hatte meine Anweisung im Nu begriffen.
Ich konnte sehen, wie die anderen sich wieder ihren Spielen zuwandten, das beruhigte mich.
»Hör mir gut zu, Bepi. Wenn du ihnen nicht mehr nützlich bist, werden die Carusos dich kaltmachen. Wenn du das noch immer nicht kapiert hast, dann bist du wirklich blöd. Glücklicherweise sind wir aber schlauer als du, wir geben dir die Chance, heil aus der Sache rauszukommen.«
»Danke, Carmine, das wär' nett ...«, sagte er in weinerlichem Ton.
»Aber nur unter einer Bedingung«, fuhr ich fort. »Daß du die Stadt verläßt. Noch heute nacht und für immer. Geh anderswo dealen, und vergiß die ganze Geschichte. Einverstanden?«
»Ja, Carmine, ganz wie du willst.«

»Sehr schön … in ungefähr zehn Minuten wird ein Taxi vor dem Bareingang halten. Sobald du es siehst, renn los, so schnell du kannst, und spring rein. Hast du verstanden?«
»Sicher. Ciao Carmine, und danke für alles.«
Ich unterbrach die Verbindung und gab Benjamino ein Zeichen; der pirschte sich heimlich an die Autos der Bande heran und schlitzte mit seinem Schnappmesser ein paar Reifen auf. Ich ging unterdessen zu Fuß zum Taxistand des nahegelegenen Bahnhofs.
Ich steuerte auf den letzten Taxifahrer in der Reihe zu, einen jungen Mann, der recht aufgeweckt wirkte. Als er mich sah, machte er mir ein Zeichen, ich sollte mich an den vordersten, fahrbereiten Kollegen wenden. Ich stieg trotzdem in seinen Wagen ein und hielt ihm einen Hunderttausend-Lire-Schein hin.
»Das Taxi ist für einen Freund von mir, der in einer Bar sitzt. Draußen wartet nämlich der Mann seiner Geliebten auf ihn und will ihn verprügeln. Sie müßten nur ganz kurz anhalten, ihn einsteigen lassen und sofort in vollem Tempo losbrettern.«
Mit der geübten Geste eines Trickkünstlers schnappte er sich den Geldschein und ließ ihn in der Tasche seines Hemdes verschwinden.
»Wo ist die Bar?« fragte er.
Ich erklärte es ihm und bat ihn, noch fünf Minuten zu warten, bevor er losfuhr: Ich wollte nämlich zurückgehen, um das Schauspiel zu genießen – und in der Tat wurden meine Erwartungen nicht enttäuscht.
Baldan verblüffte alle durch seinen Hundert-Meter-Sprint und den olympiareifen Sprung, mit dem er in das Taxi hechtete. Zehn Sekunden zu spät reagierte die Bande, sie begann ihm hinterherzurennen, als der Wagen schon mit quietschenden Reifen in vollem Tempo um eine Ecke verschwand.
Als die fünf Männer endlich bei ihren Wagen ankamen, blieben sie wie angewurzelt stehen, als sie die aufgeschlitzten Reifen bemerkten. Alfredo und Ugo verloren die Nerven und begannen, wild brüllend auf die Karosserie einzutreten.

Aus bloßer Lust daran, ihnen noch eins draufzusetzen, fuhren wir laut hupend an ihnen vorbei, und noch einmal wandte ich mich um und grüßte mit gestrecktem Mittelfinger.

Am nächsten Morgen standen wir spät auf. Wir mußten erst spät in der Nacht raus, also blieben wir den ganzen Tag in der heißen Wohnung, die Benjaminos Ventilatoren nur mäßig abkühlten.

Nach dem Mittagessen wollte der alte Rossini, wie ein echter Profi, die einzelnen Phasen des Plans für diese Nacht noch einmal durchgehen. Er zwang mich, alle Bewegungen nachzuvollziehen, die ich würde ausführen müssen.

»Damit du dich daran gewöhnst, das ›Schießeisen‹ zu tragen«, sagte er.

Da passierte es, daß wir zum ersten Mal seit Beginn unserer Ermittlungen einen heftigen Streit hatten.

Ich goß mir gerade Calvados ein, als er mir die Flasche aus der Hand nahm.

»Bis morgen kein Alkohol, Marco«, befahl er in sehr bestimmtem Ton.

»Ich bin erwachsen genug, um zu wissen, wann ich aufhören muß«, gab ich pikiert zurück.

»Mag ja sein, aber wir gehen besser kein Risiko ein. Heute nacht kannst du es dir absolut nicht leisten, einen benebelten Kopf zu haben.«

»Mach dir keine Sorgen, gib mir die Flasche zurück.«

»Nein, Marco.«

»Gib mir die Flasche zurück«, brüllte ich.

Benjamino sah mir direkt in die Augen und ließ die Flasche zu Boden fallen.

»Spinnst du?« herrschte ich ihn an.

»Du kommst mir vor wie Dean Martin in *Rio Bravo*.«

»Und du wärst dann wohl John Wayne, wie?« fragte ich sarkastisch.

»Ich habe nicht gesagt, daß ich John Wayne bin, ich habe nur gesagt, du bist wie der versoffene Sheriff, den Dean Martin spielt.«

»Ich bin kein Trinker.«

»Du bist es, und es fehlt dir wenig zum echten Säufer, aber das ist deine Sache. Nur, ich fahre dich nicht mit einem Maschinengewehr durch die Gegend, wenn du auch nur einen Tropfen getrunken hast. So arbeite ich nun mal, das weißt du.«

Zwei Stunden lang schwieg ich trotzig, dann aber sah ich ein, daß er recht hatte, und ich bat ihn um Entschuldigung.

Kurz vor Mitternacht verließen wir das Haus und fuhren mit dem Motorrad an der Bar der Carusos vorbei, nur um uns zu vergewissern, daß sie noch immer da waren. Sie aßen wie üblich ihr Eis und schwiegen sich an. Für sie waren die Dinge in den letzten Tagen gar nicht gut gelaufen. Und diese Nacht würden sie womöglich noch schlechter laufen.

Wir erreichten die Via Dini und versteckten das Motorrad im Hinterhof eines Wohnhauses. Dann gingen wir zu Fuß weiter zu dem Häuserkomplex, in dem die beiden Brüder wohnten, und legten uns in einem besonders dunklen Winkel des Gartens auf die Lauer.

Fast alle Fenster des Wohnhauses waren weit geöffnet, um die kühle Nachtluft hereinzulassen. Obwohl wir ein bißchen abseits standen, konnten wir das Stimmengewirr der Hausbewohner und das monotone Gekrächze der laufenden Fernseher hören.

Benjamino montierte die Maschinengewehre und gab mir eins.

»Wenn du sie kommen siehst, denk dran, die Sicherung zu lösen«, flüsterte er.

Ich schwitzte vor Anspannung und wegen des Calvadosentzugs. Ein paar endlose Sekunden lang kämpfte ich fieberhaft mit den Chirurgenhandschuhen, die sich nicht überstreifen lassen wollten. Als ich sie endlich anhatte, steckte mein Freund mir eine brennende Zigarette zwischen die Lippen.

»Entspann dich, Marco«, sagte er ruhig und bestimmt. »Es wird alles gutgehen.«

Die große Limousine fuhr langsam durch das Tor und ebenso langsam auf den Parkplatz zu. Als sie dicht an uns vorbeikam, traten wir aus unserem Versteck heraus und folgten ihr. Ein paar Meter weiter hielt der Wagen an. Rossini wartete nicht ab, bis der Motor ausgeschaltet war. Er trat an die linke Tür, richtete das Gewehr auf den Fahrer und drückte durch das heruntergekurbelte Fenster den Gewehrlauf mit dem Schalldämpfer gegen seine Kehle. Inzwischen schlüpfte ich von der anderen Seite auf den rechten Hintersitz und drückte die Waffe dem Beifahrer in die Nacken.

»Gib mir die Schlüssel«, befahl Rossini dem Mann am Steuer. Es war Ugo.

Der Mann zögerte einen Augenblick. Der Bruder kam ihm zu Hilfe.

»Gib sie ihm«, forderte er ihn auf, scheinbar ruhig.

Während mein Partner der Kofferraum öffnete, hielt ich die zwei in Schach.

»Herr Alligator«, sagte wieder Alfredo, »man hat mir gesagt, sie seien mit ›Schießeisen‹ nicht vertraut, sie seien ein ruhiger Typ, vernünftig ...«

»Das ist vorbei«, erwiderte ich. »Jetzt habe ich aufgehört, den braven Jungen zu spielen.«

»Steigt aus dem Wagen aus«, befahl wieder der alte Rossini.

Wir durchsuchten sie. Alfredo trug in den Hosen und unter dem Hemd versteckt eine neun Millimeter Automatik, wie sie bei der Polizei im Einsatz ist. Aus der Revolvertasche, die Ugo um den Knöchel trug, zogen wir dagegen einen kurzen Trommelrevolver.

»Rein da«, zischte mein Freund und deutete auf den Kofferraum.

Sie gehorchten ohne Widerrede, nach einigen Verrenkungen lagen sie drinnen und konnten sich sogar etwas ausstrecken.

»Ruhig jetzt«, meinte Benjamino, bevor er den Kofferraum schloß. »Die Reise dauert nicht lang.«

Ungefähr zwanzig Minuten später hielten wir am Ufer des

Brenta in Richtung Venedig, an einer Flußschleife, die von einem dichten Pappelwäldchen gesäumt war.
Ich öffnete den Kofferraum und half den Carusos heraus, während Rossini sie mit einer Taschenlampe anstrahlte und unter Beschuß hielt.
»Wer von euch beiden hält gewöhnlich den Kontakt zu Rechtsanwalt Ventura?« fragte er.
»Ich«, antwortete Alfredo.
»Ach ja, du bist ja die Leuchte der Familie«, kommentierte ich abschätzig.
Benjamino hielt ihm das Handy hin. »Jetzt rufst du ihn an und sagst ihm, daß ihr uns erledigt habt. Alle. Auch Magagnin.«
»Ob ich es tue oder nicht, ihr bringt uns sowieso um, nicht wahr?«
»Ja«, antwortete mein Freund.
»Warum sollte ich es dann tun?«
»Weil es besser für dich ist. Sonst bin ich leider gezwungen, dich davon zu überzeugen, indem ich dir zuerst in einen Fuß schieße, dann in den anderen, dann in ein Knie ...«
»Ist gut, ich habe verstanden«, unterbrach er ihn und gab die Nummer ein.
»Hallo, sind Sie es, Herr Anwalt? ... ich weiß, daß es spät ist ... aber ich wollte Ihnen nur sagen, daß wir dieses gewisse Problem gelöst haben ... ja, alle drei ... auf Wiedersehen.«
»So, das wär's«, kommentierte er, während er das Handy zurückgab.
»Hat er es geglaubt?« fragte ich.
»Sicher. Mein Name war immer eine Garantie, und ihr habt mich gezwungen, ihn ausgerechnet kurz vor meinem Tod zu entehren«, murmelte er erbittert.
Wir zwangen sie, bis zu einer dicht am Ufer gelegenen Stelle vor uns herzugehen, wo im Mondschein schimmernd zwei Spaten in der Erde steckten. Wir hatten sie ein paar Stunden zuvor hergebracht.

»Los, seid brav«, ermunterte Rossini sie. »Macht euch an die Arbeit.«
Die Carusos rührten sich nicht.
»Wenn ihr uns schon umbringen müßt, dann schaufelt die Grube doch selber«, protestierte Ugo.
»Nein. Wir graben überhaupt keine Grube. Wenn ihr nicht in der Erde begraben sein wollt, dann werfen wir euch eben in den Fluß.«
»Ich will nicht im Fluß enden und den Fischen zum Fraß dienen«, erwiderte Ugo wieder. »Bringt uns um und laßt uns hier liegen. Unsere Familien werden dann schon dafür sorgen, daß wir ein christliches Begräbnis bekommen.«
»Das ist leider nicht möglich«, erklärte Benjamino. »Es paßt nicht in unsere Pläne, daß eure Leichen gefunden werden ... wie es im übrigen auch nicht in eure gepaßt hätte, wenn wir an eurer Stelle gewesen wären.«
Alfredo sah uns an. »Wenn ich die Grube grabe, versprecht ihr mir dann, meiner Familie die Dinge zukommen zu lassen, die ich bei mir trage? Die Uhr, die Goldkette, das Armband mit dem ersten Milchzahn von meinem Sohn Ciro ...«
»Wir versprechen es«, antwortete Rossini feierlich.
»Im Wagen sind die Einnahmen der Mädchen von heute abend«, sagte Ugo. »Die auch, die müßt ihr auch unseren Familien geben.«
»Nur die Hälfte«, entgegnete ich, »die andere Hälfte geben wir Marietto Carraro. Ihr habt ihn ohne Grund fast zu Tode geprügelt, und er hat ein Recht auf eine Entschädigung.«
»Einverstanden«, nickte Alfredo. Er nahm seine Schaufel und steckte vor unseren Augen peinlich genau die Umrisse seines Grabes ab. Dann fing er an zu graben.
Nach einer Weile hielt er inne und fragte seinen Bruder, der reglos stehengeblieben war: »Warum gräbst du nicht?«
»Das paßt mir nicht, Alfredo. Auch sterben paßt mir nicht. Bist du sicher, daß wir mit den beiden hier nicht verhandeln können?« Er deutete auf uns.

»Grab, Ugo. Grab, und red keinen Schwachsinn.«
Über zwei Stunden lang begleitete nur das scharrende Geräusch der Schaufeln ihr schnelles, trauriges Getuschel in tiefstem Neapolitanisch, wovon ich kein Wort verstand. Es schien mir jedoch, als würden sie sich die schönen alten Zeiten in Erinnerung rufen. Benjamino und ich saßen auf einem Baumstumpf, rauchten schweigend und behielten sie im Auge, warfen nur ab und zu einen Blick auf die Uhr.
»Wir sind fertig«, sagte Alfredo. Er ging zu seinem Bruder und umarmte ihn.
»Addio Ugo«, flüsterte er gerührt.
Der Bruder begann leise zu weinen.
»Stirb als Mann«, ermahnte ihn der andere und riß sich von ihm los.
Benjamino gab eine kurze Salve ab, die durch den Schalldämpfer fast unhörbar war. Der Aufprall riß Ugo nach hinten und er fiel mit ausgebreiteten Armen zu Boden. Rossini ging ganz nah zu ihm hin und gab ihm den Gnadenschuß – genau durchs Herz.
»Wartet.« Alfredo nahm den Bruder und legte ihn vorsichtig in sein Grab. Dann, zu mir gewandt: »Ich möchte, daß Sie mich hinrichten, Herr Alligator.«
»Warum?« fragte ich überrascht.
»Ich möchte von jemand getötet werden, den ich kenne, so kann ich ihn in alle Ewigkeit verfluchen.«
»Mach schon, Marco«, drängte mich Benjamino und richtete den Strahl der Taschenlampe auf die Brust des Camorristen.
Ich starrte auf diesen leuchtenden Punkt. Das Maschinengewehr wurde mir plötzlich zu schwer, und ich ließ es zu Boden fallen.
»Ich schaff das nicht«, murmelte ich, zu beiden gewandt.
»So war das aber nicht abgemacht«, schimpfte der alte Rossini.
»Das ist kein männliches Betragen«, pflichtete der Todgeweihte ihm bei.

Meine Hände zitterten, und ich hatte Schwierigkeiten, mir eine Zigarette anzuzünden.
»Ich hab so meine Spielregeln«, erklärte ich Rossini. »Ihr habt Eure, und die ›Regulären‹ wieder andere. Ich habe diesen Beruf gewählt, weil er mir erlaubt, auf keiner der beiden Seiten zu stehen. Manchmal passiert es, daß ich Zugeständnisse machen und mich bestimmten Regeln anpassen muß, aber Töten würde mein ganzes Leben durcheinanderbringen, und ich bin zu alt, um noch ein anderer werden zu können. Es tut mir leid, aber ich kann das nicht machen.«
»Mein Bruder liegt erschossen in der Grube, und der da fängt an zu philosophieren«, schrie Caruso, zu meinem Freund gewandt.
»Ganz ruhig, Alfredo«, brachte Benjamino ihn zum Schweigen. »Das sind Dinge, die dich nichts angehen.«
»Das geht mich nichts an?« schrie er außer sich. »Und wer soll denn hier eine Bleiladung abkriegen?«
»Sei still!« gebot ihm der alte Rossini, und dann, zu mir gewandt: »Marco, diesmal versteh ich dich wirklich nicht. Deinetwegen befinden wir uns in dieser Situation, und wir haben keinen anderen Ausweg als diesen. Wenn sie uns erwischt hätten, dann hätten sie uns nicht nur auf der Stelle kaltgemacht, sie hätten außerdem auch noch ihren Spaß dabei gehabt ...«
»Ich weiß, du hast in jeder Hinsicht recht, aber ich schieße nicht. Weder auf ihn noch auf sonst wen.«
»Das hätt ich mir denken können, ich kenn dich ja«, maulte er in resigniertem Tonfall. Dann, zu Alfredo gewandt: »Ich heiße Benjamino Rossini. Jetzt kennst du mich und kannst in der Hölle mich an seiner Stelle verfluchen.«
Der Camorrist lachte bitter. »Benjamino. Was für ein Schwulenname ... und was für ein ehrloses Schicksal: Die Brüder Caruso, erledigt von einem Schwulen und einem Muttersöhnchen ... mach schon, ich bin bereit.«
Nach den ersten Schüssen fiel er auf die Knie. Die zweite Salve traf ihn am Kopf.

Rossini nahm ihn bei den Armen und ich an den Füßen. Plötzlich ließ er los und fing an zu fluchen.
»Was ist denn los?« fragte ich.
»Ich hab ihm den Schädel in der Mitte durchgenietet, sein Hirn läuft auf allen Seiten raus, und ein Stück davon ist mir auf die Schuhspitze getropft.«
»Dann wisch sie dir ab und hör auf, den Hysterischen zu spielen.«
»Es ist Wildleder«, gab er verärgert zurück und beleuchtete mit der Taschenlampe den blutigen Klumpen. »Echtes Wildleder. Blutflecken bekommt man nicht heraus, jetzt kann ich die Schuhe wegschmeißen.«
»Was für eine Tragödie, Benjamino«, schnaubte ich.
»Die sind maßgearbeitet, vom besten Schuster in ganz Mailand. Das sind Einzelstücke und kosten ein Vermögen.«
Ich wünschte ihn zum Teufel, packte Alfredo wieder bei den Füßen und schleifte ihn zu der leeren Grube.
Dann begann ich sie mit Erde aufzufüllen. Der alte Rossini tat es mir gleich, lamentierte aber weiter über das traurige Schicksal seines kostbaren Schuhwerks.

Es dämmerte schon, als wir in unser Quartier zurückkehrten.
»Wie, glaubst du, wird der Rest der Bande reagieren?« fragte ich.
»Wenn sie den Wagen finden, wissen sie, daß ihre Chefs in ein besseres Leben eingegangen sind, und sie werden sich beeilen, neue zu suchen. An Anwärtern mangelt es bestimmt nicht. Von denen haben wir nichts mehr zu befürchten.«
»Wie geht's dir?«
»Meinst du, wie es mir geht, nachdem ich an deiner Stelle Alfredo Caruso umgelegt habe?«
»Genau.«
»Einer oder zwei, das macht keinen Unterschied.«
»Du bist nicht wütend?«

»Nein. Im Grunde bin ich froh, daß du es nicht machen wolltest … das ist nichts für dich …«

»Danke, Benjamino. Du bist ein Freund.«

Eine Weile lang rauchten und tranken wir schweigend. Mir ging der Vorfall nicht aus dem Kopf, ich wollte noch weiter darüber reden.

»Ich war beeindruckt von der Art, wie sie dem Tod begegnet sind«, sagte ich. »Ich war auf Jammern oder Auflehnung gefaßt, sie dagegen haben sich sofort damit abgefunden, als ob es einfach logisch wäre, in solch einer Situation zu krepieren.«

»Das waren zwei Profis«, erklärte Benjamino. »Schon als wir sie im Hof überrascht haben, war ihnen klar, was passieren würde. Wirklichen Mumm hat jedenfalls Alfredo bewiesen. Er hat seinen Bruder zu einem würdevollen Benehmen gezwungen. Wäre Ugo allein gewesen, er hätte sich gehen lassen.«

»Würdest du dich auch wie Alfredo benehmen?« fragte ich ihn unvermittelt.

»In einer solchen Situation bestimmt. Seine Haltung war stolz … wie die von Jean Gabin. Ich allerdings würde lieber wie Harvey Keitel in *Wilde Hunde* vom Leben Abschied nehmen.«

»Echt romantisch.«

»Und du?«

»Durch einen Schuß in den Rücken, während ich versuche zu fliehen.«

Am späteren Vormittag gingen wir auf die Post, um das Geld und die persönlichen Gegenstände der Carusos an ihre Familien zu schicken, gemäß ihrem letzten Wunsch. Als Absender gaben wir Rechtsanwalt Sartori an: In der Gangstersprache heißt das, daß er für ihren Tod verantwortlich ist.

Dann rief ich Giovanni Galderisi an.

»Ich habe schon auf Ihren Anruf gewartet«, sagte er. »Heute ist der 26., die Woche ist um.«

»Sie bekommen Ihre Geschichte. Die Seiten mit dem ersten Teil habe ich vor fünf Minuten in den Briefkasten gesteckt, und der ist morgen bei ihnen. Die wesentlich gehaltvollere Fortsetzung folgt heute nacht. Bleiben Sie in der Redaktion und halten sie einen Fotografen bereit, ich sage Ihnen dann, wohin Sie kommen sollen ...«

»Wozu brauche ich einen Fotografen?«

»Um Ihren großen journalistischen Scoop festzuhalten. Sobald Sie vor Ort sind, müssen Sie die Teams der lokalen Fernseh- und Rundfunksender anrufen. Es ist wichtig, auch für Sie, daß die Nachricht sofort publik wird ...«

»Können Sie mir nicht wenigstens eine Andeutung machen?«

»Haben Sie Geduld.«

»Das Problem ist nicht die Geduld, sondern die Produktionsabläufe der Zeitung. Wenn Sie mich nach 23 Uhr anrufen, kommt der Artikel nicht mehr in die morgige Ausgabe, und dann teilen sich bloß Rundfunk und Fernsehen den Coup.«

»Geht klar. Ich rufe Sie gegen 22 Uhr an, einverstanden?«

Sobald es dunkel wurde, stieg ich in den Volvo der Carusos, Benjamino fuhr mir auf dem Motorrad hinterher, und wir starteten in Richtung Abano Terme, wo seit nunmehr fast einem Monat in der Tiefkühltruhe eines Hauses die Leiche von Alberto Magagnin lag.

Um ihn in die Tiefkühltruhe hineinzubekommen, hatten wir ihn in die Embryostellung zurechtgekrümmt, die Hände über dem Kopf verschränkt. Deshalb war es unmöglich, ihn auf dem Arm zu tragen. Wir lösten das Problem mit Hilfe einer Schubkarre und packten ihn schließlich auf den Rücksitz unseres Wagens.

Auf dem Rückweg fuhr Benjamino mit dem Motorrad voraus, um vor eventuellen Polizeikontrollen zu warnen. Wir fuhren am Militärflughafen entlang und bogen in ein Wohnviertel ein, wo in der Via Polidoro da Caravaggio Nr. 4 Rechtsanwalt Sartori wohnte.

Vor dem Tor der zweistöckigen Villa hielten wir an. Der Garten

war voller Lampen und war mit gepflegten Blumenbeeten und hochgewachsenen Bäumen besetzt. Einige Fenster im oberen Stockwerk waren erleuchtet.
»Er ist zu Hause«, bemerkte ich beunruhigt.
»Vielleicht ist es das Personal. Aber das ist nicht das einzige Problem«, sagte Rossini und wies auf das Gitter.
Zwischen den Stäben lugte die Nase eines großen Pitbull hervor, der uns reglos beobachtete.
»Er bellt nicht, das heißt, er ist abgerichtet.«
»Und was machen wir da?«
»Als erstes eliminieren wir den Hund.«
»Ist das wirklich nötig?«
»Leider.«
Mit gespielter Gleichgültigkeit ging er auf das Tor zu. Der Hund wich ein paar Meter zurück. Benjamino nutzte die Gelegenheit, holte die kroatische Pistole mit Schalldämpfer hervor, streckte den Arm durch die Stäbe und drückte ab.
Eine Kugel genügte. Man hörte nur das Geräusch der Patronenhülse, die klirrend auf den Asphalt fiel, während das Tier wie in Zeitlupe auf eine Seite fiel, ohne auch nur ein Winseln von sich zu geben.
Das Schloß des Gartentors aufzubrechen war schwieriger: Es war elektronisch und funktionierte mit Fernbedienung. Benjamino fummelte fast eine Viertelstunde lang daran herum. Zum Glück war die Straße verlassen.
Wir schleppten Magagnins Körper in die Mitte des zentralen Blumenbeets und deponierten ihn auf einem Teppich aus gelben und violetten Stiefmütterchen, der von einer eleganten schmiedeeisernen Lampe beleuchtet wurde.
Ich zog das Tonband mit Artonis Geständnis, das Luther manipuliert hatte, aus der Tasche und steckte es zwischen die gefrorenen Finger des Toten.
Beim Schließen des Gartentors blieb ich einen Moment lang stehen und besah mir die Szene. So hatte Blisset uns geraten, sie für die Journalisten und die Sensationsgier der Leute her-

zurichten. Es war perfekt: Die Leiche eines Flüchtigen, ein kompromittierendes Tonband, die luxuriöse Villa eines renommierten und angesehenen Strafverteidigers und der Wagen von zwei spurlos verschwundenen Vorbestraften vor dem Eingang. Pikante Zutaten, die diese Story im Laufe weniger Stunden zum großen Skandal dieses schwülheißen Sommers machen würden.

»Dottor Galderisi?«
»Endlich rufen Sie an. Es ist schon Viertel nach zehn …«
»Wissen Sie, wo Rechtsanwalt Sartori wohnt?«
»Sicher.«
»Dann fahren Sie schnell hin. Vom Eingangstor aus werden Sie in einem Blumenbeet Magagnins Körper sehen.«
»Wie, den Körper? Ist er tot?«
»Ja, Überdosis Heroin, vermutlich handelt es sich um Selbstmord. In seinen Händen ist eine Tonbandkassette mit dem Geständnis, das Artoni vor seinem Selbstmord aufgezeichnet hat. Es betrifft den Fall Belli und den Mordprozeß Evelina Mocellin Bianchini. Nehmen Sie sie an sich und geben Sie sie nur in die Hände eines Justizbeamten oder Polizisten, dem sie bedingungslos vertrauen. Und dann vergessen Sie nicht, verständigen Sie sofort die Privatsender … hallo … hallo …«
Er hatte schon aufgelegt.

Wir versteckten uns in der Nähe der Villa hinter einer hohen Hecke. Ängstlich hielten wir die Haustür im Auge. Wenn Sartori die Leiche entdecken und die Kassette vor dem Journalisten finde würde, wäre unser Plan kläglich gescheitert.
Wir hörten das Motorengeräusch eines Wagens, der mit hoher Geschwindigkeit um die Ecke bog. Ein paar Sekunden später tauchte ein Lieferwagen auf, der dicht hinter dem Volvo stoppte.
Galderisi sprang heraus, gefolgt von einem langhaarigen jungen Mann mit Fototasche. Zunächst zögerte er einen Augen-

blick vor dem Gartentor, dann stieß er es auf und ging rasch in den Garten.
Es folgte ein regelrechtes Blitzlichtgewitter.
Für uns war der Moment gekommen, den Ort des Geschehens zu verlassen. Wir stiegen aufs Motorrad und fuhren langsam davon.
Ein paar hundert Meter weiter kamen uns verschiedene Autos und Lieferwagen entgegen. Auf der Seite standen die Namen und Logos verschiedener Lokalsender. Den Schluß der Kolonne bildete ein Einsatzwagen der Polizei mit Blaulicht und heulender Sirene.
Das Krankenhaus war unsere letzte Station, bevor wir Padua verließen. Da er HIV-positiv war, hatte man Marietto in ein eigenes Zimmer am Ende der Station gelegt. Ein Krankenpfleger vertrat uns den Weg, aber für fünfzigtausend Lire tat er so, als hätte er uns nicht gesehen.
»Ich dachte, es wäre der Pfleger. Ich hatte ihn gebeten, mir eine Ampulle ›Tiramisu‹ zu geben«, murmelte er angestrengt.
»Wie geht's dir?« fragte ich.
»Schlecht, Alligator. Mir fehlt der Stoff, mir fehlt die Piazza ...«
»Bald bist du wieder zurück.«
»Sicher ...«
»Ich hab dir ein bißchen Knete mitgebracht«, sagte ich und schob ihm das Geld, das wir den Carusos abgenommen hatten, unters Kopfkissen.
Benjamino ging hinaus und kam mit dem Pfleger wieder, der eine Spritze bereithielt.
»Ich hatte die ›Medizin‹ ganz vergessen«, erklärte er und zwinkerte Marietto zu.

Wir fuhren nach Punta Sabbioni, wo wir in den Wagen des alten Rossini umstiegen.
»Wohin sind wir unterwegs?« fragte ich.
»Zur französischen Grenze. In Marseille nehmen wir die Fähre nach Korsika. In Bastia kenne ich einen Schmuggler, der tief

bei mir in der Kreide steht. Dort sind wir in Sicherheit, bis sich absehen läßt, was Sartori und Ventura vorhaben.«

»Meinst du, sie ziehen uns mit hinein?«

»Das bezweifle ich. Auch für sie ist es besser, uns von Bullen und Richtern fernzuhalten: Auch wenn wir wenig glaubwürdig sind, sind wir doch immerhin zwei Zeugen ... du wirst sehen, sie werden behaupten, Opfer dunkler Machenschaften geworden zu sein, und werden versuchen, den Schaden zu begrenzen.«

»Und am Ende werden die Brüder Caruso bestimmt angeklagt, Magagnins geheimnisvolle Komplizen gewesen zu sein. Luthers Idee, ihren Wagen vor der Villa des Anwalts zu parken und die Pistole, die wir Artoni abgenommen haben, ›zufällig‹ im Handschuhfach zu ›vergessen‹, war wirklich genial.«

»Du wirst sehen, Ende des Sommers können wir nach Italien zurück. Mit der gebotenen Vorsicht natürlich: Wir müssen davon ausgehen, daß sie sich eines Tages rächen wollen.«

»Zuerst müssen sie aber erst mal aus dem Meer von Scheiße wieder auftauchen, in das wir sie gesteckt haben.«

»Solche Leute haben sieben Leben, wie die Katzen. Besser, du machst dich schon jetzt mit der Idee vertraut, daß du nicht nach Padua zurück kannst.«

»Es wird mir nicht fehlen.«

»Willst du den Auftrag annehmen, den man dir in Sardinien angeboten hat?«

»Vielleicht. Ich brauche Geld, und dann bin ich noch nie dort gewesen. Vielleicht finde ich es ja schön dort. Und du, welche Pläne hast du für die Zukunft?«

»Vor allem muß ich die Angelegenheiten in Punta Sabbioni regeln. Zum Glück habe ich jemand, dem ich die Geschäfte in meiner Abwesenheit anvertrauen kann. Dann werden wir sehen.«

Benjamino zündete sich eine Zigarette an.

»Ab und zu denke ich daran, auszusteigen, mich auf irgendeine Insel im Pazifik abzusetzen, mir ein Segelboot zu kaufen, alt

zu werden und das Leben zu genießen«, erklärte er mit einem Hauch von Melancholie.
»Das könnte eine Lösung sein. Der alte Seeräuber im Ruhestand. Warum tust du es nicht?«
»Das ist ein Abenteuer, das ich mir allein nicht zutraue. Würdest du mitkommen?«
»Kannst du dir vorstellen, was ich als Privatdetektiv auf der Insel Tonga mache?«
»Diesen Scheißjob willst du wohl partout nicht aufgeben, was?« fragte er grinsend.
»Ich denke gar nicht daran.«
»Dann gehe ich auch nicht hin. Weißt du, wie teuer mich das zu stehen käme, jedesmal hin und her zu fliegen, um dir aus der Patsche zu helfen?«
»All dein mühsam Erspartes.«
»Genau. Es ist besser, ich bleib in Reichweite, so daß ich dich besser im Auge behalten kann.«
Um sechs Uhr früh, kurz vor der Grenze, schaltete ich das Radio ein, um Nachrichten zu hören.
Padua. Gestern abend gegen 22 Uhr 30 wurde im Garten der Villa eines bekannten Strafverteidigers, Rechtsanwalt Alvise Sartori, die Leiche eines Mordverdächtigen gefunden. Die Angelegenheit ist in vieler Hinsicht unklar. Der Paduaner Lokalreporter Giovanni Galderisi, der dank eines anonymen Anrufs als erster zur Stelle war, fand in den Händen der Leiche, die scheinbar – ein grauenerregendes Detail – tiefgefroren war, ein Tonband, das kompromittierende Enthüllungen über einige angesehene Persönlichkeiten der Stadt enthalten soll, den Eigentümer der Villa eingeschlossen.
Vor dem Gartentor wurde der Wagen der Brüder Ugo und Alfredo Caruso gefunden, sie sind vorbestraft und werden verdächtigt, dem Camorra-Clan der Ponzano anzugehören. Die beiden werden polizeilich gesucht.
Rechtsanwalt Sartori, der zum Zeitpunkt der Auffindung der Leiche nicht anwesend war, trafen die Ermittler im Haus von

Freunden an. Da er unter Schock stand, war er nicht vernehmungsfähig, er wurde zur weiteren ärztlichen Beobachtung ins Krankenhaus eingeliefert ...

Ich schaltete das Radio aus und legte eine Kassette mit B. B. King ein. Zu den Klängen von *Everyday I have the blues* passierten wir die französische Grenze.

Mord auf italienisch

Massimo Carlotto
Die Schöne und der Alligator

Roman

In seinem zweiten Fall verschlägt es den Alligator, den Liebhaber von Calvados und Blues, nach Sardinien, wo er den Spuren des totgeglaubten Rechtsanwalts Siddi nachgeht. Um die Wahrheit aufzudecken, muß er in die Welt der Geheimdienste, des internationalen Drogenhandels und des Terrorismus eintauchen. Dies bringt den Mann mit der rauhen Sprache in tödliche Gefahr, nicht zuletzt, weil er seinem Grundsatz untreu wird und sich von der schönen Gina bezirzen läßt.

Weiß er nicht, daß Liebe blind macht?

ISBN 3-7852-8119-6

LICHTENBERG